Point à la ligne

MONTGOMERY INK

CARRIE ANN RYAN

Point à la ligne

Montgomery Ink
Tome 9
Carrie Ann Ryan

Point à la ligne
Montgomery Ink
Par Carrie Ann Ryan
© 2016 Carrie Ann Ryan
eBook ISBN : 978-1-63695-133-1
Print ISBN: 978-1-63695-134-8
Traduit de l'anglais par Alexia Vaz pour Valentin Translation

Tous droits réservés. Aucune partie de ce livre ne peut être reproduite, scannée ou distribuée sous quelque forme que ce soit, imprimée ou électronique, sans permission. Veillez à ne pas participer ni encourager le piratage de contenus déposés légalement en violation des droits d'auteur.

Ceci est une œuvre de fiction. Les noms, les lieux, les personnages et les incidents sont le produit de l'imagination de l'auteur et sont fictifs. Toute ressemblance avec des personnes réelles, existantes ou ayant existé, des événements ou des organismes serait une pure coïncidence.

Pour plus d'informations, abonnez-vous à la LISTE DE DIFFUSION de Carrie Ann Ryan.
Pour communiquer avec Carrie Ann Ryan, vous pouvez vous inscrire à son FAN CLUB.

Point à la ligne

La série *Montgomery Ink* continue avec un spin-off à Colorado Springs, où une Montgomery familière trouve sa place dans un nouveau salon de tatouages et dans les bras de son meilleur ami.

Adrienne Montgomery réalise enfin ses rêves. Elle a ouvert un nouveau salon de tatouages avec son frère, Shep, et deux de ses cousins de Denver. Elle est enfin prête à prendre la ville d'assaut avec son art, tant qu'elle parvient à surmonter la pression. Mais quand ses nouveaux voisins décrètent que son salon ne convient pas à la communauté, elle va se fier à la seule personne dont elle ne s'attendait pas à tomber amoureuse en cours de route… son meilleur ami.

Mace Knight est fier de deux choses dans la vie : son art et sa fille. Il sait qu'il prend un risque en recommençant à zéro dans un nouveau salon avec les Montgomery, mais les enjeux sont encore plus élevés quand il se surprend à désirer Adrienne plus qu'il ne l'aurait cru possible.

Sous le charme l'un de l'autre, ils connaissent les règles. Ils ne peuvent pas risquer leur amitié, aussi torride que soit leur relation entre les draps et en dépit de tous ceux qui se mettent en travers de leur chemin.

Un

ADRIENNE MONTGOMERY n'allait pas vomir, mais elle n'en était pas loin. Elle n'était pas quelqu'un de nerveux, mais cette journée allait tester les limites de sa patience et l'endurance de ses nerfs. Elle n'était pas certaine que passer toutes ces années à se forger un caractère d'acier serait suffisant.

Peut-être qu'elle aurait aussi dû travailler sur un estomac d'acier, pendant qu'elle y était. Peut-être même un estomac de platine.

— Tu as l'air assez pâle, déclara Mace, en se penchant pour chuchoter à son oreille.

Elle frissonna alors que le souffle de l'homme glissait sur son cou, et elle leva les yeux pour scruter les iris noisette de son meilleur ami. Ce foutu mec était bien trop beau pour son bien et il *savait* qu'elle était chatouilleuse, donc il lui parlait constamment à l'oreille pour la faire frémir ainsi.

Elle comprit qu'il avait dû se faire couper les cheveux la veille, puisque ses tempes étaient si courtes qu'on voyait les traits poivre et sel. Il avait laissé le haut pousser, et aujourd'hui, il avait balayé le tout sur le côté pour que cela ait un aspect chic plutôt que désordonné comme quand ils pendaient devant ses yeux, ce qui arrivait la plupart du temps. Connaissant Mace, il s'était accidentellement coiffé ce matin, il ne l'avait pas fait délibérément. Son meilleur ami avait environ son âge, donc il était dans la trentaine, mais il avait des cheveux poivre et sel depuis la fin de sa vingtaine. Si certains auraient commencé à se teindre, Mace avait fait en sorte que cela s'harmonise avec ses tatouages et ses piercings. Et les femmes aimaient ça.

Enfin, du moins, c'était ce qu'Adrienne devinait. Ce n'était pas comme si elle était l'une de ses admiratrices. Pas de cette façon, en tout cas.

— Hé, Adrienne, tu vas bien ?

Elle lui lança un regard noir, entendant ce refrain familier qui était le fléau de son existence depuis la maternelle et que l'un des parents d'élève avait crié avec la même voix que l'un des boxeurs du célèbre film qu'elle détestait à présent.

— Qu'est-ce que j'ai dit, sur l'emploi de cette phrase ?

Elle croisa les bras sur sa poitrine et tapota du pied. Elle faisait au moins quinze centimètres de moins que son meilleur ami, mais puisqu'elle portait des bottes à talons, elle pouvait essayer d'avoir l'air un tant soit peu intimidant.

Mace étant Mace, il se contenta de hausser les épaules et de lui adresser un clin d'œil, tentant d'avoir cet air craquant pour lequel il s'était entraîné dans le miroir après avoir vu *Raiponce* avec elle, des années plus tôt. Oui, c'était *ce* mec, celui qui aimait la faire sourire et qui savait qu'elle avait un coup de cœur pour Flynn Rider, le personnage de dessin animé.

— Tu sais que tu aimes ça.

Il passa un bras autour de ses épaules et les serra fermement.

— Bon, tu vas bien ? Vraiment ? Parce que, honnêtement, on dirait que tu vas vomir et puisque tout est neuf et brillant, ici, je ne sais pas si le vomi donnerait vraiment le ton.

Penser à la raison pour laquelle cet endroit — *son* endroit, à *elle* — était tout neuf et brillant retourna une nouvelle fois l'estomac d'Adrienne et elle souffla longuement.

— Je vais bien.

Mace se contenta de la regarder et elle lui donna un petit coup de pied. Maturité, c'était son deuxième prénom.

— Essaie de le dire avec un peu plus d'enthousiasme, parce que même si *j'aimerais* te croire, la panique dans ton regard ne trahit pas vraiment ta confiance.

— Ça *va* aller. Qu'est-ce que tu en dis, de ça ? s'enquit-elle.

Elle lui lança un large sourire. Cependant, elle dut avoir l'air un peu fou, puisqu'il grimaça. Mais il leva les deux pouces.

— D'accord, alors. Sortons de ce bureau pour entrer dans ton tout nouveau salon de tatouage et rencontrer la foule.

Son estomac se retourna une nouvelle fois.

Son salon de tatouage.

Elle n'arrivait pas vraiment à le croire. Après des années à travailler pour d'autres personnes à Colorado Springs plutôt que d'aller dans le nord jusqu'à Denver afin de rejoindre la boutique de ses cousins, ou même dans le sud, à La Nouvelle-Orléans, dans l'ancien salon de son frère, elle était désormais propriétaire d'Aussi Montgomery Ink, la première filiale de la boutique du centre-ville de Denver.

Oui, elle allait vomir.

— C'est surtout la famille. Il n'y a pas vraiment foule.

En quelque sorte, au moins. Même si trois personnes, cela paraissait déjà beaucoup au point où elle en était puisqu'ils seraient tous là... à attendre qu'elle dise quelque chose, qu'elle fasse quelque chose, qu'elle *soit* quelque chose. Elle en avait assez de réfléchir, sinon elle n'arriverait vraiment pas à sortir du bureau ce jour-là.

— C'est vrai, puisque la plupart des membres de ta famille ne sont pas venus. Enfin, le clan Montgomery remplirait probablement quatre immeubles, au point où ils en sont.

— Tu n'as pas tort. Seuls Austin et Maya sont venus de Denver puisque Shep et moi avons demandé aux autres de rester chez eux. Ce serait un peu trop pour notre petite boutique si tout le monde se pointait.

— Mais tes sœurs et tes parents sont là, avec Shep et sa femme bien sûr, et je suis presque sûr que j'ai vu leur petite Livvy également. Et il y a Ryan, puisque tu l'as engagé.

Mace plongea ses mains dans ses poches.

— C'est une grande famille heureuse qui attend que tu les rejoignes et peut-être même que tu commences un tatouage un peu plus tard pour ton premier client.

Après ce qui ressemblait à des mois de paperasse et de construction, aujourd'hui était l'ouverture d'Aussi Montgomery Ink, AMI, pour faire court. Ryan et Mace l'avaient appelé ainsi un jour et le surnom était resté. Elle ne pouvait rien faire d'autre que de l'adopter, malgré son étrangeté. Il y avait eu des retards et des problèmes météorologiques, mais *finalement*, la boutique était ouverte. Désormais, elle devait se comporter en adulte et entrer dans la pièce principale pour se montrer sociable.

Et voilà que son estomac se retournait à nouveau.

Mace passa ses bras musclés autour d'elle, et elle posa la tête contre son torse, se coinçant sous son menton. Il dut le relever légèrement pour qu'elle puisse tenir, puisqu'elle n'était pas *si* petite, mais c'était une position familière pour eux. Peu importait ce que quiconque disait à propos de Mace, ses étreintes étaient *géniales*.

— Tout ira bien pour toi.

Sa voix gronda au-dessus d'elle et elle put sentir les vibrations dans le torse de l'homme, contre sa joue.

— C'est ce que tu dis maintenant, mais si tout s'effondre et que je finis par ne pas avoir de clients et que je gâche la confiance qu'ont eue Austin et Maya en moi pour me déléguer la première boutique annexe...

Austin et Maya étaient deux de ses nombreux cousins de Denver. La famille avait une fratrie de huit enfants et tous s'étaient mariés (Maya ayant même *deux* maris) donc il y avait maintenant bien trop de personnes pour qu'elle continue de compter. Les deux frangins étaient propriétaires et géraient Montgomery Ink dans le centre-ville de Denver, qui était désormais le magasin fleuron, visiblement.

Ses cousins étaient venus lui rendre visite un an plus tôt en disant qu'ils étaient intéressés par l'idée d'agrandir leur commerce. Puisque les biens immobiliers étaient rares autour du 16 de Street Mall, où se trouvait Montgomery Ink, ils avaient eu l'idée d'ouvrir un nouveau salon de tatouage dans une ville différente. Et n'était-ce pas sympa qu'ils aient deux autres artistes dans leur famille proche ? Enfin, Shep n'était pas *proche* à ce moment-là, techniquement, puisqu'il vivait toujours à La Nouvelle-Orléans où il avait rencontré sa femme et fondé une famille, mais désormais son grand frère était de retour à Colorado Springs et comptait bien rester.

Maya et Austin étaient toujours les principaux propriétaires de l'affaire et les PDG de la corporation qu'ils avaient créée afin d'ajouter une boutique, mais Shep et Adrienne avait acheté la franchise et étaient désormais à la fois propriétaires partiels *et* managers d'Aussi Montgomery Ink.

C'était une grande responsabilité à porter sur leurs épaules, mais elle savait qu'elle pouvait y arriver. Elle devait simplement prendre son courage à deux mains et entrer dans le salon de tatouage.

— Arrête de flipper, Addi. Je ne me serais pas embarqué avec toi dans cette histoire si je ne croyais pas en toi.

Il s'éloigna et croisa son regard, avec une telle intensité qu'elle dut battre des paupières à plusieurs reprises afin de reprendre son souffle.

Il avait raison. Il avait beaucoup abandonné pour elle. Même si, au final, tout cet arrangement pourrait être plus avantageux pour lui. Avec un peu de chance. Il avait quitté un travail stable dans leur vieille boutique pour venir bosser avec elle. La confiance qu'il mettait dans cet acte était ahurissante et elle donna à Adrienne le dernier coup de pouce dont elle avait besoin pour faire ça, peu importe ce que c'était vraiment.

— D'accord, allons-y.

Il lui tendit la main et elle la saisit, la serrant un peu

avant de le relâcher. Ce n'était pas comme si elle avait besoin de s'appuyer contre lui ou de lui tenir la main alors qu'ils entraient dans la boutique. Suffisamment de personnes se demandaient déjà ce qu'il se passait derrière les portes fermées quand ils étaient tous les deux. Elle n'avait pas besoin de mettre de l'huile sur le feu.

Mace n'était que son meilleur ami, rien de plus... même s'il n'était certainement pas moins.

Il se retrouva derrière elle quand elle franchit la porte du bureau et entra dans la pièce principale, sa chaleur aidant la jeune femme à rester calme. La boutique de Colorado Springs était le miroir de celle de Denver sur le plan, avec quelques changements mineurs. Chaque poste avait son propre espace dédié, mais une fois qu'on dépassait l'avant du magasin, où les curieux ne pouvaient rien se mettre sous la dent, tout était presque ouvert. Il y avait deux pièces privées à l'arrière, pour ceux dont les tatouages les obligeaient à enlever beaucoup de vêtements, ainsi que des panneaux pliables qui pouvaient être placés dans toutes les zones de travail afin qu'elles puissent être facilement séparées. La plupart des gens se fichaient que d'autres artistes ou d'autres clients les regardent pendant qu'ils se faisaient tatouer, et généralement, cela ajoutait un petit quelque chose à toute l'expérience. En tant que perceuse diplômée du salon, Adrienne pouvait effectuer cette partie de son travail dans l'une des pièces du fond également.

Bien que certaines boutiques aient des pièces privées

pour chaque artiste, parce que le lieu était une maison ou un bureau reconverti, les Montgomery n'avaient pas opté pour une telle disposition. Chez eux, il y avait de l'intimité quand c'était nécessaire et de la socialisation si les clients le désiraient. C'était une belle installation et Adrienne en avait été jalouse lorsqu'elle travaillait dans son ancien salon, à l'autre bout de la ville.

— Il était temps que vous reveniez, déclara sèchement Maya.

Elle haussa les sourcils et son piercing à l'arcade brilla sous la lumière.

Adrienne adressa un doigt d'honneur à sa cousine avant de sourire quand Maya lui répondit de la même façon. De tous ses cousins, Maya et elle étaient celles qui se ressemblaient le plus. Elles avaient toutes les deux des cheveux longs et bruns foncés, étaient de taille moyenne et avaient assez de formes pour avoir du mal à trouver un jean. Bien sûr, Maya avait donné naissance à deux enfants, tandis que les fesses d'Adrienne venaient de son amour des cookies... mais là n'était pas la question.

Tout le monde était debout et discutait, avec des verres d'eau ou des tasses de café ou de thé à la main en observant la boutique. Puisqu'ils ne commençaient les tatouages que plus tard dans la journée, ils purent facilement papoter dans l'entrée. Leur nouvelle recrue, Ryan, était sur le côté et Mace alla vers lui pour qu'ils soient à l'écart des autres. Ils étaient vraiment les deux seuls non-Montgomery, donc Adrienne ne pouvait qu'imaginer ce qu'ils ressentaient.

— La localisation est presque parfaite, déclara Shep en souriant.

Sa femme, Shea, se tenait à côté de lui, leur fille Livvy rebondissant entre eux. Comme sa nièce avait grandi. Adrienne n'en avait eu aucune idée. Apparemment, le temps filait quand vous étiez totalement plongé dans le travail.

— Nous sommes le seul tatoueur du coin, ce qui sera bon pour les affaires.

Ils étaient situés dans un centre commercial linéaire, à côté de la route la plus fréquentée de la zone, sans compter la I-25, bien sûr. C'était dans ce cadre que la plupart des commerces locaux s'implantaient, avec une grande chaîne de supermarchés et de restaurants possédant la plus grande superficie derrière.

Adrienne acquiesça, même si son estomac n'était pas vraiment d'accord. La plupart des boutiques comme la sienne étaient installées plus au sud, près des plus anciens quartiers de la ville. Il y avait des magasins plus tendance là-bas et beaucoup plus de clients qui se faisaient tatouer et percer. Dans le nord, près du boulevard North Academy, chaque bâtiment se ressemblait : soit blanc soit beige. Cela ressemblait presque à une cité-dortoir autour de l'académie de l'Air Force.

Shep et Adrienne voulaient que non seulement les élèves officiers, mais tous ceux qui vivaient dans le voisinage tentaculaire et qui voulaient se faire tatouer viennent les trouver pour leur premier dessin et reviennent pour les suivants. Lancer un nouveau commerce était toujours difficile, mais commencer dans une partie de la ville qui, au moins de l'extérieur, ne donnait pas l'impression qu'ils allaient s'intégrer n'arrangeait en rien leur situation.

Elle savait que de nombreux préjugés sur les salons de tatouage avaient disparu au fil du temps, tandis que l'art devenait de plus en plus populaire et presque ordinaire, cependant, elle pouvait toujours sentir le poids du regard des autres quand ils remarquaient les dessins sur sa peau.

— On est juste à côté d'un salon de thé, d'un traiteur, d'un magasin d'épices, de la boulangerie de Thea et de quelques magasins chics. Je pense que vous vous intégrez bien au paysage, déclara Austin.

Il croisa les bras sur son torse en regardant la boutique.

— Vous avez presque une petite version de ce que nous avons dans le nord. Il ne vous manque plus qu'une librairie et un café où vous pourriez traîner.

— Vous êtes pourris gâtés, vous n'avez même pas à sortir dans le froid pour acheter un café ou des pâtisseries, déclara sèchement Adrienne.

— C'est vrai, répondit Austin en riant. Ajouter cette porte qui relie les deux boutiques a été la meilleure décision de ma vie.

— Je vais bien sûr le mentionner à ta femme, déclara Shep.

Il esquiva quand Austin tendit le bras pour le frapper. Les deux hommes avaient presque quarante ans, mais ils se bagarraient comme des adolescents. Shea prit Livvy dans ses bras et rit avant de partir vers Maya. Adrienne ne connaissait pas beaucoup sa belle-sœur, puisqu'elle ne l'avait pas souvent vue, mais maintenant que la famille avait déménagé, elle savait que cela changerait.

— Ils vont casser quelque chose, déclara Thea avec un petit rire en regardant les deux hommes se chamailler.

Elle était au milieu de sa fratrie, mais avait plutôt tendance à agir comme l'aînée. Quand le magasin à trois portes de la boulangerie de Thea avait fermé, rien n'avait pu l'arrêter. Elle s'était assurée que sa sœur puisse emménager. C'était Thea, elle prenait soin de sa famille quoi qu'il arrive.

— Alors ils le mériteront, déclara Roxie, l'autre sœur d'Adrienne en secouant la tête.

Cette dernière lui lança un coup d'œil.

— Tant qu'ils n'abîment rien dans le salon, bien sûr. Je voulais dire qu'ils allaient *se* casser quelque chose.

Roxie était la cadette et souvent la plus discrète. Enfin, aucun d'entre eux n'était véritablement taciturne puisqu'ils étaient tous des Montgomery, mais Roxie avait parfois ce profil-là.

— Merci de penser à ma boutique qui n'a pas encore eu son premier client.

Adrienne passa un bras autour de la taille de Roxie pour l'enlacer.

— Où est Carter ? Je croyais qu'il avait dit qu'il viendrait.

Roxie et Carter s'étaient mariés quelques mois plus

tôt, et Adrienne aimait son beau-frère, même si elle ne le connaissait pas si bien non plus. Il travaillait de longues heures par jour et le couple avait tendance à s'isoler grandement puisqu'ils étaient tout juste mariés.

La bouche de Roxie se tordit dans une grimace avant qu'elle ne tempère son expression.

— Il n'a pas pu se libérer. Il a essayé, mais deux mecs se sont pointés et il était plongé dans les carburateurs.

Adrienne embrassa la tempe de sa sœur et la serra contre elle.

— Ce n'est rien. On est effectivement au milieu de la journée, après tout. Je suis surprise qu'un de vous deux ait réussi à se dégager du temps pour ça, déjà.

Des larmes lui montèrent aux yeux quand elle songea que tout le monde *avait* libéré son emploi du temps pour Shep et elle. Elle battit des paupières. Elle leva les yeux vers sa sœur et tenta de ne pas laisser ses émotions l'atteindre, mais elle croisa ensuite le regard de Mace. Il l'observa curieusement et elle sourit, essayant de lui faire savoir que tout allait bien, qu'elle était juste un peu dépassée. Mace avait un don pour savoir ce qu'elle ressentait sans qu'elle le dise et elle n'avait pas envie qu'il s'inquiète. C'était ce qu'il se passait quand vous étiez ami avec quelqu'un depuis aussi longtemps.

— J'aurais juste aimé qu'il puisse venir, déclara Roxie en haussant les épaules. Ce n'est rien. Tout va bien.

Adrienne croisa le regard de Thea, mais les deux sœurs ne prononcèrent pas un mot. Si Roxie voulait partager quelque chose, elle le ferait. Pour le moment, tout le monde avait une autre chose en tête. C'est-à-dire, l'inauguration.

Shep donna un coup de poing joueur dans l'épaule d'Austin une dernière fois avant de reculer et de sourire.

— D'accord, d'accord, je suis trop vieux pour ces conneries.

— C'est vrai que *tu es* vieux.

Austin lui adressa un clin d'œil et Adrienne se pinça l'arête du nez.

— Super façon de montrer à tout le monde que tu es *terriblement* professionnel et prêt à gérer ta propre boutique, déclara-t-elle d'un ton très peu mordant.

C'était sa famille, elle était habituée. S'ils ne plaisantaient et ne se comportaient pas en crétins aimables et adorables, elle aurait pensé que quelque chose clochait.

— C'est un peu ce pour quoi on a signé, répondit Ryan avec un clin d'œil. N'est-ce pas, Mace ? Enfin, les antiquités Montgomery légendaires sont la raison pour laquelle *n'importe* quel artiste digne de ce nom veut les rejoindre.

Mace acquiesça solennellement, un éclat de rire dansant dans ses yeux.

— Ce ne serait pas une réunion Montgomery si personne ne se prenait de coup de poing. N'est-ce pas ce que tu m'as appris, Adrienne ?

Elle lui fit un doigt d'honneur, sachant que la tête de Livvy était baissée et que celle-ci ne pouvait donc pas le voir. Elle essayait de ne pas avoir une *trop* mauvaise influence sur sa nièce.

— D'accord, tout le monde. Finissez vos verres et vos gâteaux, ensuite on nettoiera. On a trois clients programmés entre treize et quatorze heures, et Ryan s'occupe de tous ceux qui arriveraient sans prévenir.

Elle n'était pas sûre qu'il y aurait de quelconques clients impromptus puisque c'était le premier jour et qu'ils commençaient lentement. Certains de leurs fidèles de longue date les avaient suivis et ils avaient déjà une liste d'attente à cause de ça, mais cela pouvait changer d'un instant à l'autre. Le bouche-à-oreille serait ce qui apporterait le succès à leur boutique, et pourrait ainsi leur apporter plus de clients que ceux qu'ils avaient déjà précédemment dans l'ancien salon.

La porte s'ouvrit et elle retint un froncement de sourcils. Ils n'étaient pas encore officiellement ouverts, mais ce n'était pas comme si elle pouvait repousser un potentiel client. La porte *avait* été déverrouillée, après tout.

Alors qu'un homme en beau costume et avec un air renfrogné entrait, Adrienne eut le sentiment que ce ne serait pas un client.

— Salut, je peux vous aider ? s'enquit-elle en se frayant un chemin parmi les invités. Nous ouvrons dans une heure environ, mais si vous avez besoin d'une quelconque information, je suis là.

Le visage de l'homme était si pincé qu'elle avait l'impression que s'il continuait, il resterait figé ainsi.

— Je ne suis pas là pour ce que cet établissement peut bien offrir.

Il parcourut du regard les tatouages et les vêtements de la famille et des amis d'Adrienne avant de la fixer.

— Je ne suis là que pour vous dire de ne pas défaire tous vos cartons.

— Excusez-moi ? demanda Shep d'une voix sérieuse.

Les autres reculèrent, laissant Adrienne et son frère parler, mais elle savait qu'ils seraient tous là si elle avait besoin d'eux.

— Vous m'avez bien entendu.

L'homme ajusta sa cravate.

— Je ne sais pas comment vous avez réussi à convaincre la commission d'urbanisme, mais je vois qu'ils ont commis une erreur. Nous ne voulons pas de personnes de votre *genre* ici, dans notre belle ville. Nous sommes une communauté grandissante composée de familles. Comme je l'ai dit, ne défaites pas vos cartons. Vous ne resterez pas longtemps.

Avant qu'elle ne puisse répondre quoi que ce soit à cette déclaration ridicule, l'homme tourna les talons et quitta le bâtiment, laissant sa famille et ses amis derrière elle. Ils avaient tous l'air choqué.

— Eh merde, chuchota Mace.

Il grimaça en regardant derrière lui pour repérer Livvy qui se trouvait probablement avec sa mère.

— On va découvrir qui c'était. Mais, Adrienne, il ne pourra pas nous obliger à fermer ou à faire ce qu'il veut.

Shep se tourna vers elle et lui lança un regard de grand frère.

— Ne stresse pas à cause de lui. Il ne signifie rien pour nous.

Néanmoins, elle voyait à cause de son expression et des coups d'œil inquiets que s'échangeaient les membres de sa famille et ses amis qu'aucun d'eux ne le croyait vraiment.

Elle ignorait totalement qui était cet homme, mais elle avait un mauvais pressentiment. Et chaque sensation chaleureuse qui l'avait emplie quand elle avait vu ses proches réunis pour célébrer l'ouverture du salon s'enfuit, remplacée par l'eau glacée dans ses veines.

Oubliée l'inauguration sans accrocs, pensa-t-elle. Son estomac se retourna à nouveau. Peut-être qu'elle vomirait, finalement, parce qu'elle savait que ce n'était pas la dernière fois qu'ils voyaient cet homme. Loin de là.

Deux

MACE KNIGHT ne voulait vraiment pas se réveiller. Son lit était bien trop chaud et il venait d'avoir un fantasme des plus géniaux avec la femme de ses rêves, aux courbes douces et à la bouche qui savait *exactement* quoi faire de son membre. Sortir du lit, prendre une douche et agir comme un adulte n'était pas vraiment le genre de choses qu'on associait à une femme de rêve et à une fellation séductrice.

Il soupira et saisit l'extrémité de son membre, agacé à cause de son érection matinale qui lui rappelait son adolescence plutôt que l'homme qu'il était à ce jour. Mais puisqu'il avait encore quelques minutes et qu'il avait toujours l'image de la femme aux longs cheveux noir corbeau, à genoux devant lui, il ferait aussi bien de profiter de cette matinée.

Glissant sa main le long de son membre, il grogna et

planta ses pieds sur le lit afin de pouvoir donner des coups de reins dans son poing. Il imagina la femme lécher son sexe avant de l'avaler tout entier. Ses yeux toujours fermés, il accéléra le pas, baisant sa main. Il ne lui fallut pas long-temps pour jouir sur son ventre, son corps tremblant après l'orgasme. Il avait déjà été assez proche de la jouissance rien qu'avec son rêve, donc il n'avait eu besoin que de quelques contacts tant il était sensible, le matin.

— Merde, grogna-t-il quand son pouls ralentit.

Il laissa échapper une expiration irrégulière. Mainte-nant, non seulement il était en retard, mais il avait égale-ment une matière poisseuse sur sa main et sur son ventre. Il ne pouvait pas se nettoyer, puisqu'il ne gardait pas de boîte de mouchoirs sur sa table de nuit comme n'importe quel homme sain d'esprit devrait le faire.

Agacé contre lui-même, il glissa hors du lit et boitilla jusqu'à la salle de bain, tenant toujours sa semence pour ne pas la répandre davantage. Il aurait simplement dû s'oc-cuper de ça dans la douche comme d'habitude, puisqu'il était un homme célibataire avec un appétit sexuel normal. Cependant, la femme de ses rêves l'avait poussé à vouloir autre chose, ce matin-là.

Baissant les yeux vers son reflet dans le miroir, il se dit que la prochaine fois, il emmènerait la femme aux cheveux noirs dans la douche avec lui, puisque désormais, il devait également changer les draps sur le lit.

— Bonne putain de journée, grommela-t-il en se préparant.

Il avait deux clients prévus et devrait se charger de ceux qui arriveraient sans rendez-vous. Puisqu'ils n'étaient que quatre, ils prenaient tour à tour leurs jours de repos. Pour le moment, Adrienne et Ryan travaillaient la plupart des week-ends puisqu'ils avaient décidé que Shep avait besoin d'un peu de temps avec sa famille, surtout après le déménagement. Il allait tout de même assurer parfois des gardes pendant la fin de semaine puisque c'était le moment où ils avaient le plus de monde et qu'il ne voulait pas se relâcher dans son travail, du moins, c'était ce qu'il disait. Mace ne prenait ses week-ends que lorsqu'il recevait Daisy, sa fille de quatre ans qu'il avait en garde partagée. Il ne la voyait pas suffisamment, et même si dans son ancien salon c'était horriblement difficile de prendre du temps libre pour elle, tout le monde se pliait en deux pour lui, maintenant.

Il avait une bonne intuition à propos de cette boutique et il était vraiment ravi d'avoir pris le risque de quitter son emploi pour accepter celui-ci. Oui, le mec qui était venu et avait lancé des menaces vagues la semaine dernière, lors de l'ouverture l'inquiétait, mais Mace savait qu'il n'avait pas confiance en sa meilleure amie et en la famille de celle-ci pour rien. Passer un peu plus de temps avec sa petite fille n'était qu'une partie de sa motivation.

Après s'être habillé et s'être préparé du café, il sortit son portable afin d'envoyer un message à Adrienne. Puisqu'ils assuraient les mêmes horaires la plupart du temps — ce qui était déjà le cas dans l'ancien salon — et qu'ils vivaient non loin l'un de l'autre, ils essayaient de faire autant de covoiturage que possible. Le centre commercial où se trouvait la nouvelle boutique avait un bon parking, mais lors des journées bien remplies, quand les autres magasins et les restaurants étaient bondés, ils voulaient aussi occuper le moins d'espace possible.

Mace : *Tu es réveillée ?*

Il sirota son café alors que la petite bulle de conversation apparaissait.

Addi : *Oui, mais j'ai besoin de plus de café. De tous les cafés du monde. Pour toujours.*

Mace sourit et tourna les pages de son carnet, jetant un coup d'œil à ses croquis pour le premier client. L'élève officier voulait deux arbres entrelacés sur son épaule pour représenter un événement de son passé avec sa famille. Il ne voulait pas expliquer à Mace ce que cela représentait exactement, mais il avait donné suffisamment de détails pour que le tatoueur ait une idée. Il avait également dû réapprendre toutes les règles et les régulations concernant les tatouages autorisés dans les différentes branches de l'armée. Les choses avaient tellement changé ces dix dernières années qu'il fallait presque un diplôme de maths pour calculer le pourcentage de peau et les localisations permises. Vu la quantité d'encre qui couvrait le torse de Mace ainsi que ses bras et son dos, il était impossible qu'il devienne un jour militaire, non pas que cela lui ait déjà traversé l'esprit, depuis qu'il était adulte.

Mace : *Tu veux toujours que je t'emmène au travail ? Ou tu y vas plus tôt ?*

Addi : *Sauvons la planète.*

Mace ricana avant de boire la dernière goutte de son café. Il aurait besoin d'une autre tasse avant de passer récupérer Adrienne. Bon sang, il aurait peut-être même besoin d'une troisième, étant donné qu'il n'avait pas beaucoup dormi la veille au soir.

Mace : *Je passe te prendre dans une heure.*

Addi : *kk.*

Mace : *Pourquoi ces deux k ?*

Addi : *…*

Addi : *Tu me poses vraiment une question sur le jargon SMS quand je n'ai eu qu'une demi-tasse de café après être restée debout toute la nuit ? Et je n'en ai aucune idée. C'est le gamin d'Austin qui a commencé à le faire, et Austin l'a assimilé, donc maintenant, c'est moi qui le fais. Apparemment, c'est à la mode chez les gamins trop cool.*

Mace posa sa seconde tasse de café sur le plan de travail afin de ne pas renverser le liquide chaud sur le côté. Il ignorait totalement comme elle avait pu répondre si vite, mais elle pouvait probablement battre à plate couture ces *gamins trop cool* lors d'une compétition de rédaction de SMS. Adrienne et lui avaient été obligés d'apprendre à écrire des messages en tapant sur des chiffres plus d'une fois pour avoir des lettres différentes, quand les premiers téléphones portables populaires étaient sortis.

Désormais, il se sentait vieux à l'âge mûr de trente-cinq ans. Il avait besoin de plus de café s'il réfléchissait ainsi.

Mace : *Si tu utilises un jargon, les gamins ne l'utilisent plus, je dis ça comme ça.*

Il fronça les sourcils et renvoya un SMS avant qu'elle ne puisse lui répondre un juron.

Mace : *Et pourquoi tu as été debout toute la nuit ? Tu te souviens de son nom ?*

Il ignorait totalement pourquoi il avait demandé ça ou en quoi cela le regardait, mais pour une raison quelconque, il avait laissé son esprit vagabonder un peu trop.

Addi : *Je travaillais sur un foutu croquis, idiot. Ce à quoi tu penses aurait probablement été plus amusant puisque je me suis retourné le cerveau pendant trois heures avant de trouver enfin le bon design. Bon, je dois vraiment aller me doucher. Va nettoyer ta barbe, le vieux.*

Il lui envoya un emoji de doigt d'honneur, avant de poser son smartphone pour terminer sa routine matinale. Il finissait de tout nettoyer quand la sonnette résonna. Il fronça les sourcils, se demandant qui pouvait venir chez lui si tôt, puisque la plupart de ses amis soit étaient au travail, soit ils avaient travaillé dans la nuit et se réveillaient probablement comme lui.

Rangeant son téléphone dans sa poche, il avança vers la porte d'entrée et cligna des yeux lorsqu'il vit son ex par le judas. Il retint ensuite un juron en remarquant qu'elle n'était pas seule.

Il ouvrit la porte, mais contrôla sa colère puisqu'à côté

de Jeaniene dans son tailleur, avec son maquillage et sa coiffure élégants, se trouvait leur petite fille, Daisy. Il haussa un sourcil interrogateur en scrutant son ex avant de se mettre à genoux et d'ouvrir les bras. Sans hésitation, Daisy bondit sur lui et il la saisit avant de la serrer contre son torse. Elle l'embrassa sur la tempe, puis sur le front et la joue avant de soupirer et de poser la tête sur l'épaule de son père.

Ce n'était pas inhabituel pour elle puisqu'elle n'était pas une enfant très bavarde. Elle ne disait des choses que lorsqu'elles lui paraissaient importantes. Elle était aussi mignonne que possible. Elle chuchotait et gloussait avec ses amis imaginaires plus souvent qu'avec les humains. Elle était vraiment timide quand il s'agissait du monde réel. Il s'en moquait, tant qu'elle était heureuse et qu'il pouvait la voir. Toutefois, ça n'arrivait pas souvent à cause du système de garde mis en place. Jeaniene avait obtenu la garde totale tandis qu'il n'avait le droit qu'à des visites. C'est ce qui arrivait quand un parent était avocat dans une famille d'avocats et que l'autre était un tatoueur sans diplôme universitaire. Il s'était battu avec toutes ses économies, mais il n'avait obtenu qu'un droit de visite.

Ce n'était pas son week-end. Pourtant, la valise de Daisy était sur la marche derrière son ex.

— Que se passe-t-il, Jeaniene ?

Il caressa le dos de Daisy et elle continua de s'accrocher à lui.

— Salut, papa, déclara-t-elle d'une voix endormie.

— Salut, chérie.

Il embrassa le sommet de son crâne.

— Tu vas bien ?

— Oui, oui, juste fatiguée.

Elle se blottit contre son épaule et commença à jouer avec ses cheveux, tandis qu'elle s'évadait dans son petit monde de rêves.

— Jeaniene ?

Elle fit un signe derrière lui.

— Est-ce qu'on peut rentrer une seconde ? Je n'ai pas beaucoup de temps, et honnêtement, je ne savais pas comment le dire au téléphone. Je *sais* que je m'y prends horriblement mal, mais... est-ce que... tu peux m'accorder un moment, Mace ?

Il étudia son visage et sut qu'il n'aimerait pas ce qu'elle allait dire, peu importait ce que c'était. Alors qu'il avait sa fille dans ses bras, ce n'était pas comme s'il avait le choix. Jeaniene le suivit, faisant rouler la valise de la petite derrière elle. Elle paraissait nerveuse, ce qui ne lui ressemblait pas du tout, mais il n'insista pas. Pas encore, et pas avec Daisy blottie contre lui.

Jeaniene et lui n'avaient couché ensemble qu'à quelques reprises et rien que pour s'amuser, sans vraiment d'attache, et elle avait découvert qu'elle était enceinte. Tout avait alors dégénéré après ça, mais au bout du compte, il avait eu sa petite fille, alors il considérait cela comme une immense victoire.

Mace posa Daisy sur le canapé et embrassa le sommet

de son crâne avant de lui tendre son smartphone. Ce n'était pas le meilleur comportement paternel, mais il avait besoin de parler à Jeaniene en privé et il ne souhaitait pas que l'enfant entende.

— Je reviens tout de suite, ma petite citrouille.

Il ouvrit rapidement l'application du jeu de Memory, puisqu'il savait qu'elle l'aimait, et il l'ébouriffa avant de faire signe à la femme de le suivre dans la cuisine.

— Que se passe-t-il Jeaniene ?

Son café était aussi lourd que du plomb dans son estomac et il savait qu'il allait probablement regretter la seconde tasse.

Elle se mordit la lèvre, ce qui ne lui ressemblait vraiment pas, et il inclina la tête en la scrutant. Visiblement, elle n'avait pas beaucoup dormi la veille, ce qu'elle ne pouvait pas dissimuler même avec sa tenue professionnelle et son maquillage. Si quelque chose l'inquiétait autant, il savait qu'il n'allait pas apprécier.

— Je suis passée associée, déclara-t-elle rapidement.

Il haussa les sourcils.

— Vraiment ? Tant mieux pour toi.

Et il le pensait. Elle s'était démenée pour son boulot *et* elle se dégageait tout de même du temps pour Daisy. Il ne pourrait jamais lui reprocher de ne pas s'occuper de leur fille, même s'il voulait s'en prendre à elle parce qu'elle ne le laissait pas avoir une place suffisamment importante dans sa vie.

— Tu as obtenu cette place assez rapidement, non ?

Elle était bien plus jeune que les hommes de son entreprise, elle était même plus jeune que Mace, donc c'était assez incroyable qu'elle devienne associée.

Elle acquiesça, mais n'avait pas l'air stressée.

— En fait, ce n'est pas vraiment ça. Je *vais* devenir associée ce mois-ci. Si je fais quelque chose.

Il se raidit.

— Et qu'est-ce que tu dois faire exactement ?

Des situations hypothétiques traversèrent son esprit, imaginant ce qui la mettrait dans une position compromettante, et il serra les poings. Il savait avec quel genre d'homme elle travaillait et le pouvoir qu'ils exerçaient. Il n'aimait peut-être pas Jeaniene autant que lorsqu'ils étaient ensemble, mais si quelqu'un lui faisait du mal, il devrait réagir.

Elle leva les mains, les paumes face à lui, et secoua la tête.

— Rien de ce que tu imagines. Je te le promets. Mais c'est quand même mauvais.

— Crache le morceau, Jeaniene.

— Je deviendrais associée si je déménage au Japon. Demain. Sans préambule, ni préparation. Mais un poste s'est ouvert et la *seule* façon de devenir partenaire avant mes quarante ans dans cette entreprise, c'est si je le fais. C'est une opportunité géniale et ça permettra à Daisy et moi d'être à l'aise financièrement pour le reste de nos vies si j'accepte ce poste pour six mois.

La bouche de Mace s'asséfa quand son cerveau tenta

de suivre. Le Japon ? Pour six mois ? C'était quoi ? Ce ? Merdier ?

Il ne s'était pas rendu compte qu'il l'avait dit à voix haute jusqu'à ce que les sourcils de son ex se haussent et qu'elle lance un regard noir dans sa direction. Elle n'avait jamais aimé les jurons, mais elle pouvait carrément aller se faire foutre à cet instant.

— Tu déménages au Japon ? Et pour Daisy ? Il est absolument hors de question que tu l'emmènes hors du pays. C'est ma fille aussi, bon sang.

Un air peiné se lut sur son visage et elle souffla.

— Je ne peux pas amener Daisy avec moi, Mace.

Elle soupira, comme si elle n'arrivait pas à croire non plus les mots qui sortaient de sa bouche.

— Quoi ? demanda-t-il d'une voix rauque.

Il avait dû mal entendre. Il était impossible qu'elle dépose sa fille chez lui, sans le prévenir ni en discuter. Il fit de son mieux pour ignorer la valise qu'elle avait apportée.

— Ce sera mieux si Daisy reste ici, aux États-Unis. Je vais travailler de longues heures, au Japon, et franchement, je ne sais pas comment je pourrais être maman à plein temps, là-bas.

Il se contenta de cligner des yeux, sacrément confus et ignorant le petit éclat d'espoir dans son cœur à l'idée de voir son enfant plus souvent qu'avant. Parce que c'était Jeaniene, après tout, et rien n'était jamais comme on l'imaginait.

— Mes parents ont proposé d'accueillir Daisy, bien sûr.

— Hors de question. C'est *ma* fille. Pas la leur.

C'était quelque chose que la famille de Jeaniene avait tendance à oublier.

— Si tu laisses tomber Daisy pour aller vadrouiller dans le monde entier, si tu fais passer ton travail avant ta fille, alors il est clair qu'elle doit rester avec son *père*.

La colère se lut dans ses yeux, mais elle ne l'insulta pas. Jeaniene ne ferait jamais ça.

— Je n'allais pas les laisser la prendre. Malgré ce qu'ils disent, tu *es* un bon père. Et ça va me tuer de ne pas être avec elle, de devoir me contenter de Skype et de quelques visites si j'arrive à les planifier, mais ce sera mieux pour nous si je finis associée. Je fais ça pour elle.

Il n'y croyait pas une seconde, mais il n'était pas sûr d'avoir des mots pour ce qu'il ressentait à ce moment-là.

Jeaniene baissa les yeux vers sa montre avant de se pincer les lèvres.

— Je ne connais pas tous les détails, et cela devra être fait selon la loi, bien sûr. L'entreprise t'enverra des papiers concernant cette situation temporaire et tous les deux, on peut décider quelle sera la solution permanente. Je dois y aller si je ne veux pas louper mon vol.

Les larmes lui montèrent aux yeux, mais elle les ignora.

— Mace. Tu dois t'occuper de Daisy jusqu'à ce que je sache quoi faire. Ce sera bon pour notre avenir, je le sais, mais... mais je sais également que tu te retrouves avec beaucoup de responsabilités. Si c'est trop, je peux parler à mes parents.

Il leva la main, son torse se soulevant difficilement. Honnêtement, il n'arrivait pas à croire ce qui était en train de se produire. Jeaniene avait déjà fait beaucoup de choses qui, non seulement, l'avaient surpris, mais également agacé, au fil des ans. Néanmoins, ça... c'était plus qu'il n'aurait jamais pu en rêver.

— Laisse-moi reformuler. Tu déménages au Japon. Maintenant. Sans me prévenir. Sans me passer un coup de fil pour me dire ce que tu prévoyais. Et tu laisses Daisy ici. Encore une fois, sans prévenir. Ne te méprends pas, je ne dis pas que je ne veux pas vivre avec elle. Que je ne veux pas l'avoir avec moi. Je veux toujours être à ses côtés. Mais le fait est que, visiblement, tu te fous d'abandonner ton enfant. Mais... fais comme tu veux. Comme d'habitude. Quant à cette paperasse que tu envoies ? Tu peux être certain que j'aurais un meilleur avocat que la dernière fois, sinon je ferais de ta vie un enfer. Compris ?

Elle leva le menton et croisa son regard.

— Je te comprends, Mace. Je te comprends *toujours*.

Elle tendit la main dans son sac et en sortit une tonne de papiers.

— Je les ai déjà sur moi. Cela te protégera de ma famille. On s'occupera bientôt du reste. Quant à Daisy ? Je fais ça *pour* elle.

— Peu importe ce que tu te dis pour pouvoir te regarder dans une glace.

Elle lui lança un regard mauvais avant de repartir dans le salon où il imaginait qu'elle disait au revoir à sa fille. Mace laissa échapper un souffle frissonnant avant de s'agripper au plan de travail pour tenter de comprendre ce qu'il venait de se passer.

D'une seconde à l'autre, il était devenu père à plein temps.

Et il ignorait totalement ce qu'il devait faire.

Trois

CELA FAISAIT une semaine qu'Adrienne regardait la vie de son meilleur ami changer de façon dramatique, et elle n'était pas sûre de savoir s'ils avaient tous les deux retrouvé leurs repères. Elle n'arrivait pas à croire que Jeaniene avait quitté le pays aussi rapidement, laissant derrière elle la plupart de ses possessions qui devaient être emballées et soit stockées, soit envoyées plus tard, mais également sa *fille*.

Quel genre de mère faisait ça ?

Bien sûr, Mace avait dit que cette femme avait mentionné à maintes et maintes reprises que c'était pour l'avenir de Daisy, mais Adrienne avait du mal à le digérer et elle n'était pas certaine de pouvoir s'empêcher de s'en prendre à cette femme si elle la revoyait un jour. Cette Jeaniene avait toujours été jalouse de leur amitié. Et

Adrienne avait détesté le fait qu'il y avait de la tension à cause de quelque chose d'aussi bête et de superficiel. Mais ce n'était pas comme si Mace et elle avaient eu une relation sérieuse, au moins jusqu'à l'arrivée de Daisy. Tout avait ensuite implosé et Adrienne avait fait de son mieux pour rester auprès de son meilleur ami et le soutenir quand les choses étaient allées de mal en pis.

Peut-être que si Adrienne avait appris à connaître l'ex de Mace, elle l'aurait un peu plus appréciée, mais d'après ce qu'elle avait vu, elle n'avait aucune preuve pour soutenir cette éventualité. Et cela n'augurait rien de bon pour toutes les personnes impliquées, surtout Daisy.

Cela faisait désormais une semaine que Jeaniene avait laissé Daisy avec Mace, et il avait donc été obligé d'apprendre comment devenir un père un plein temps sans aucune préparation ni introduction, tout en assumant un travail à plein temps. Bien sûr, Daisy avait une chambre chez lui, ainsi que des vêtements et des jouets, mais ils avaient un rythme pour leur *week-end* ensemble, et cela ne ressemblait en rien à ce dont ils avaient besoin maintenant.

Heureusement, Mace vivait dans le même district que Daisy et sa mère, elle allait donc dans la même école. Il s'en était assuré quand il avait emménagé dans sa nouvelle maison deux ans plus tôt. Il n'avait pas voulu perturber la vie de sa fille et Jeaniene n'aurait en aucun cas déménagé pour lui. Toutefois, cela signifiait que Mace s'était en même temps rapproché d'Adrienne, ce qui ne le dérangeait aucunement.

Cela voulait également dire que Daisy n'était pas obligée de changer de crèche et qu'elle pouvait rester avec ses amis quand elle irait en maternelle et même plus loin. À moins que tout change une nouvelle fois de manière dramatique. Dans ce cas-là, ils devraient trouver un autre plan.

Tandis que Mace et les parents de la jeune femme avaient récupéré la plupart de ses bagages, Adrienne faisait de son mieux pour aider également. Les Knight gardaient Daisy pendant la journée quand son père avait besoin de travailler, et la petite n'allait à l'école que par demi-journée. Il fallait que Mace travaille quand il le pouvait et Adrienne avait aussi besoin qu'il bosse puisqu'ils venaient juste de lancer la boutique. Mais Ryan et Shep étaient d'accord pour permettre à Mace de prendre les heures nécessaires, temporairement. Le soir, quand elle ne travaillait pas, Adrienne partait chez Mace et s'assurait qu'ils aient un bon repas sur la table. Elle n'était pas meilleure cuisinière que son ami (en fait, elle pensait même qu'il était bien plus doué qu'elle), mais elle avait compris que ce ne serait pas facile d'établir l'heure des repas, des bains et du coucher en milieu de semaine, tout en essayant d'empêcher que ce soit trop pesant pour la petite fille.

Alors elle faisait ce qu'elle pouvait pour aider, et tentait au mieux de ne pas s'impliquer. Elle aimait Daisy et ferait n'importe quoi pour que Mace puisse devenir le meilleur père possible. Et si cela signifiait stresser sur des choses qui était hors de son contrôle, comme d'habitude, alors elle était bien obligée de le faire.

— Tu as encore la tête dans les nuages, déclara Mace en la surprenant.

Elle ne s'était pas rendu compte qu'il était revenu après être parti leur chercher à manger chez le traiteur, à quelques boutiques de là. Lorsque les finances étaient toujours un problème, dans leur ancien travail, ils avaient pour habitude d'apporter leur déjeuner tous les jours, mais puisqu'ils avaient été trop occupés à penser uniquement au travail et à Daisy dernièrement, les petites choses comme la préparation du déjeuner du lendemain avaient été mises de côté.

Elle se tourna pour voir Mace lui tendre une bouteille d'eau et son sandwich, et elle souffla.

— Tu m'as fait peur.

Il haussa les sourcils.

— Si c'était le cas, tu aurais crié comme la fois où on était dans ce labyrinthe de champ de maïs.

Elle lui lança un regard noir, mais ne prit pas sa nourriture, puisqu'elle ne voulait pas manger dans son espace de travail.

— Je n'ai pas crié si fort que ça. Et si c'était le cas, personne n'aurait pu me le reprocher. Il y avait un *clown*. Avec une *tronçonneuse*. En train de me *courir* après.

Mace se contenta de sourire et se pencha contre la demi-paroi qui entourait son poste.

— Je ne t'ai jamais vu courir aussi vite ni sauter si haut que par-dessus ce trou qui était censé te ralentir. C'était comme si tu faisais du saut de haies ou quelque chose comme ça.

— Clown. Chaîne de tronçonneuse. Chasse.

Elle leva la main, montrant ses doigts alors qu'elle énumérait sa liste.

— Les trois C de la mort.

— Je suis sûr qu'il y a d'autres C dans le monde qui pourraient tout arranger.

Et pour une quelconque raison, la façon dont sa voix grogna comme d'habitude la fit rire puis rougir. Ses joues se réchauffèrent au point qu'il pourrait probablement le constater, mais, avec un peu de chance, il penserait que ce n'était que de la colère. Elle n'allait *pas* être embarrassée, ou pire, excitée, à cause de l'homme en face d'elle.

Il y avait des limites à ne pas franchir et celle-ci en faisait partie.

Et, récemment, elle avait dû redoubler de vigilance quant à la direction que prenaient ses pensées en songeant à Mace. Apparemment, ouvrir sa propre boutique tout en gérant un tas d'autres choses lui avait fait perdre de vue ce qui était important.

— Si tu le dis, Knight.

Elle déglutit difficilement et recula légèrement afin d'avoir un peu de place pour respirer. Mace était simple-ment si *grand* qu'il finissait par prendre plus de place que n'importe qui d'autre. Et quand on savait à quel point les frères et les cousins de la jeune femme étaient grands, ça ne signifiait pas rien.

Il fit un clin d'œil et repartit vers la table où il avait laissé son sandwich. Ryan était à son poste de travail et fermerait une fois qu'Adrienne et Mace partiraient. Aucun d'eux ne voulait déranger l'employé puisqu'il était concentré. Bien sûr, cela ne les dérangeait pas de bosser ensemble quand il y avait du monde, mais elle le laissait travailler en paix si elle le pouvait.

Mace et elle commencèrent leur repas tout en surveillant du coin de l'œil les clients qui pouvaient entrer sans prévenir. Puisque c'était le milieu de semaine et qu'il pleuvait, elle ne pensait pas qu'ils auraient beaucoup de monde, mais elle devait rester attentive. Cela avait déjà été une journée consacrée à la famille. Shep était chez lui pour la soirée avec sa femme et sa fille, tandis que Shea était déjà partie avec Roxie — elles étaient toutes les deux les comptables de la boutique. Bientôt, Adrienne et Mace rentreraient chez eux et laisseraient Ryan gérer les soucis de dernières minutes, mais elle lui faisait confiance. Après tout, elle ne pouvait pas s'occuper de l'ouverture et de la fermeture *tous* les jours.

Mais cela devrait arriver la plupart du temps puisque visiblement, elle était celle qui n'avait pas de relation ou personne à retrouver après une longue journée de travail remplie de stress. Cela ne l'avait pas dérangé auparavant, comme elle avait toujours été concentrée sur ses rêves, et même si elle cherchait un homme qui pourrait être *le bon*, cela n'avait pas été une priorité. Toutefois, désormais et pour une raison quelconque, la situation n'était plus pareille. Peut-être parce qu'elle avait accompli son rêve et possédait sa propre boutique, même si elle devait travailler encore plus à présent pour la maintenir à flot, cette case de la liste était cochée ? Sans mentionner le fait que Shep était de retour en ville avec sa famille parfaite et que Roxie était déjà mariée. Adrienne ne s'était jamais sentie mise à l'écart auparavant, mais plus elle y réfléchissait, plus ces sentiments envahissants lui revenaient.

Mace accueillait Daisy chez lui, maintenant, et Thea... eh bien, Thea était une acharnée de travail dans sa boulangerie, tout comme Adrienne l'était dans sa boutique, donc peut-être que toutes les deux étaient comme des petits pois dans leur cosse.

— Tu as encore la tête dans les nuages, déclara Mace.

Il la poussa de l'épaule alors qu'ils étaient assis sur le canapé à l'avant de la boutique.

— Mais qu'est-ce que ça veut dire, avoir la tête dans les nuages, d'abord ? s'enquit-elle.

Elle repoussa rapidement ses pensées étranges de son esprit.

Mace fronça les sourcils.

— Tu sais quoi ? Je n'en sais rien et j'ai l'impression d'être un idiot.

Il sortit son téléphone et commença à faire défiler l'écran.

— On va regarder.

Elle leva les yeux au ciel et ne put s'empêcher de sourire alors qu'il consultait la définition et leur apprit quelque chose de nouveau pour la journée. Eh bien, au moins, elle ne s'ennuierait jamais avec lui à ses côtés.

— Ce mec est revenu ? demanda Mace quand ils avaient fini leur repas et commençaient à travailler sur le nettoyage de la boutique.

Elle secoua la tête, sachant exactement ce qu'il signifiait.

— Non, mais je ne pense pas que ce sera la dernière fois qu'on entendra parler de lui. Shep a regardé qui ça pouvait être, mais honnêtement, c'est une impasse pour l'instant. Il ne s'est pas présenté. Il nous a juste menacés avec des conneries bizarres et vagues.

Cela la dérangeait toujours, et elle *savait* qu'il y aurait bientôt de nouvelles conséquences à cette visite. Elle détestait le fait qu'ils ne pouvaient rien faire à part attendre de le découvrir.

— Je ne veux pas que tu sois seule ici, le soir, Adrienne. Pas quand on ignore quel est le problème de ce type, à part qu'il est coincé dans un costume guindé et qu'il ricane d'un air narquois.

Elle marqua une pause, serrant les poings sur le comptoir devant elle.

— Excuse-moi ? Tu as dit à Shep ou à Ryan que tu ne voulais pas qu'*ils* soient seuls ?

Le client de Ryan venait juste de partir, donc celui-ci quitta son carnet des yeux avant de lever les mains comme pour montrer sa reddition.

— Non, il ne l'a pas fait et pour l'amour de Dieu, laissez-moi en dehors de ça ?

Mace lui fit un doigt d'honneur, mais Adrienne ne pouvait que lancer un regard noir à son meilleur ami.

— Addi.

— Ne me dis pas *Addi*, bordel. Je sais que tu es un peu trop protecteur, mais souviens-toi que je peux prendre soin de moi. En plus, c'est une zone bien éclairée et même si je suis la dernière dans la boutique, ce n'est pas comme si je n'avais pas fait ça pendant des années à l'ancien salon. Ne joue pas au mec-frère avec moi, Mace. Je ne vais pas apprécier.

Ryan ricana.

— Mec-frère ?

Elle lui fit un doigt d'honneur parce qu'il pouvait être tout comme Mace et Shep, et se révéler trop protecteur s'il pensait qu'une de ses amies proches était en danger. Non pas qu'Adrienne ait déjà été en danger en marchant sur ce parking. Comme n'importe quelle femme saine d'esprit le soir, elle partait vers sa voiture avec un spray au poivre ou ses clés serrées dans son poing. Bien sûr, quand elle le dit à Mace, il se contenta de lui lancer un regard encore plus noir.

Les hommes.

— Je dis juste...

— Ne dis rien. Je ne vais pas attendre qu'un homme fort me sauve juste pour que je puisse marcher en extérieur, mais je ne vais pas agir bêtement non plus. Je sais qu'il y a des gens qui aiment s'en prendre à des femmes. Allô ? Je suis une femme et le fait que j'ai toujours rejoint ma voiture sans n'avoir jamais été attaquée devrait indiquer quelque chose. Mais je ne vais pas non plus vivre ma vie en ayant peur de *ce qui peut* arriver, ni finir par anéantir notre boutique et entrer en conflit avec l'emploi du temps des clients juste à cause de ça.

Mace soupira avant de s'appuyer contre le mur.

— Je comprends. Et je sais que je n'aurais même pas dû dire quoi que ce soit, mais ce mec m'a fait flipper et franchement, je n'ai pas confiance en ce qu'il peut faire.

Son estomac se tordit, mais elle l'ignora.

— Cet homme va plus probablement nous assigner un procès pour des conneries qu'on n'a même pas faites. C'est plutôt de ça qu'on devrait s'inquiéter.

Cette idée l'empêchait de dormir la nuit, non pas qu'elle l'ait évoquée avec Mace et Ryan.

— D'accord, vous deux, vous ne pouvez rien y faire pour le moment, déclara ce dernier en arrivant entre eux. De toute façon, vous avez tous les deux fini votre journée et puisque vous partez en même temps, Mace peut te protéger en te raccompagnant jusqu'à ta voiture, Adrienne, et tu peux continuer de lui jeter un regard noir, tout en sachant que tu ne changes pas ton emploi du temps pour qu'il puisse t'escorter.

— Je commence à me demander pourquoi on t'a embauché, grogna Adrienne avant de récupérer ses affaires.

La pluie s'était accentuée et il faisait sacrément froid dehors, donc elle avait besoin de son manteau.

— Parce que je suis un don de Dieu en ce qui concerne le tatouage, et que j'accepte facilement vos taquineries.

Mace fut le premier à éclater de rire, et Adrienne ne put s'empêcher de sourire.

— Si tu le dis, Ryan. Si tu le dis.

Mace alla également récupérer ses affaires et bientôt, tous les deux marchaient côte à côte sous la pluie drue afin de rejoindre leurs voitures. Ils s'étaient garés si loin qu'elle était trempée quand elle ouvrit sa portière. Leurs véhicules étaient l'un à côté de l'autre, comme d'habitude, et elle lui adressa un semblant de salut militaire quand elle se glissa sur le siège conducteur.

Il sourit en montant dans son pick-up, tout en secouant la tête. Oui, ils se disputaient, mais ils étaient meilleurs amis pour une raison. Elle comprenait pourquoi il s'inquiétait pour elle. Elle savait qu'elle serait encore plus vigilante en sortant seule, mais il était impossible qu'elle change les horaires rien que pour respecter les caprices de son ami trop protecteur.

Elle tourna la clé pour allumer le moteur, puis elle jura

quand il ne fit que cliqueter. Il ne s'alluma pas, il n'y avait pas de bruits étranges, rien qu'un clic.

— C'est quoi ce délire ?

Elle essaya, prenant de profondes inspirations pour ne pas perdre son calme et commencer à taper son volant. La seule chose qui finirait par casser, ce serait sa main et ce qui déconnait déjà sous son capot.

— Bon sang ! hurla-t-elle une nouvelle fois alors que le clic continuait, sans résultat.

Quelqu'un frappa à sa vitre et elle cria plus ou moins comme elle l'avait fait dans ce champ de maïs, même si elle savait qu'il devait s'agir de Mace qui se montrait encore trop protecteur.

Elle ouvrit la portière après avoir longuement soupiré et attrapa son sac avant de s'assurer que son ami s'était décalé avant de sortir.

— Si tu demandes l'autorisation de regarder sous le capot avant que je n'en aie la chance, je pourrais bien te donner un coup de genou dans les couilles.

La pluie tombait sur eux et il se contenta de secouer la tête.

— C'est probablement la batterie, non ?

— Qu'est-ce que j'ai dit à propos du capot ? Tu ne devines pas. Tu n'essaies pas de régler le problème jusqu'à ce que je puisse voir de quoi il retourne.

— Allez, Addi, il pleut des cordes et tu rentres chez toi, de toute façon. On laisse ta voiture ici plutôt que de gérer ce qui ne va pas puisqu'aucun de nous ne s'y connaît en moteurs, de toute façon. On va appeler le mari de Roxie, lui demander de venir pour y jeter un coup d'œil demain et je t'emmènerai au boulot demain.

Carter, le mari de Roxie, *était* mécanicien et même si ce n'était que la batterie — elle n'en était même pas sûre puisqu'elle ne connaissait rien aux voitures — le temps était si mauvais qu'elle finirait par s'électrocuter plutôt que d'alimenter son véhicule.

— D'accord.

La pluie glissa dans son cou et entre ses seins, son manteau n'aidant en rien contre le froid d'octobre ou les précipitations. Elle savait qu'elle avait eu l'air irascible, mais elle en avait assez de sa voiture et de ses problèmes. Elle avait besoin d'en acheter une autre, urgemment, mais elle avait utilisé une grande partie de ses économies pour la maison et la boutique. Bien sûr, il lui en restait un peu, mais elle savait qu'elle devait en garder un peu pour les mauvais jours — jeu de mots volontaire. Mace ferma la portière derrière elle avant de se tourner pour lui ouvrir le côté passager. Elle soupira et l'enlaça rapidement parce qu'elle avait l'impression d'être une enfant gâtée, puis elle monta dans son pick-up.

Lorsqu'il courut du côté conducteur et monta dedans, elle reposa son crâne sur son appuie-tête avant de soupirer.

— Je suis désolée, je suis grognon. Merci de me conduire chez moi et de m'aider à m'occuper de ma voiture. Je sais qu'il pleut et que le temps est immonde, mais tu es génial. Je suis juste de mauvaise humeur.

Mace tendit la main et serra la sienne avant de mettre le contact et de sortir de sa place.

— Tu n'es pas grognon ni de mauvaise humeur. Pas vraiment, ajouta-t-il quand elle ricana. Ta voiture ne voulait pas démarrer et tu n'as pas mis de coup de pied dans le pneu ni rien, donc il y a du progrès.

Elle ne put retenir le sourire qui s'étira sur son visage alors qu'elle regardait dans sa direction.

— J'ai mis *une fois* un coup de pied dans mon pneu, mais c'était parce que j'étais en colère contre Joe.

— Ton ex était un con, donc tu aurais dû mettre un coup de pied dans *son* pneu au lieu du tien, mais ça aurait été qualifié de délit mineur.

Mace n'avait pas tort en disant que Joe était un con, mais elle n'avait pas vu cet homme depuis plus d'un an. Elle cligna des yeux, sa bouche s'asséchant.

Plus. D'un. An.

— Oh mon Dieu, chuchota-t-elle.

Si elle n'avait pas vu ce mec depuis un an, cela signifiait qu'elle ne s'était pas envoyée en l'air depuis plus d'un an. Plus de trois cent soixante-cinq jours à n'avoir d'orgasmes que parce qu'elle savait caresser son clitoris et avait un sac rempli de jouets.

Oh. Mon Dieu.

Mace se tourna vivement vers elle avant de regarder la route.

— Que se passe-t-il ? Merde, j'ai cru que j'allais foncer dans un truc.

Elle grimaça.

— Pardon. Au moins, tu n'as pas flanché.

— Qu'est-ce qui ne va pas ? Tu es pâle et j'ai l'impression que tu vas vomir. Tu veux que je me gare ?

Il commença à regarder sur le côté et elle tendit la main pour lui tapoter le bras.

— Je vais bien. Vraiment. C'est juste que je euh... j'ai pensé à quelque chose d'inquiétant, et eh bien ça m'a surpris, c'est tout.

Il maintint son regard sur la route alors que la pluie commençait à tomber encore plus fort, mais elle voyait la confusion sur son visage. Généralement, elle lui disait à quoi elle pensait, mais elle n'était pas sûre d'être prête à discuter de cela avec lui, un jour.

Jamais.

Ils restèrent dans un silence gêné alors que Mace conduisait jusqu'à la maison de la jeune femme, et elle tenta de comprendre comment elle avait laissé ses rencards et sa vie sexuelle tomber ainsi dans l'oubli. Elle avait été occupée à travailler sur la création de la nouvelle boutique et elle bossait deux fois plus dans son ancien salon pour économiser avant de démissionner, donc c'était une excuse facile.

Mais tout de même, elle n'était pas certaine de savoir comment c'était arrivé.

Mace se gara dans son allée et la pluie autour d'eux leur bloqua la vue, le vent s'écrasant contre le pick-up avec assez de force pour le faire tanguer.

— Tu ne peux pas conduire par ce temps, déclara-t-elle par-dessus le bruit des bourrasques. Ça devrait bientôt se calmer, mais entre au moins un moment pour attendre. Tu sais que cette zone est facilement inondable. Tes parents s'occupent de Daisy, n'est-ce pas ?

Mace éteignit le moteur et acquiesça.

— Oui, ils sont chez moi puisqu'on n'a pas encore établi de système.

— Alors, entre pour l'instant et attends au moins que le vent se calme.

Le pick-up tangua une nouvelle fois.

— Ça me va, répondit-il en croisant son regard.

Ils coururent ensuite sous la pluie et dans le vent, riant alors qu'elle essayait de mettre la clé dans la serrure. Ils titubèrent en entrant chez elle, ensemble. Il avait les mains posées sur le haut des bras de la jeune femme, la stabilisant alors qu'ils glissaient sur le parquet et claquaient la porte derrière eux.

— C'était fou ! déclara-t-elle en riant.

Elle secoua la tête, regardant les gouttes d'eau couler de ses cheveux comme si elle venait juste de sortir de la douche.

Il serra ses bras avant de la relâcher et un frisson la parcourut. Elle supposait que c'était à cause de la pluie qui la transformait lentement en glaçon.

— C'est arrivé d'un coup. J'espère que Ryan va bien dans la boutique.

— Ça devrait le faire. Enfin, ces tempêtes ne durent

jamais longtemps. Pas sans qu'il y ait de neige, en tout cas. Tu veux une serviette ?

Il acquiesça et la suivit vers la salle de bain principale. Elle lui tendit une serviette moelleuse avant d'en prendre une pour elle.

— Alors, tu vas me dire à quoi tu pensais ?

Elle se figea.

— Euh...

— Dis-le-moi. Tu m'as rendu curieux.

Il passa la serviette dans ses cheveux et elle ne put s'empêcher de regarder la façon dont les muscles de ses bras se contractèrent avec ce mouvement. Son meilleur ami était sacrément sexy, et apparemment, il fallait qu'elle s'envoie en l'air parce qu'elle n'arrêtait pas de penser à lui.

Rien de bon ne pourrait sortir de ce qu'elle allait dire ensuite ni de la direction de ses pensées, mais apparemment, le froid avait dû lui retourner le cerveau.

— Je pensais que je ne m'étais pas envoyée en l'air depuis plus d'un an.

Elle marqua une pause, mais il se contenta de la regarder, les yeux écarquillés.

— Ça fait trop longtemps et toi, tu es vraiment canon avec ta barbe quand tu es tout mouillé.

Il ne répondit rien et la fixa. Elle avait vraiment peur d'avoir tout gâché. Tout ce qu'elle avait à faire, c'était rire et transformer cela en blague. Lui dire qu'elle plaisantait et qu'elle voulait juste l'embarrasser.

Mais elle ne dit rien.

Elle ne *put rien* dire.

Et il ne prononça pas un mot non plus.

Au lieu de ça, il inclina la tête, lui laissant croire qu'elle avait tout gâché.

Puis il l'embrassa.

Ardemment.

Quatre

MACE COMMETTAIT une foutue erreur et il s'en moquait. Adrienne avait un goût de péché et de séduction. Il savait que s'il arrêtait de l'embrasser, il laisserait son esprit vagabonder vers ce qu'il faisait et il gâcherait absolument tout.

Alors il continua de l'embrasser.

Il approfondit ensuite le baiser.

Ses doigts s'emmêlèrent dans les cheveux de la jeune femme et elle glissa ses mains sur son torse, plongeant dans sa chair. Leurs gémissements se perdirent dans le vent et la pluie dehors, alors que celle-ci battait contre la fenêtre de la salle de bain. Il ne put s'empêcher d'explorer la bouche d'Adrienne.

Il avait songé à faire cela à de nombreuses reprises. Il avait envisagé de la goûter, de la posséder. Il s'était imaginé en train de lécher son cou, puis de descendre entre ses seins avant de la dévorer partout ailleurs. Il avait pensé à la façon dont elle se cambrerait contre lui alors qu'il plongeait en elle, et qu'ils jouiraient tous les deux, haletants et transpirants.

Il avait réfléchi à tout ça parce qu'il était attiré par Addi depuis le premier jour, mais il n'avait jamais voulu esquinter leur amitié. C'était toujours le cas, puisqu'elle était l'adulte la plus importante dans sa vie, la relation la plus forte qu'il ait avec une personne autre que Daisy.

Alors pourquoi l'embrassait-il ?

Mace s'apprêtait à reculer quand elle se pencha vers lui, appuyant ses seins contre son torse. Et quand les mains d'Adrienne glissèrent derrière son dos pour s'accrocher à lui, il savait qu'il ne pourrait plus se sortir de cette erreur.

Ils géreraient les conséquences plus tard, parce que c'était ce qu'ils faisaient habituellement. Ils étaient assez forts pour tout encaisser et à ce moment-là, tout ce dont il avait envie, c'était de pénétrer sa meilleure amie et de ne jamais s'arrêter.

Alors il n'arrêta pas.

Il lécha et mordilla sa mâchoire, appréciant la façon dont elle réagit en tournant le cou pour lui. Il ne pouvait atteindre toute son épaule alors que tout ce qu'il voulait, c'était goûter chaque centimètre de sa peau. Il recula donc et tira sur son pull. Elle battit des paupières, ses yeux écarquillés et remplis de désirs, puis elle l'aida à se débarrasser du vêtement par-dessus sa tête.

Elle était toujours en débardeur, où il pouvait apercevoir des soupçons de dentelle qui lui mirent l'eau à la bouche.

— Pourquoi tu portes autant de vêtements, bon sang ?

— Parce que si je porte ce soutien-gorge sous un haut en coton, on voit toutes les marques de la dentelle et je ne suis vraiment pas d'humeur à maîtriser des mecs qui essaient de comprendre ce qui recouvre mes tétons.

Il secoua la tête et lui retira rapidement son débardeur avant de se pencher et de suçoter un sein couvert de tissu. Elle laissa sa tête retomber en arrière et gémit, passant une main dans les cheveux de Mace pour le coller à elle.

— Maintenant, c'est moi qui suis à fond sur tes tétons, la taquina-t-il avant de passer à l'autre sein.

Elle rit et cela finit dans un grognement lorsqu'il fit glisser son soutien-gorge très légèrement afin de s'attaquer à sa peau nue.

— C'était une bla...

Elle émit un halètement empli de désir.

— Une blague horrible. La pire de toutes.

— Alors, laisse-moi me rattraper.

Il suçota son sein, tendant la main dans son dos pour détacher son soutien-gorge d'une main.

— Enlève ton haut. Ça pourrait aider.

Il sourit, se penchant en arrière pour faire ce qu'elle demandait. En fait, ce qu'elle exigeait, mais ça ne le dérangeait pas, surtout si elle continuait de lui donner de tels ordres. Tant qu'ils s'apprêtaient à être peau contre peau, il ferait tout ce qu'elle souhaitait.

— J'adore tes tatouages, chuchota-t-elle. Enfin, je sais que c'est moi qui ai fait le boulot sur tes jambes, mais ton ancien artiste, qui a fait *tous* les dessins sur ton torse et tes bras ? Il était carrément talentueux.

Le torse entier et les bras de l'homme étaient couverts d'un assortiment de tatouages qui n'étaient pas seulement liés, mais chacun avait une signification différente et personnelle pour lui. Son artiste avait créé cette œuvre sur une période de dix ans, dans son ancienne boutique, avant qu'il ne s'en aille. Adrienne avait pris la suite, et puisque son dos était encore nu, il savait qu'elle était prête à jouer avec cette toile.

Mais pas tout de suite.

Il l'embrassa une nouvelle fois avant de reporter son attention sur sa poitrine.

— Tu sais que mon dos sera tout à toi quand on finira le design.

— Tu seras bientôt *sur* le dos, Knight, garde ça en tête.

Il se raidit avant d'écraser sa bouche contre la sienne.

— Je crois que tu inverses les rôles.

Il glissa les mains sur les douces courbes de ses hanches, avant de passer la main vers son ventre et de plonger sous la ceinture de son jean.

La jeune femme observa ses doigts glisser dans sa culotte, puis sur sa chaleur.

— Mace.

Il caressa doucement son clitoris, ce qui n'était pas facile avec son jean si serré, mais l'espace limité leur offrait à tous les deux un sentiment d'urgence qui, il le savait, les exciterait encore davantage.

— Tu mouilles tellement, Addi. Ta culotte est trempée, bordel, et je vais te mettre un doigt.

Il décrivit des va-et-vient en elle avec son index, rien que pour l'effleurer puisqu'il ne pouvait pas bouger autant qu'il le voulait. Il regarda les pupilles d'Adrienne se dilater et sa respiration devenir haletante.

— Tu vas être une gentille fille et jouir sur ma main alors que tu as toujours ton pantalon ? Tu vas le faire et ensuite, je vais lécher ton minou trempé. Je vais lécher, sucer et te dévorer jusqu'à ce que tu jouisses sur mon visage. Après ça, je vais te baiser violemment et t'empaler sur ma queue pour que tu me griffes le dos. Qu'est-ce que tu en dis ?

Il entra un second doigt et le sexe serré pulsa autour de lui.

— Tu penses que tu peux le faire ? Tu peux jouir sur ma main ?

Ils se trouvaient dans la salle de bain et la pluie battait contre le carreau, pourtant, tout ce qu'il pouvait faire, c'était décrire des va-et-vient en elle avec des gestes désespérés et erratiques alors qu'elle le fixait avec les yeux écarquillés.

— Addi ? Tu peux jouir ?

En guise de réponse, elle saisit ses seins dans ses

paumes et se cambra contre lui, son regard ne le quittant jamais.

Elle jouit alors.

Il avait su qu'elle était belle, puisqu'il l'avait vu tous les jours, mais il n'avait jamais imaginé l'éclat merveilleux et époustouflant sur le visage d'Addi quand elle jouissait.

Son sexe se contracta autour des doigts de Mace et un rougissement magnifique s'étira sur sa peau.

— Mace.

En entendant son nom franchir les lèvres de la jeune femme, il l'embrassa à nouveau, ses doigts continuant de bouger dans l'orifice glissant. Elle mouillait tellement et ils émirent ensemble des bruits qui firent durcir son membre au-delà de la raison. Il craignait véritablement de jouir dans son jean comme un adolescent et s'il ne faisait pas attention, il ne pourrait pas la prendre ardemment comme il le souhaitait.

Il sortit alors ses doigts, la regarda dans les yeux et lécha le lubrifiant naturel sur son index et son majeur qui avaient fait jouir la jeune femme comme une incroyable déesse.

— Seigneur, c'est la chose la plus sexy que j'ai jamais vue.

Il lui fit un clin d'œil.

— Tu n'as pas encore vu ma queue.

Lorsqu'elle leva les yeux au ciel, il ne put s'empêcher de sourire.

— Ça va, l'ego ?

— Je t'ai fait jouir rien qu'avec mes doigts, non ?

— Oui, Oui, Oui. Maintenant, mets ta bouche à l'endroit où se trouvaient tes doigts et on verra.

Il y avait bien certaines raisons si cette femme était sa meilleure amie et sa bouche n'en était qu'une parmi tant d'autres. Il l'embrassa à nouveau, cette fois plus lentement pour savourer le temps qu'ils avaient ensemble, puisqu'il avait le sentiment qu'une fois qu'ils quitteraient tous les deux ce brouillard de sexe et de mauvaises décisions, ils ne se toucheraient plus jamais de cette façon.

Lorsqu'il s'éloigna, il lui retira rapidement son jean ainsi que sa culotte. À n'importe quel autre moment, il aurait adoré utiliser ce bout de dentelle pour taquiner ses fesses et son clitoris, mais il n'avait pas la patience pour ça. Elle laissa échapper un cri de surprise quand il la souleva par les hanches et la posa sur le lavabo. Il l'attira ensuite au bord et lui écarta les jambes, avant de lécher son sexe dans un mouvement rapide, rien que pour voir son corps se crisper.

— Tu vas me faire tomber de ce foutu truc, l'avertit-elle. Il n'est pas très solide.

— Alors, tiens-toi, grogna-t-il.

Il recommença ensuite à la dévorer. Il donna un coup de langue entre ses lèvres, tenant ses cuisses afin qu'il puisse l'ouvrir et la transpercer avec. Elle maintint ses doigts au bord du lavabo pour ne pas tomber, mais il savait qu'elle n'en était pas loin puisqu'elle tremblait entièrement alors qu'il léchait, suçait et dévorait.

Lorsque le souffle d'Adrienne sortit en minuscules halètements et que ses jambes tremblèrent sous les mains de l'homme, il suçota une nouvelle fois son clitoris et observa son corps jusqu'à son visage.

— Mace.

Elle jouit une nouvelle fois. Il continua de donner des coups de langue, conscient que s'il ne la pénétrait pas rapidement, il allait exploser ici et maintenant. Il se leva rapidement et détacha son pantalon, heureux qu'ils aient tous les deux retiré leurs chaussures devant la porte puisqu'ils étaient trempés. Lorsqu'il se plaça entre ses jambes écartées et enroula ses cheveux autour de son poing, elle lui sourit. Son regard était celui d'une femme enivrée par le désir, et il savait que le sien trahissait probablement la même chose, même s'il n'avait pas encore joui. Il écrasa sa bouche contre la sienne, son besoin d'elle s'intensifiant au point qu'il ne soit pas sûr d'en ressortir un jour, du moins, pas indemne.

— Il y a des capotes de secours dans le tiroir, haleta-t-elle.

Elle enroula les jambes autour de la taille de Mace, son sexe mouillé et chaud contre le ventre de son meilleur ami. Il était vraiment ravi qu'elle se soit souvenue du préservatif puisqu'elle était terriblement sexy à ce moment-là au point qu'il avait failli la prendre sans protection et ce n'était pas une chose pour laquelle ils étaient prêts. Bon sang, il n'était pas certain qu'ils soient *un jour* prêts pour cela.

— De secours ? demanda-t-il en tâtonnant dans le tiroir entre eux.

Il trouva rapidement la boîte de préservatifs, l'ouvrit et fit la même chose avec l'emballage avant de dérouler le latex sur sa longueur.

— J'en ai d'autres dans la chambre. Ceux-là, ce sont ceux que je garde au cas je serais à court. Enfin, ce n'est pas comme si j'avais envie de courir de la chambre jusqu'à la salle de bain pour trouver un préservatif ? Tu vois, ça tue l'ambiance.

Il n'avait *vraiment* pas envie de penser à un autre homme en train de la baiser à ce moment-là, alors il repoussa ces images de sa tête.

— Heureusement, je vais te prendre tout de suite sur ce lavabo, donc ça me va.

Il l'embrassa ardemment avant de reculer pour la regarder dans les yeux avant de se glisser en elle, millimètre par millimètre, douloureux jusqu'à ce qu'il soit plongé jusqu'à la garde dans sa chaleur mouillée.

— C'est tellement gros, chuchota-t-elle avec un éclat amusé dans le regard. Et je n'arrive pas à croire que je viens juste de dire ça à voix haute.

Il sourit, donnant de légers coups de reins afin d'entrer et de sortir lentement.

— Eh bien, un mec a besoin de ce genre de compliments. Et tu es vraiment serrée. C'est la combinaison parfaite.

Elle inclina légèrement les hanches sur le lavabo, l'attirant plus profondément et ils gémirent tous les deux.

— Meeeerde, grogna-t-il. Accroche-toi, Addi.

— Tant que tu me fais jouir, je le peux.

Il l'embrassa à nouveau.

— Considère que c'est déjà fait.

Il *bougea* ensuite.

Il avait une main sur la hanche de son amante et la tenait si fermement qu'il savait que cela laisserait probablement une ecchymose. L'autre était sur la nuque d'Adrienne pour que leurs têtes soient proches l'une de l'autre, et leur regard baissé, regardant sa longueur entrer et sortir d'elle. C'était singulièrement la chose la plus érotique dont il avait jamais été témoin et alors que ses bourses se contractaient, il sut que s'il ne la faisait pas rapidement jouir, elle le transformerait en menteur avec son sexe mouillé.

Mace l'embrassa à nouveau avant de retirer sa main de sa nuque pour jouer avec son clitoris.

— Jouis, Addi. Jouis sur ma queue.

— Tu es exigeant.

Il caressa son clitoris.

— Et toi, en manque d'affection.

— Oh que oui, chuchota-t-elle.

Elle se brisa une nouvelle fois en jouissant. Son sexe était comme un étau autour du membre de Mace et il jouit en elle, avalant le cri de la jeune femme avec un baiser tandis qu'il donnait des coups de reins en elle avec un besoin frénétique en ressentant les vagues de son orgasme.

Bientôt, le bruit de leurs respirations fut le seul qu'on entendait dans la salle de bain et il regarda par la fenêtre, remarquant que la pluie ne tombait plus et que le vent ne faisait plus trembler la maison.

La réalité de la situation le frappa alors.

Il était en retard pour aller récupérer sa fille parce qu'il avait passé les trente dernières minutes à baiser sa meilleure amie dans sa salle de bain. Il la pénétrait toujours et aucun d'eux n'avait prononcé un quelconque mot depuis qu'ils avaient joui si fort qu'il était certain d'avoir des étoiles dans les yeux pendant une heure.

Ils venaient de commettre une énorme erreur et alors qu'il la regardait dans les yeux, il sut qu'elle en avait conscience également. Au lieu de l'embrasser comme il le devrait et de lui dire que tout irait bien, il se retira d'elle et se débarrassa du préservatif. Comment la situation pouvait-elle être convenable quand aucun d'eux n'abordait ce qu'ils étaient en train de faire ? Ce... besoin qu'ils ressentaient pour l'autre avait peut-être toujours été présent, mais la concrétisation était arrivée de nulle part.

— Je dois aller chercher Daisy.

Adrienne cligna des yeux avant de resserrer ses jambes et de couvrir sa poitrine autant qu'elle le pouvait grâce à un bras. Elle acquiesça. Il était un véritable salaud, mais il ignorait totalement ce qu'il devrait dire pour tout arranger.

Il gâchait sa meilleure amitié parce qu'il était totalement hors de sa zone de confort et qu'il ignorait réellement comment arranger ça.

— Mon Dieu, elle se demande probablement où tu es.

Il n'y avait pas de censure dans son ton, pas de blessure, mais le manque d'émotions en disait long.

— Je passe te prendre demain matin ? demanda-t-il en remontant son jean. Tu vas appeler Carter ce soir ?

Elle hocha la tête, ses mains la couvrant toujours, même s'il avait goûté chaque centimètre qu'elle lui cachait maintenant.

— Je m'en charge

Elle s'éclaircit la gorge.

— Euh, à demain.

Il croisa son regard, voulant les inciter, soit lui soit elle, à dire quelque chose, *n'importe quoi* pour arranger la situation. Mais ils n'avaient pas prononcé un seul mot avant de faire ça et avec tant d'émotions, il savait que ce ne serait pas le cas non plus, à présent.

Pas encore.

— D'accord, alors.

— D'accord. Au revoir, Mace.

Il déglutit difficilement.

— Au revoir, Addi.

Il laissa ensuite sa meilleure amie assise sur son lavabo, dans la salle de bain, parfaitement nue, alors qu'il allait récupérer son propre haut et ses chaussures avant de quitter la maison en espérant qu'il ne venait pas de gâcher leur relation pour de bon.

Le lendemain matin ne fut pas gênant.

Il fut *carrément* gênant.

Après avoir laissé Adrienne chez elle sans discuter de ce qui était important — que Dieu les garde de *parler* de ce qui était vraiment arrivé — il partit chez ses parents pour récupérer Daisy. Son père et sa mère ne firent aucune réflexion sur son retard et Daisy non plus, d'ailleurs. Selon lui, ils devaient supposer que c'était en rapport avec la météo. Indirectement, cela avait été le cas, bien sûr, mais il irait sérieusement en enfer pour les décisions qu'il avait prises ce jour-là.

Il avait tourné encore et encore dans son lit toute la nuit, incapable de se débarrasser du goût et de la sensation de sa meilleure amie dans son esprit. Il avait failli lui envoyer d'innombrables messages, mais il ignorait totalement ce qu'il pouvait lui dire. Il ne regrettait pas ce qu'il avait éprouvé en étant avec elle, mais il était clair qu'il regrettait ce qu'il avait dû lui faire ressentir en partant. Ils auraient dû discuter, ils auraient dû prendre une décision réfléchie plutôt que d'opter pour quelque chose qui pouvait gâcher leur amitié au-delà de toute réparation éventuelle. Mais ils ne l'avaient pas fait. Ils avaient cédé à la tentation et désormais, il allait devoir trouver une façon de s'assurer qu'elle avait conscience d'être toujours son pilier et que tout irait bien pour eux. Il ne voulait pas qu'elle se sente utilisée.

Il était un salaud. Un salaud vicieux.

La situation était devenue de plus en plus gênante quand il était passé la prendre chez elle, au matin. Elle attendait sous son porche et ils ne s'étaient pas envoyé de messages comme ils le faisaient habituellement. Il avait tenu toute la matinée rien qu'avec une tasse de café pendant que Daisy se préparait pour l'école, et il n'avait pas eu de nouvelles du tout de sa meilleure amie. S'il ne trouvait pas une façon de tout arranger rapidement, il ignorait honnêtement comment il pourrait continuer. Adrienne était mêlée à toutes les facettes de sa vie et il avait toujours chéri cela. S'il la perdait... bon sang, il n'était pas certain de comprendre ce qu'il devait faire.

Ils discutèrent plaisamment de la météo, prenant soin de ne pas évoquer les tempêtes ou les pluies sévères, ainsi que des projets qu'ils avaient pour la journée. Ils parlèrent également de Carter, qui s'était déjà rendu au parking pour emporter la voiture d'Adrienne dans son garage ce matin-là, avant même que Mace se réveille puisqu'il travaillait pendant des horaires étranges. Ils ne prononcèrent pas un mot quant à ce qu'il s'était passé entre eux et il avait conscience que s'il voulait tout arranger, il devait dire quelque chose. Mais que pouvait-il formuler sans aller trop loin et sans se prendre un coup dans les parties, comme il le méritait ? Il n'en savait rien, mais il *devait* dire quelque chose pour tout régler.

À présent, après plusieurs heures de travail, Shep dessinait sur tout un dos et Ryan était au téléphone pour gérer un client ayant besoin d'un premier rendez-vous et Addi était assise dans son fauteuil à travailler sur un croquis pour un prochain tatouage. Mace se disait qu'une fois leurs deux collègues partis pour la journée, il saurait quoi dire avant qu'Adrienne et lui ne ferment. Il était adulte, bon sang, il pouvait y arriver. Ce n'était pas comme s'il ne s'était jamais envoyé en l'air auparavant. Mais c'était la première fois avec sa meilleure amie, et c'était la raison pour laquelle il agissait follement.

Ignorant le besoin urgent de faire *quelque chose* à propos de ce qu'il s'était passé, il alla à son poste et commença à travailler sur son prochain projet. C'était un dessin entièrement noir pour un adjudant à la retraite qui n'avait pas eu un seul tatouage pendant toutes ses années dans l'armée. Mace savait que c'était incroyablement important pour cet homme et il voulait que ce soit parfait, alors il prenait son temps et concentrait tous les efforts du monde dans son design.

Une main caressa son bras et il sursauta, regardant par-dessus son épaule avant de se figer.

Adrienne se tenait derrière elle, les yeux écarquillés et les mains en l'air.

— Tu avais de la confiture sur ton haut.

Il cligna des yeux avant de se retourner sur son tabouret pour lui faire face, même s'il dut lever la tête pour voir son visage.

— Oh, euh, c'était difficile de préparer Daisy ce matin, avec son déjeuner, et tout.

Elle eut un éclat amusé dans le regard, mais il disparut, remplacé par la gêne désormais familière entre eux.

— Eh bien, tu ne l'as plus, maintenant.

Il s'éclaircit la gorge, essayant d'écarter de son esprit le souvenir de son contact. Elle avait à peine effleuré son épaule pour enlever la confiture, pourtant son corps s'était réchauffé rien qu'en pensant à elle si près de lui. Ils devaient arranger ça, et vite.

— Euh, tu peux venir prendre un café avec moi ?

Le « *on doit parler* » tacite pesait lourdement entre eux.

Elle inclina la tête, scrutant son visage avant d'acquiescer lentement.

— D'accord. Laisse-moi récupérer mon sac.

Elle partit et il alla prendre la commande de café des autres, essayant de ne pas regarder Shep dans les yeux. Autant profiter de cette occasion pour parler réellement à Adrienne.

— Nous avons chacun un client dans trente minutes, donc on devrait se dépêcher. Colorado Icing ou le traiteur ?

Colorado Icing était la boulangerie de Thea et son café était bien meilleur. Quand il répondit, Addi sourit, mais cela ne se refléta pas dans ses yeux. Il *devait* arranger ça.

Ils n'avaient pas besoin d'aller bien loin avant de rentrer une nouvelle fois dans une boutique, donc il lui agrippa le bras, les arrêtant tous les deux.

— Il faut qu'on parle.

Elle plongea les mains dans les poches de sa veste et se balança sur ses pieds.

— C'est ce que je me disais.

Il ignorait totalement ce qu'il devait dire pour arranger tout ça, alors il bafouilla, espérant vraiment que quelque part dans ses mots hasardeux se trouvait ce qu'il fallait.

— C'était le coup d'une fois, n'est-ce pas ? Parce qu'on est meilleurs amis, Addi. Si on se trompe, je ne sais pas ce que je ferai. C'était une erreur de faire ce qu'on a fait sans en discuter d'abord. C'était stupide. Je ne veux pas risquer de te perdre, Addi. On ne lance pas simplement une nouvelle boutique ensemble, mais tu es aussi ma patronne et maintenant, je suis père à temps plein, et bon sang, je ne m'exprime pas comme il faut, mais on ne peut pas risquer ce qu'on a. Ce qu'on a est spécial et je ne veux pas avoir peur de le perdre. Parce que si on merde totalement, ce sera carrément nul. Tu es ma meilleure amie, Adrienne. La seule personne, en dehors de ma famille, qui est la seule constante dans ma vie. Je ne veux pas que ce qui est arrivé entre nous finisse par être une erreur qui nous fait tout perdre.

Elle plissa les yeux et sa mâchoire se crispa avant qu'elle ne prenne enfin la parole.

— D'abord, si tu appelles encore une fois ce que nous avons fait une *erreur*, je vais devoir te foutre un coup dans les parties. On ne peut pas recommencer et on n'en reparlera jamais, mais ne me qualifie plus, ni même aucune femme, d'ailleurs, d'erreur en me regardant droit dans les yeux. C'est clair, Knight ?

Il passa une main sur son visage.

— Nom de Dieu, ce n'est pas ce que je voulais dire.

Il prit une profonde inspiration avant de saisir le visage de son amie entre ses mains et de la regarder dans les yeux.

— J'ai aimé chaque moment que j'ai passé avec toi, Addi. Chaque seconde. Mais on aurait dû en discuter avant, et apparemment, maintenant, je n'arrive pas à être logique quand j'en parle. Je ne sais pas ce qui arrivera ensuite, ni même si on devrait mener ça vers... eh bien, peu importe, mais ce que je sais, c'est que je te veux dans ma vie, peu importe ce qu'il se passe. Je ferai n'importe quoi pour ne pas te perdre. N'importe quoi.

Elle se pencha contre lui, son corps se détendant alors qu'elle soupirait également.

— Je sais que c'était juste dans l'excitation du moment et à cause de la météo déchaînée, mais j'ai aimé, aussi. Et je ne savais pas ce qu'on devait faire à ce propos à part peut-être essayer de ne pas recommencer tout en reconnaissant que c'était une partie de jambe en l'air assez extraordinaire.

Une vieille femme leur jeta un regard noir alors qu'elle allait vers sa voiture, mais il s'en moquait. Ils étaient certes, dehors, au milieu d'un centre commercial à avoir ce genre de discussion, mais ça ne pouvait pas attendre.

— Alors, on n'oublie pas et on n'ignore pas ce qu'il s'est passé, mais on essaie aussi de faire en sorte que ça ne se reproduise pas sans qu'on en discute avant ?

Elle acquiesça.

— Ça veut dire que ça *pourrait* se reproduire ?

Il se lécha les lèvres, conscient que s'il répondait encore mal, il pouvait la perdre.

— Peut-être ? Je ne sais pas, Addi. Tout ce que j'ai dit sur le fait que tu étais ma patronne et que j'essayais de découvrir comment être père à plein temps était vrai.

— Et je suis super occupée rien qu'en essayant de garder la tête hors de l'eau pour les six premiers mois de la boutique. Mais...

Il acquiesça.

— Mais c'était si bon.

— Bien sûr que c'était bon. On était tous les deux.

Il baissa la tête, appuyant son front contre celui de la jeune femme.

— Je ne vais pas répéter le mot qui commence par e, mais ne gâchons pas tout.

— On ne sait absolument pas ce qu'on fait, chuchota-t-elle. Absolument pas.

— Non. Mais continuons.

Il ignorait totalement ce que cela signifiait, mais ils étaient impliqués tous les deux et il priait simplement pour ne pas tout gâcher encore davantage.

Cinq

ADRIENNE CAMBRA LES HANCHES, la main entre les jambes alors qu'elle imaginait la barbe rêche de Mace effleurant ses cuisses pendant qu'il la dévorait. Malgré son imagination qui avait déjà été torride auparavant, connaître à présent la sensation exacte de cette langue sur son sexe rendait sa masturbation encore plus brûlante. Elle glissa ses doigts entre ses plis, entra un doigt, puis un second avant de se retirer pour faire glisser son propre lubrifiant sur son clitoris. D'une main, elle saisit sa poitrine, se faisant du bien jusqu'à jouir. Son corps trembla alors que l'orgasme s'écrasait en elle, la picotant des orteils jusqu'aux lobes d'oreille en passant par sa poitrine.

— J'irai en enfer, chuchota-t-elle.

Elle continua de caresser paresseusement son clitoris.

— J'irai tellement en enfer.

Cela faisait deux jours qu'elle avait connu la meilleure partie de jambes en l'air de sa vie avec son meilleur ami et même s'ils avaient eu une conversation à ce propos, elle était toujours sacrément confuse.

Voilà ce dont ils avaient parlé :

1) Le sexe était génial.

2) Ils ne devraient probablement pas recommencer.

3) Le sexe était génial.

4) Ils allaient probablement recommencer.

5) Le sexe était génial.

6) Ils pouvaient tout gâcher parce que le sexe était génial.

Elle s'allongea, sa main retombant sur le côté alors qu'elle luttait pour reprendre sa respiration. Sa routine de masturbation matinale était désormais bien plus compliquée qu'elle ne le devrait à cause de Monsieur Gros Pénis et Hanches de Folie.

Et si elle l'appelait un jour comme ça en face, elle mourrait d'humiliation.

Elle ne devrait pas du tout penser à Mace et au sexe. Elle devrait passer outre leur écart de conduite et commencer à se concentrer sur son boulot et sa famille, comme d'habitude. Au lieu de ça, elle était allongée dans son lit, avant que son réveil ne sonne, se faisant jouir en songeant à la langue talentueuse de Mace remplacée par ses doigts.

Elle se le répétait, elle irait en enfer.

Soupirant, elle roula hors du lit, attrapa son portable

pour désactiver le réveil, et elle manqua rapidement de tomber puisque sa culotte était toujours autour de ses chevilles.

Grâce, ton nom est Adrienne Montgomery.

Elle retira sa culotte et avança péniblement jusqu'à la salle de bain afin de pouvoir se préparer pour la journée. Bien sûr, elle ne pouvait regarder le lavabo sans rougir et serrer les cuisses. Elle venait *juste* de jouir, pourtant, regarder l'endroit où Mace l'avait prise lui donnait déjà envie de recommencer.

— J'imagine que c'est pour ça que j'ai un pommeau de douche, marmonna-t-elle.

Elle plongea encore une fois dans le péché en pensant à Mace entre ses jambes, utilisant cette fois de l'eau chaude plutôt que ses mains.

— J'irai *carrément* en enfer.

Son corps était courbaturé et elle était presque sûre que ses parties intimes seraient toujours enflées et en manque d'affection à cause de ses pensées sur Mace, mais elle était enfin sur le parking pour ouvrir la boutique. Elle manquait désespérément de caféine. Peut-être que cette journée serait différente et qu'elle ne voudrait pas baiser son meilleur ami tout en fermant les yeux devant cette situation.

Rien de bon ne pouvait être associé au sexe entre amis.

Rien.

À part des orgasmes fantastiques, mais elle ne pensait *pas* à ça. Pas encore. Elle avait du travail, bon sang.

Adrienne fit de son mieux pour oublier ce qu'elle avait fait ce matin-là — ou n'importe quel matin, d'ailleurs — en pensant à Mace, puis elle descendit de sa voiture. Son beau-frère, Carter, avait remplacé quelque chose sous le capot et elle ne pouvait absolument pas se souvenir du nom. Elle pouvait réparer un tas de choses chez elle et dans le salon de tatouage, si nécessaire, mais elle n'arrivait pas à nommer les différents composants d'une voiture et oubliait instantanément les informations. Peu importait puisque Carter lui avait dit que sa voiture était en fin de vie, mais il avait fait de son mieux pour qu'elle puisse rouler encore un peu. Adrienne appréciait son beau-frère, même quand il lui annonçait de terribles nouvelles concernant ce qui était une cause déjà perdue, elle le savait.

Elle arrivait tout juste devant sa boutique quand elle se figea, consciente que d'autres propriétaires de magasin fixaient également le salon de tatouage.

— Oh mon Dieu, chuchota-t-elle.

Elle serra son téléphone dans sa main en essayant d'encaisser ce qu'elle avait sous les yeux.

— Adrienne ! cria Thea.

Elle courut vers elle, son portable dans sa main.

— J'allais justement t'appeler. Je vais contacter Shep. Je suis tellement désolée, chérie. Je ne sais pas à quoi pensaient ces tarés.

Adrienne acquiesça, laissant sa petite sœur agir telle une mère, comme elle aimait le faire. Elle ne pouvait que fixer son magasin et ce que des monstres en avaient fait.

De la peinture d'un vert et d'un rouge brillant, avec des traces de noir et de bleu, couvrait la façade de la boutique par éclaboussures. Quelqu'un avait utilisé une bombe de rouge pour écrire sur la vitrine des insultes et d'autres jurons qui seraient à jamais gravés dans le cerveau de la propriétaire. Bien sûr, elle utilisait les mots *pétasses* et *merde* dans son propre vocabulaire, mais les voir orner sombrement sa façade, en contraste avec le beau décor d'arrière-plan et les devantures immaculées des autres bâtiments rendait le tout plus terrifiant.

Quelqu'un avait tagué son magasin et avait fait un sacré boulot.

Elle n'arrivait pas à comprendre comment elle devait agir alors que Thea appelait la police et expliquait ce qu'il s'était produit. Adrienne devrait être en train de le faire, pas sa sœur. C'était son salon, après tout. Le sien et celui de Shep.

Et quelqu'un l'avait défiguré.

Des mains musclées glissèrent autour de sa taille et elle se retourna, son poing prêt à frapper. Elle s'interrompit quand elle se rendit compte qu'il s'agissait de Mace.

— C'est quoi ce délire, Addi ? s'enquit-il.

Puisqu'il regardait la vitrine et pas elle, elle savait qu'il n'évoquait pas le coup qu'elle avait failli lui mettre, mais plutôt ce qui était arrivé à leur lieu de travail.

— Je ne sais pas.

Elle déglutit difficilement avant de se reprendre parce qu'elle avait un tas de choses à faire et une affaire à sauver.

— Mais on va le découvrir.

Elle se tourna vers Thea.

— Les flics arrivent ?

Sa sœur acquiesça.

— Oui, ils disent que tu ne dois pas rentrer ni toucher quoi que ce soit. Juste au cas où.

Adrienne acquiesça, ne prenant pas la peine de s'éloigner des bras de Mace puisqu'il lui procurait la force dont elle avait désespérément besoin. Elle ne repousserait pas quelqu'un sur qui elle pouvait s'appuyer quand elle en avait le plus besoin. Du moins, elle espérait que c'était la raison pour laquelle elle le faisait.

— D'accord, je vais appeler Shep. Mace, tu peux contacter Ryan ? Demande-lui de venir, s'il le peut. Une fois que les flics auront fini de prendre les dépositions et de faire des photos, on commencera à nettoyer. On doit accueillir des clients, aujourd'hui, et il est hors de question qu'on laisse la boutique comme ça, si on peut faire autrement.

— Adrienne... commença Thea avant de secouer la tête.

— Merci pour tout, déclara-t-elle avant de regarder la foule de gens bien intentionnés.

Il y avait leur nouveau voisin et la propriétaire du salon de thé voisin.

— Retournez tous travailler. Je suis désolée que ça puisse donner une mauvaise image de vos commerces, pour la journée, mais avec un peu de chance, on connaîtra le fin mot de cette histoire.

Elle était tellement agacée. Il existait déjà des stéréotypes sur son type de magasin dans le coin, et désormais, c'était le seul endroit déjà tagué par de quelconques individus pensant qu'ils pouvaient s'amuser pendant la nuit. Elle aurait aimé commencer à nettoyer immédiatement et oublier tout ça pour en finir avec sa journée, mais il y avait des procédures à suivre et cela signifiait qu'elle devait attendre.

Même si elle n'en avait pas envie.

Abby, la propriétaire de Thé-hier, le magasin de thé bio qui avait ouvert juste avant Aussi Montgomery Ink, arriva avec deux tasse qui devaient certainement contenir du thé.

— Chocolat blanc et menthe poivrée, expliqua Abby. C'est un produit phare en ce moment. Buvez-le et attendez que la police arrive. Je sais que c'est nul, mais dès que vous aurez l'autorisation de commencer à nettoyer, nous serons tous là pour vous.

Elle regarda autour d'elle et les autres propriétaires, y compris Thea, acquiescèrent.

— Nous sommes une équipe, dans le coin. Et on n'accepte pas que l'un d'entre nous soit agressé.

Adrienne prit le thé, ravie, et but une gorgée prudente. Ses yeux manquèrent alors de sortir de leurs orbites.

— C'est génial.

Abby lui lança un clin d'œil.

— J'encourage lentement tout le monde à quitter le côté obscur du café.

— Vous vous en sortez très bien, déclara Mace à ses côtés.

Il avait lâché la hanche d'Adrienne quand Thea avait parlé et Adrienne lui en était reconnaissante puisque sa sœur était bien trop perspicace.

Malgré qu'Adrienne ait demandé à tout le monde de partir, ils restèrent jusqu'à ce que les policiers arrivent pour prendre des photos et les dépositions. Shep et Ryan se pointèrent juste après, la colère sur leur visage étant presque palpable. Quand les policiers s'en allèrent, disant qu'ils resteraient en contact avec Adrienne et qu'ils pouvaient commencer à nettoyer, la jeune femme ne se sentait pas mieux. En fait, elle était tout aussi furieuse, blessée et perdue qu'avant. Toutefois, désormais, elle avait une liste de choses à faire. Quelqu'un avait osé faire du mal aux Montgomery et il était hors de question qu'elle le laisse gagner. Ils allaient découvrir de qui il s'agissait et ensuite... eh bien, les policiers allaient tout gérer à partir de là. Mais elle ferait en sorte que sa devanture brille comme un sou neuf, un éclat d'espoir artistique, parce qu'il était impossible qu'elle laisse un quelconque crétin avec de la peinture bousiller son dur labeur. Pas cette fois.

Bientôt, elle se retrouva au téléphone avec un client qui avait un rendez-vous ce matin-là devant être déplacé à plus tard. Toute l'équipe serait utile pour nettoyer le bazar que les voyous avaient causé et honnêtement, elle ne voulait pas que ses fidèles voient cet endroit ainsi. Heureusement, ils n'avaient pas brisé de vitrine ou fait quoi que ce soit de visiblement permanent. Laver à haute pression dans le Colorado, en octobre, ne serait pas une partie de plaisir, mais au moins, il ne neigeait pas. Ils allaient frotter, utiliser un karcher si nécessaire, et repeindre. Heureusement, ils avaient déjà de la peinture dans l'arrière-boutique puisqu'ils venaient juste de finir la boutique et qu'il leur en restait un peu.

Son salon de tatouage n'était même pas ouvert depuis un mois que quelqu'un essayait déjà de le détruire. Elle fit de son mieux pour ne pas tout prendre trop à cœur.

On passa un bras autour de ses épaules dès qu'elle raccrocha avec son client et elle s'appuya contre son grand frère. Elle reconnaîtrait toujours ses étreintes. Shep avait quelques années de plus qu'Adrienne et c'était le seul garçon dans sa famille proche. Il avait déménagé à La Nouvelle-Orléans depuis si longtemps que c'était étrange de le retrouver à Colorado Springs. Avant, il traînait avec Austin à Denver pendant les week-ends puisqu'il était plus âgé et ne voulait pas jouer avec ses sœurs. Ça n'avait pas dérangé Adrienne, puisque cela signifiait qu'elle pouvait espionner les garçons avec Thea et Roxie, chaque fois qu'Austin leur rendait visite. C'était ce que les petites sœurs faisaient, après tout.

Cependant, à présent, son frère était adulte et de retour à la maison avec sa femme et sa fille. Adrienne était terriblement heureuse de pouvoir être tante en personne plutôt qu'en appel vidéo, mais même l'idée de tenir Livvy dans ses bras ne pouvait rendre son sourire sincère à ce moment-là.

— Tu tiens le coup ? s'enquit Shep avant d'embrasser le sommet de son crâne.

Sa barbe était assez longue pour s'emmêler avec ses cheveux et elle s'éloigna, plissant les yeux vers lui.

— Je vais bien. Tout ira bien pour nous. Il faut juste qu'on suive la liste et on pourra ouvrir pour la journée.

Shep secoua la tête.

— Je ne pense pas qu'on ouvrira aujourd'hui, ma belle. Demain, c'est sûr, mais aujourd'hui ? Je crois que le temps qu'on enlève toutes ces conneries sur les murs et qu'on se nettoie, la journée sera presque terminée et on sera trop épuisé physiquement et moralement pour faire autre chose.

— On organisera une grande inauguration, déclara Ryan.

Il tenait plusieurs seaux avec un tuyau enroulé autour de son épaule.

— On ne peut pas faire ça trois semaines après la première, répondit-elle doucement.

Elle alla ensuite l'aider pour le décharger d'une partie de son poids.

— Où est Mace ?

Elle ne l'avait pas vu depuis qu'il avait passé un bras autour d'elle en arrivant. Elle prévoyait de lui parler aujourd'hui à propos de ce que... eh bien, elle ne savait pas comment se déroulerait cette discussion, mais elle était presque certaine qu'elle n'arriverait pas cette après-midi. Peut-être même jamais. Pas avec tout ce qui était en train d'arriver. Mace avait eu raison, leurs vies étaient déjà bien trop compliquées pour ajouter quoi que ce soit qui pourrait tout gâcher.

Ryan leva la tête et donna un coup de menton.

— Il est en train de sortir le reste de son pick-up.

— Je vais l'aider, déclara Shep.

Il trottina hors du magasin, vers la place de parking de Mace. D'autres avaient commencé à sortir et à aider également. Même si Adrienne leur en était vraiment reconnaissante, elle ne voulait pas non plus que quiconque voit ce qui était arrivé à sa boutique. Elle *détestait* que ce soit si public, et même si certaines personnes se montraient aimables, d'autres lui lançaient des regards remplis de bien trop de pitié pour qu'elle reste saine d'esprit.

Et à présent, elle était juste râleuse et haïssait cela. Elle roula les épaules en arrière et sortit aider Mace à décharger son pick-up. Ryan et lui avaient proposé de tout réunir pendant que Shep et elle travaillaient au magasin pour gérer les clients du jour et commencer le nettoyage avec ce qu'ils avaient.

Dès qu'elle leva son seau et éponge dans une main, Mace vint lui donner un petit coup de hanche et elle souffla, fixant les mots sur les murs qui semblaient grandir et scintiller davantage sur la couleur crème initiale de la façade à chaque seconde qui passait.

Mace se pencha en arrière et chuchota à son oreille, son souffle chaud provoquant des frissons dans la colonne de la jeune femme.

— Tu gères, Addi. Tu n'es pas seule.

Inconsciemment, elle s'appuya contre lui, consciente que son frère la fixait, sans vraiment s'inquiéter de quoi que ce soit à ce moment. Pour le monde extérieur, Mace et elle n'étaient qu'amis et ce n'était pas inhabituel qu'elle s'appuie contre lui. Du moins, c'était ce qu'elle espérait.

— On peut le faire, déclara-t-elle. Parce qu'on n'a pas le choix.

— Tu le sais bien, chérie. Tu le sais.

Lorsqu'ils eurent nettoyé chaque centimètre de la façade, ainsi que la partie de la boutique Thé-hier qui avait été impactée également — Adrienne ne s'en était d'ailleurs pas rendu compte jusqu'à y jeter un coup d'œil plus rigoureux — ils étaient tous les cinq très sales, crasseux et couverts à la fois de cochonneries et de peinture. Abby n'avait pas laissé tomber quand Adrienne lui avait dit qu'ils se chargeraient du nettoyage. Au lieu de ça, elle s'était salie avec eux et n'était partie que pour récupérer sa fille chez la baby-sitter. Adrienne ne connaissait pas bien cette femme, mais elle en savait suffisamment pour savoir que le père de la petite fille ne faisait plus partie du tableau, même si elle en ignorait les pourquoi et les comment. Il n'y avait que des rumeurs et elle n'était pas certaine de pouvoir les croire.

Shep avait également été obligé de partir puisque c'était son après-midi avec Livvy, comme Shea devait travailler. Adrienne avait également dit à Ryan de rentrer. Son frère avait eu raison. Il aurait été impossible qu'ils ouvrent pour les quelques heures restantes dans la journée, donc elle avait cédé et s'était dit qu'elle ne pleurerait pas jusqu'à ce qu'elle soit à la maison avec un peu de vin et sa baignoire.

Bientôt, elle se retrouva dans sa boutique, rien qu'avec Mace. Même si elle savait qu'ils avaient besoin de parler, elle ne put s'empêcher de passer ses bras autour de sa taille et de se plonger dans son étreinte. Elle avait besoin de son meilleur ami plus que tout après une telle journée, et il en avait conscience.

— Tout ira bien, Addi. Tout a l'air comme neuf et on recommencera les affaires demain.

Il passa une main dans son dos et embrassa le sommet de son crâne. Même si Shep avait fait la même chose plus tôt, il n'y avait rien de fraternel dans la façon qu'avait Mace de la tenir et de la toucher.

— C'est nul, c'est tout. J'ai envie de m'apitoyer sur mon sort un moment.

Elle s'accrocha encore plus à lui et soupira.

— Il faut que tu ailles récupérer Daisy, bientôt ?

— Elle est encore à l'école pour deux heures et mes parents passeront la prendre. Ils aiment être plus impliqués, maintenant qu'ils peuvent la voir plus souvent, et la petite aime passer du temps avec eux. La routine s'installe grâce à elle, parce que moi, j'ignore totalement ce que je fais.

Elle fronça les sourcils et le regarda.

— Tu t'en sors plutôt bien, Mace. Tu passes d'un week-end par mois à un temps plein et y mets tout ton cœur. *Et* tu laisses ta famille t'aider. Je sais que tes sœurs seraient là en une minute si tu leur demandais de venir.

Mace avait deux sœurs qui vivaient à Denver. Elles étaient déjà venues un week-end, auparavant pour voir Daisy, mais elles travaillaient de longues heures et ne pouvaient pas faire le long trajet tous les soirs, même si Adrienne savait qu'elles en avaient envie.

— Tu es assez maline. Tu le sais, ça ?

Elle battit des cils.

— Bien sûr que je le sais.

Il sourit avant de la surprendre extraordinairement en baissant sa bouche vers celle d'Adrienne et en l'embrassant. Il donna un coup de langue sur ses lèvres et elle s'ouvrit pour lui, ayant plus besoin de lui qu'elle ne l'aurait cru possible.

— La porte est fermée ? demanda-t-il d'une voix rauque.

Il prit son visage dans ses mains et dut cligner lentement des paupières pour comprendre ce qu'il disait.

— Oui ?

— C'était une réponse ou une question ? la taquina-t-il avant de lui mordre la lèvre inférieure.

Elle prit une inspiration et s'éloigna, même si elle garda ses mains sur lui.

— La porte d'entrée est fermée et les stores sont baissés, mais qu'est-ce que tu demandes exactement ?

— Je ne pose pas vraiment de question. Mais j'*envisage* de t'emmener dans l'arrière-boutique pour m'envoyer en l'air avec toi jusqu'à ce que tu oublies tout ce qu'il se passe en ce moment.

Il l'embrassa à nouveau.

— Les amis sont faits pour ça, Addi. Et c'est ce que je suis, peu importe ce qu'il y a d'autre entre nous, je suis ton *ami*.

Elle déglutit difficilement sans trop savoir quoi dire, donc elle embrassa sa mâchoire pour qu'il baisse la tête et l'autorise à lui prendre la bouche. Lorsqu'il s'agrippa à ses fesses et la souleva pour qu'elle enroule ses jambes autour de sa taille, elle sut qu'ils allaient encore commettre une erreur, mais elle ne pouvait retenir son désir pour lui.

Elle ne savait pas ce qui arriverait ensuite, avec Mace Knight. Cependant, honnêtement, elle ne pouvait s'empêcher d'avoir besoin de lui.

Plus maintenant.

Peu en importait le prix.

MACE POSA ADRIENNE sur une pile de cartons dans l'arrière-boutique afin de fermer la porte derrière eux. Il ne restait qu'eux deux dans le salon et même si la porte d'entrée était verrouillée, Shep avait une clé. Ce ne serait pas très sain pour Mace si cet homme entrait pendant qu'il faisait tout ce qu'il voulait à la sœur de celui-ci.

— Enlève ton haut, lui ordonna-t-il en le passant par-dessus sa tête.

— On est couvert de peinture, de saleté et de Dieu seul sait quoi d'autre. C'est probablement le *pire* moment pour prendre son pied.

Il baissa la tête, embrassa sa bouche tendre.

— Alors je vais simplement suçoter tes tétons et ton joli sexe, ensuite je vais te baiser. Pas besoin de lécher quoi que ce soit qui pourrait être couvert de peinture.

Elle haussa les sourcils, mais tendit la main dans son

dos pour défaire son soutien-gorge. La dentelle tomba sur ses cuisses, laissant sa poitrine nue sous le regard de Mace. Il aimait la vue de ces tétons tout rose contrastant avec la pâleur de la peau. Elle avait des écritures et des branches tatouées sur le flanc et saisissant son sein, il ne put s'empêcher de tracer le design.

Il était artiste, après tout, et cela avait été le plus gros projet de sa vie. Non seulement parce que c'était pour sa meilleure amie, mais également parce qu'il avait eu l'érection la moins professionnelle du monde pendant tout le tracé.

— J'aime ce tatouage.

Elle glissa la main sous son T-shirt pour suivre son flanc.

— Mon tatoueur est assez génial.

Il traça d'un doigt le reste du dessin avant de saisir sa poitrine.

— Oui, c'est vrai.

Elle rit avant de gémir quand il tira sur son téton.

— Tu es censé dire quelque chose, un truc du genre : la toile était magnifique.

Il se pencha en avant, léchant un sein, puis l'autre.

— Tu sais que j'aime ta peau.

Il caressa sa poitrine, s'agenouillant entre ses jambes.

— Ton goût.

Coup de langue.

— Ta sensation.

Caresse.

— Ta chaleur.

Mordillement.

Avant qu'il ne puisse lécher plus loin, cependant, elle le repoussa et se leva.

— Même si j'ai *vraiment* envie d'avoir ta bouche sur moi, je dois faire quelque chose d'abord.

Il haussa un sourcil, avant de sourire quand elle se mit à genoux en lui tapotant la hanche.

— Ah oui ?

— Debout, Knight. Je vais avoir besoin de cette queue dans ma bouche. Genre, maintenant.

Elle se lécha les lèvres en levant les yeux vers lui. Il dut prendre une profonde inspiration pour ne pas jouir dans son jean. Il ignorait comment elle pouvait lui provoquer cette sensation chaque fois qu'elle était près de son sexe, mais il commençait à complexer.

Ensemble, ils retirèrent son pantalon avec des doigts hésitants. Il n'aurait jamais imaginé qu'il supporterait qu'une femme rie, si près de son sexe, mais apparemment, Adrienne faisait ressortir le meilleur de lui-même. Bientôt, son pantalon se retrouva en bas de ses hanches et une chaleur mouillée entoura son membre. Il glissa une main dans ses cheveux, ses bourses se contractant alors qu'elle suçait.

— Nom de Dieu, Addi, ta bouche.

Elle fit un clin d'œil et écarta un peu plus ses lèvres avant de détendre sa langue et de l'avaler davantage. La poigne de Mace se resserra sur ses cheveux et il ne put s'empêcher de faire des va-et-vient dans sa bouche. Elle restait ouverte pour lui et il accéléra la cadence, baisant gentiment sa bouche, suffisamment pour qu'elle ne soit pas blessée, mais avec assez de vigueur pour que l'extrémité de son membre heurte le fond de sa gorge. Le fait qu'elle le *laisse* faire ça tout en gémissant lui donnait envie de jouir ici et maintenant. Toutefois, il ne voulait pas le faire dans sa bouche, pas à ce moment-là. Il avait besoin d'être en elle et de s'assurer qu'elle jouisse aussi. Donc même si ce n'était pas facile, il se retira, se pencha et la saisit sous les aisselles afin d'approcher sa bouche de la sienne. Sentir le goût des petites gouttes provenant de son gland sur la langue de la jeune femme le fit grogner, et il se balança contre elle, son membre nu laissant une traînée sur son ventre.

— Je n'avais pas fini, haleta-t-elle.

Elle s'accrocha à lui. Ses seins étaient nus et s'appuyaient contre le torse de Mace. Tout ce qu'il voulait, c'était suçoter ses tétons jusqu'à ce qu'ils brillent et meurent d'envie d'en avoir plus.

Il se pencha donc et en prit un dans sa bouche, suçotant et mordillant jusqu'à ce qu'elle se torde dans ses bras. Ce ne fut que lorsqu'elle commença à trembler entre ses biceps qu'il la relâcha et lécha l'autre, répétant le processus.

— Mace... J'ai besoin... J'ai besoin...

Il leva la tête, saisissant ses lèvres avant de grogner à son oreille.

— Je sais ce dont tu as besoin.

Il sortit rapidement le préservatif de sa poche arrière. Il en avait pris un puisqu'il savait qu'il serait incapable de se retenir très longtemps face à Adrienne. Il la retourna ensuite pour que sa poitrine soit contre le mur devant eux. Il se protégea rapidement et baissa son pantalon au niveau de ses genoux afin d'avoir plus de liberté pour bouger.

— Qu'est-ce que tu fais ? s'enquit-elle d'une voix essoufflée. Je croyais que tu voulais jouer avec mes seins.

Il écarta les cheveux de la jeune femme pour saisir sa bouche.

— Tes tétons sont déjà mouillés et rouges à cause de moi.

Il l'appuya encore plus contre le mur tout en glissant une main devant elle pour lui retirer son pantalon.

— Ils se sentent comment contre le froid du mur ? Tu perçois chaque millimètre de ton corps mouillé et douloureux ?

Elle laissa sa tête retomber en arrière et il lécha l'autre côté de son cou.

— Tu es diabolique. Maintenant, mets cette queue en moi.

Lorsque son pantalon et sa culotte se retrouvèrent sous ses fesses succulentes, il glissa son membre entre les deux et donna un coup de reins.

— Un jour, je te prendrai par-derrière. Tu es vierge par là ? Parce que j'espère bien, chérie. Je veux être le premier en toi, le premier qui te prend de toutes les façons possibles.

— Entre en moi, tout de suite.

Elle marqua une pause.

— Pas par-derrière. Pas... pas encore. Mais devant ? Oui, faisons ça.

Elle inclina la tête pour qu'il puisse capturer ses lèvres. Il recula ensuite, lui écartant les jambes par-derrière afin de s'enfoncer dans sa chaleur mouillée en un seul coup de reins. Elle tendit la main derrière elle pour s'accrocher à lui et ils se figèrent tous les deux. Il commença à transpirer rien qu'avec la sensation et la tentation de cette femme.

— Oh, bon sang, gémit-elle.

Sa tête retomba sur l'épaule de Mace.

— J'avais oublié à quel point c'était gros.

— Je t'étire ? grogna-t-il. J'étire ton trou serré ? Est-ce que tu vas devoir marcher doucement demain pour que personne ne sache que tu as laissé ma bonne grosse queue en toi ?

Il fit des va-et-vient en elle, provoquant de minuscules caresses qui faisaient monter la chaleur dans sa colonne vertébrale et jusqu'à ses bourses.

— Je ne savais pas que tu disais des choses si obscènes, Mace.

Il l'embrassa à nouveau, accélérant la cadence alors qu'il la prenait ardemment contre le mur.

— Il s'avère que tu as encore des choses à savoir sur moi, Addi. Tu veux tenter le coup ?

Elle cligna des yeux en le regardant, sa joue appuyée

contre le mur ainsi que le reste de son corps alors qu'il donnait des coups de reins en elle.

— Je, euh… oui ? Oui, je veux essayer.

Mace déglutit difficilement quand ses doigts s'enfoncèrent dans les hanches de la jeune femme alors qu'il accélérait. Ses fesses relevées venaient le rencontrer à chaque coup de reins jusqu'à ce qu'ils crient le nom de l'autre. Leurs membres finirent par trembler quand ils jouirent. Le sexe d'Adrienne palpita presque douloureusement autour de lui, et il savait qu'elle serait courbaturée demain étant donné la façon dont il l'avait prise. Et même s'il ne voulait jamais lui faire de mal, l'idée qu'elle serait marquée d'une façon ou d'une autre par ce qu'il avait fait lui donna envie de la baiser une nouvelle fois. Il était un véritable homme des cavernes à ce moment-là, mais il se souvint ensuite qu'il portait encore ses marques de griffures dans le dos, signe qu'il n'était pas le seul à vouloir clamer leur désir.

Ils restèrent plantés là, son membre toujours plongé en elle. Ils étaient appuyés contre le mur alors qu'ils luttaient tous les deux pour reprendre leur souffle.

— Est-ce qu'on vient juste… est-ce qu'on vient juste de dire qu'on allait essayer ? chuchota-t-elle. Ou ai-je été la seule à le dire ?

Il se retira lentement afin de pouvoir la retourner. C'était une conversation pour laquelle ils devaient être face à face.

— Ce n'était pas que toi, mais…

Il déglutit difficilement.

— Je te l'ai dit avant, on ne peut pas gâcher ce qu'on a.

Elle tendit la main pour la poser sur la mâchoire de Mace. Ils étaient tous les deux pratiquement nus, même si pour une quelconque raison, il portait toujours son T-shirt et avait encore le préservatif usagé sur son membre. Ils n'auraient pas pu avoir l'air plus gênant et pourtant, il s'en moquait puisque ce qu'ils disaient était beaucoup plus important que la position dans laquelle ils étaient actuellement.

— Alors on ne gâche pas tout. On continue ce qu'on fait.

— On reste de meilleurs amis qui vivent d'excellents ébats ? Parce qu'on ne peut pas dire qu'il n'y a pas de sentiments. Il y en aura toujours quand ça nous concernera tous les deux.

— Des sentiments, oui. Mais on peut s'assurer de ne pas promettre plus de choses qu'on est prêt à en assumer.

Il baissa la tête, appuyant sa bouche contre celle de la jeune femme.

— Rien que toi et moi, alors. Peu importe ce que c'est, peu importe combien de temps nous ajoutons cette partie-là à notre relation, il n'y a que toi et moi.

L'idée qu'elle soit avec un autre homme lui donna envie de crier, et c'était une chose à laquelle il allait devoir penser quand il serait seul. Puisque le sexe sans attache n'existait pas, pas quand ils étaient les deux personnes concernées.

— Marché conclu.

Elle regarda entre eux et sourit.

— Et j'imagine qu'on devrait nettoyer parce qu'on ne donne pas vraiment l'impression de faire l'inventaire, là, n'est-ce pas ?

— Je pourrais faire une blague en disant que je fais *ton* inventaire, mais ça m'a l'air un peu dégueu, même pour moi.

Elle leva les yeux au ciel et poussa son torse pour qu'il recule en faisant attention à ne pas trébucher sur son pantalon, puisqu'il était juste autour de ses chevilles.

— Ne laisse pas le préservatif dans la poubelle d'ici. C'est un peu difficile de garder ce qu'on a entre nous si on laisse du sperme partout.

Il secoua la tête et prit soin du préservatif alors qu'il s'habillait. Son regard était rivé sur le mouvement de la jeune femme alors qu'elle corrigeait sa tenue. Une fois encore, il savait qu'ils étaient très probablement en train de commettre une erreur, mais il ne dit rien. Son désir pour Adrienne se transformait en obsession et c'était une chose sur laquelle il devait travailler, que ce soit une erreur ou non.

Le lendemain matin aurait dû être plus gênant qu'il ne l'avait été, mais pour une raison quelconque, ils agissaient comme s'il ne s'était rien passé alors que Mace *savait* qu'il y avait quelque chose de différent. S'il n'avait pas déjà été confus auparavant, il l'était clairement maintenant.

Shep travaillait déjà sur un tatouage qui lui prendrait probablement toute la journée et était dans une concentration absolue. Il avait de la musique dans une oreille tandis que son client dormait puisqu'il s'agissait d'un tatouage dans le dos et qu'apparemment, certaines personnes pouvaient dormir à n'importe quel moment si les endorphines montaient.

Ryan arrivait plus tard puisqu'il se chargerait de la fermeture. Il s'intégrait vraiment bien dans leur noyau de travail. Ça ne se passait pas toujours ainsi. Leur ancien salon n'avait pas cette unité et cette cohésion qui existait ici. Ryan n'était pas seulement talentueux, il était aussi rapidement devenu leur ami.

Adrienne travaillait sur un tatouage sur l'épaule d'une cliente arrivée sans rendez-vous et cela lui prendrait une heure, au maximum. Elle était penchée au-dessus de son poste de travail, concentrée alors qu'elle se mordait la lèvre inférieure en se focalisant sur le dessin. Il fit de son mieux pour ne pas donner l'impression qu'il souhaitait la pencher encore un peu plus pour la prendre par derrière rien que parce qu'il l'avait vue mordre sa chair délicate.

Pendant que tout le monde travaillait, Mace attendait que son client arrive. Il avait déjà vingt minutes de retard, mais le tatoueur n'en était pas surpris. C'était l'un de leurs clients réguliers dans l'ancien salon et il était constamment en retard. D'où la raison pour laquelle Mace savait qu'il aurait du temps libre chaque fois qu'un rendez-vous était pris avec cette personne. George, le client, se rattrapait toujours sur l'aspect financier, donc ça ne dérangeait pas trop Mace, même s'il faisait les cent pas puisqu'il n'était pas exactement sûr de savoir quand ce mec se pointerait réellement. Cela avait le don de mettre Adrienne sur les nerfs, mais son meilleur ami se chargeait de ça. Ce n'était pas comme s'il pouvait contrôler ce que George faisait, et honnêtement, il ne voulait pas qu'un autre artiste touche à son œuvre.

— George est encore en retard ? s'enquit la patronne en se redressant devant son œuvre et en la nettoyant.

Mace acquiesça avant de rejoindre le plan de travail de la jeune femme pour voir le produit fini.

— Meuf. C'est fantastique.

Elle leva la main, secouant la tête.

— Ne dis pas un mot de plus jusqu'à ce que Tracy puisse le voir, déclara-t-elle en souriant.

Mace leva les yeux au ciel. La jeune femme ne voulait pas qu'on dise quoi que ce soit sur un tatouage tant que le client ne l'avait pas vu et même si Mace était d'accord sur le principe, il voulait également que le monde entier sache à quel point sa cop... sa meilleure amie était douée.

Bon sang, il avait failli la qualifier de *petite amie*.

Elle n'était pas à lui, pas de cette façon. Et parce qu'ils avaient établi des limites subtiles, elle ne le serait jamais. Ils étaient meilleurs amis et s'envoyaient désormais en l'air, même s'ils ne le faisaient qu'ensemble. Et apparemment, cela restait un secret. Il était d'accord avec cela puisqu'il n'avait pas envie de devoir gérer les regards entendus et les questions infinies qui se poseraient forcément à leur sujet. Tout le monde se demandait s'ils avaient déjà couché ensemble et maintenant que c'était le cas, il avait l'impression que leurs amis pouvaient le remarquer.

Et... c'était comme s'il était de retour au lycée. Il devait se reprendre.

Tracy, une femme d'âge moyen avec des yeux brillants et de longs cheveux auburn, bondit sur la table de tatouage et courut quasiment vers le long miroir au bout de l'allée entre deux postes de travail. Mace croisa le regard d'Adrienne, retenant un sourire. Tracy était bien trop énergique pour quelqu'un qui avait reçu d'innombrables coups d'aiguilles dans le bras... mais chacun son truc.

Adrienne tendit un miroir à Tracy pour qu'elle puisse voir sa création et la femme lâcha un cri comme si elle était une fille de quinze ans plutôt qu'une femme d'une quarantaine d'années. Le dessin sur son épaule était exquis. Addi avait ajouté des ombres et de la profondeur aux bleus vibrants et aux teintes de violet ce qui faisait croire que la fée flottait sur l'épaule de Tracy et chuchotait une plaisanterie à tous ceux qui passaient. Pour un rendez-vous impromptu sans trop d'indications, Addi avait carrément assuré. Chacun d'eux avait une spécialité, dans la boutique, et la sienne était ce genre d'œuvres artistiques, c'était certain.

— J'adore. La fée est parfaite. C'est une bonne fée ?

Une fée maléfique ? Ça dépend du jour. Mon mari va faire un malaise quand il va la voir. J'ai hâte de le surprendre.

Elle secoua les hanches et exécuta une petite danse. Mace ne put s'empêcher de rire avec elle. L'enthousiasme de cette femme était contagieux.

Lorsque Tracy partit, son rire faisait encore écho sur les murs. Shep était toujours concentré sur le grand tatouage du dos et venait juste de prendre une pause pour boire un peu d'eau. Adrienne nettoyait son poste de travail et Mace commençait enfin à travailler avec George. Ils se focaliseraient aujourd'hui sur un dessin coloré au niveau de la cuisse et Mace voulait commencer pour se perdre dans son travail.

George était installé dans son fauteuil et le tatoueur roula ses épaules, prêt à entamer la partie qui lui ferait mal au dos. Il allait travailler sur le contour, aujourd'hui, et s'occuperait des couleurs ainsi que des dernières ombres lors de leur dernier rendez-vous. Ce serait trop difficile, pour leurs corps à tous les deux, d'exécuter l'intégralité du tatouage d'un coup. La peau de George avait tendance à gonfler également, donc Mace ne voulait pas tout gâcher en allant trop vite ou en y mettant trop d'intensité.

Adrienne arriva vers lui trente minutes environ après le début de son dessin et s'assit sur le tabouret supplémentaire au poste de travail. Même si sa chaleur à côté lui provoqua une légère érection, il fut assez professionnel pour conserver son regard et son attention sur le design et non sur la femme près de lui.

— C'est beau, George.

L'homme lui adressa un clin d'œil, perché sur son fauteuil.

— Tu le sais bien, je ne veux que le meilleur.

Adrienne haussa les sourcils et Mace fit de son mieux pour retenir son sourire. George était un mec bien, mais parfois, il ne réfléchissait pas avant de parler. Entre ça et son incapacité à être à l'heure, Mace se demandait parfois pourquoi il aimait autant bosser avec ce client.

George sembla comprendre qu'il avait mis les pieds dans le plat et retira rapidement ce qu'il avait dit. Mace dut se redresser et lever l'aiguille puisque la cuisse de l'homme s'était tendue quand il avait levé les mains comme pour se rendre.

— Je veux dire... merde. Je ne voulais pas dire que toi, tu n'es pas la meilleure. Seulement que Mace fait *partie* des meilleurs. Tu es l'autre meilleure.

Shep s'éclaircit la gorge derrière eux et Mace ne put s'empêcher de se joindre au rire d'Adrienne.

— Je me tiens juste là, vous savez, déclara le patron et ami de Mace avec un sérieux feint. Enfin, franchement.

— Ce n'est rien, George.

Adrienne lui tapota le bras en lui lançant un grand sourire.

— Mais n'oublie pas que si Mace est le meilleur, moi je suis la meilleure des meilleurs.

Mace lui donna un coup dans le pied.

— Si tu le dis, chérie. La réponse se trouve dans l'encre.

Elle ricana et s'appuya contre son épaule avant de déglutir difficilement et de faire de son mieux pour reculer lentement et ne pas laisser Shep apercevoir sa véritable réaction. Mace et Adrienne s'étaient toujours touchés et appuyés l'un contre l'autre, mais les choses étaient différentes, désormais. Mace avait su que les choses changeraient une fois qu'ils coucheraient ensemble, et même s'il s'était dit que rien n'arriverait en dehors de ce qu'ils faisaient dans la chambre à coucher, cela avait été un mensonge. Un mensonge nécessaire, mais cela n'en faisait pas plus une vérité. Puisque Shep était si proche d'eux et incroyablement observateur, tous les deux marchaient sur un fil dangereux et Mace n'était pas sûr qu'ils puissent le surmonter sans conséquence.

Avant qu'il ne puisse se perdre davantage dans sa tête, la porte s'ouvrit et tout le monde regarda vers l'avant de la boutique alors qu'un homme en costume tenant un porte-bloc entrait, fronçant les sourcils en regardant autour de lui.

— Y a-t-il…

L'homme baissa les yeux vers le bloc épais dans sa main.

— Y a-t-il une Adrienne ou un Shephard Montgomery ici ?

Mace se raidit lorsque sa meilleure amie se leva, essuyant ses mains gantées sur son pantalon.

— Ce doit être moi, répondit-elle d'une voix amicale, mais ferme.

— Et moi, ajouta Shep d'une voix un peu plus grave que d'habitude.

Depuis que cet homme inconnu était entré chez AMI et les avait menacés, et que leur devanture avait été vandalisée avec des graffitis injurieux, tout le monde était sur les nerfs. Peu importait qui était ce mec, il ne faisait pas bonne impression à Mace. Et étant donné la posture rigide, quoique professionnelle, d'Adrienne et Shep, il n'était visiblement pas le seul à ressentir cela. Même George et le client de Shep paraissaient en alerte puisqu'ils étaient tous les deux des habitués et des amis de l'équipe.

— Je m'appelle Andrew Berry, déclara l'homme en sortant son portefeuille. Je travaille pour l'agence nationale de santé. Nous avons reçu quelques appels et des plaintes. Je vais devoir effectuer une inspection, selon notre code...

L'homme radota des numéros de codes et des règles qui devaient être respectées. Mace retint un juron. Jusqu'ici, les trois incidents ne paraissaient pas connectés puisqu'ils étaient tous arrivés soudainement et étaient bien différents, mais Mace n'avait aucune confiance en ce qu'il se passait. AMI n'était pas ouvert depuis longtemps, et ils devaient déjà gérer ce genre de conneries ?

Il nettoya rapidement George, sachant qu'ils ne pourraient pas finir aujourd'hui. Cet homme et le client de Shep étaient compréhensifs, mais Mace savait que si quelque chose ne changeait pas rapidement, le salon allait bientôt connaître d'autres ennuis. Si la rumeur selon laquelle ils avaient des problèmes d'hygiène dans leur salon se répandait ? Ils seraient foutus.

— Rentrez chez vous, déclara Adrienne une heure plus tard quand monsieur Berry eut fini. Inutile de rester alors que c'est si calme ce soir. Ryan est en chemin et on reste ouvert, donc il pourra prendre les derniers rendez-vous.

La défaite s'entendait dans sa voix. Mace savait qu'elle avait probablement besoin de passer un peu de temps seule pour surmonter ce qui inondait son esprit avant d'affronter la prochaine étape, peu importait ce que c'était.

— Je peux rester. Il y a plein de choses à faire. Même si, heureusement, la liste que cet abruti t'a donnée n'était pas si longue.

Il n'avait rien sur son planning à la boutique, puisqu'il aurait dû être en train de travailler sur George. Maintenant que c'était oublié à cause de cette visite impromptue et inutile, il ne travaillerait que sur les clients sans rendez-vous avec Ryan et Adrienne.

Elle baissa les yeux vers le papier dans sa main et fronça les sourcils.

— Il y a deux choses là-dessus et ce ne sont même pas des notes, juste des suggestions pour une meilleure pratique. Cet homme avait l'air exaspéré de devoir venir ici et il a dit qu'il se renseignerait pour savoir qui pensait que ce serait une bonne idée de lui faire perdre son temps, mais ça m'énerve quand même.

Shep s'appuya contre le mur, près d'eux, et fronça les sourcils.

— Quelqu'un veut nous faire couler. C'est l'impression que j'en ai. Et oui, on dirait que je parle d'une mafia ou d'une connerie de ce genre, mais il nous a fallu quatre mois supplémentaires avant de pouvoir construire cet endroit et maintenant qu'on est là, on a eu problème après problème, et tout ça pour dissuader les clients de venir. Je n'aime pas ça. Pas du tout.

Mace non plus. Il était encore moins enclin à partir. Mais Adrienne était terriblement renfermée et puisque la seule façon qu'il connaissait pour faire disparaître ce froncement de sourcils était de l'embrasser, il se dit qu'il devrait la laisser avec son frère et Ryan pour qu'elle puisse réfléchir à ses sentiments.

— On va le découvrir, déclara Adrienne en grimaçant toujours. Nous sommes les Montgomery. On ne tolère pas les conneries des autres.

— Oh que non, déclara Shep.

Il lui serra l'épaule et partit vers l'entrée, où son prochain client attendait. Heureusement, ils n'avaient pas été obligés d'annuler un quelconque rendez-vous.

— Je vais rentrer et passer du temps avec Daisy, déclara Mace. Je vais aller la chercher plus tôt chez mes parents.

Il donna un petit coup d'épaule à Adrienne.

— J'ai préparé un ragoût dans la cocotte électrique avant de partir, donc viens quand tu auras fini puisque tu ne fais pas la fermeture. Je te laisserai même manger les croûtons de la baguette que j'ai achetée.

Elle rit doucement et se détendit. Si elle pouvait rire, même un peu, alors tout irait bien pour elle. Il espérait simplement qu'il pourrait découvrir exactement ce qu'il se passait, à la boutique et entre eux.

— Un ragoût, ça me va, déclara-t-elle.

Mace avait su que les choses deviendraient plus compliquées quand ils commenceraient cette nouvelle étape de leurs vies, mais alors que les soucis s'accumulaient, il avait le sentiment qu'il avait seulement effleuré la surface des changements.

Il acquiesça, puis leur dit au revoir avant de partir chez ses parents pour aller récupérer Daisy. Il avait peur de ne jamais être capable de comprendre totalement ou d'apprécier à quel point sa vie avait changé. Il partageait désormais sa vie quotidienne avec sa petite, plutôt que de simplement l'avoir au téléphone quand il voulait lui parler.

— J'aime le ragoût, déclara Daisy en jetant un coup d'œil sur le plan de travail alors qu'elle se tenait sur son petit tabouret noir et violet qu'il avait acheté à la quincaillerie.

— C'est chaud et tout bon dans mon bidon.

Mace ne put s'empêcher de rire et de secouer la tête.

— Vraiment ? Moi je préfère les pommes de terre. Et toi ?

Daisy se tapota les lèvres avec un doigt minuscule alors qu'elle réfléchissait grandement à sa réponse. Il aimait constater qu'elle réfléchissait, afin que chaque réponse donnée soit la bonne, ou du moins que les mots employés soient les bons pour la réponse souhaitée.

— J'aime le truc qui pique, mais qui pique pas trop.

Elle inclina la tête et scruta la cocotte.

— Qu'est-ce que c'est, déjà ?

— Ça s'appelle de l'ail. Moi aussi, j'aime bien.

Il évita de s'esclaffer en entendant sa réponse puisqu'elle était inattendue et ressemblait pourtant tellement à Daisy.

— Peut-être que la prochaine fois, j'ajouterai une sauce au raifort au-dessus.

Elle froissa son petit nez.

— Une raie forte ? Pourquoi tu ferais une sauce avec une raie ? Je veux pas de sauce rayesque.

Mace prit le temps d'expliquer exactement ce qu'était le raifort avant de la prendre dans ses bras et de la jeter par-dessus son épaule, ses gloussements l'apaisant après une journée étrangement longue. Adrienne serait bientôt là et ils dégusteraient leur dîner tout en tentant de profiter du reste de leur soirée sans s'inquiéter des autres merdiers dans leur vie, ou du moins, en essayant de ne pas le faire. Il avait des nouvelles de Jeaniene tous les jours depuis qu'elle était partie, ce qui le surprenait même si ça n'aurait pas dû être le cas. Elle voulait faire partie de la vie de Daisy, même si elle n'occupait pas la place qu'ils avaient prévue. Il n'était pas convaincu de pouvoir un jour pardonner son ex pour ce qu'elle avait fait, non pas qu'il l'avait déjà pardonnée de lui avoir pris sa fille, au départ.

Alors que la petite courait dans la pièce, chantant une mélodie qu'elle avait inventée la veille, il fit de son mieux pour ne pas s'inquiéter, comme il s'était promis de ne pas le faire. Seulement, dès que la sonnette retentit et qu'Adrienne passa la porte, il sut qu'il s'était menti.

Il se soucierait de tout ce qu'il ne faisait pas comme il fallait. Mais pour l'instant, il mangerait son dîner avec les meilleures filles du monde et en profiterait simplement.

Autant que possible.

AVEC LA SEMAINE qu'Adrienne avait passé, si elle n'avait pas pris son pied grâce à Mace et si une soirée peinture et vin n'avait pas été organisée, elle aurait très certainement crié dans son oreiller.

Et oui, elle avait mis « prendre son pied avec son meilleur ami » en haut de la liste.

Elle était une Montgomery avec une faiblesse : Mace Knight et son membre glorieux.

Adrienne posa sa tête contre le volant et laissa échapper un cri silencieux. Elle ignorait totalement ce qu'elle faisait ces derniers temps, et tout ce qu'elle trouvait, c'était une blague immature sur la taille du sexe de Mace tout en comptant les heures jusqu'à ce qu'elle puisse l'avoir une nouvelle fois dans la bouche ou le chevaucher jusqu'à ce qu'ils soient tous les deux épuisés.

Ce n'était pas censé arriver. Elle n'était pas supposée le

désirer ainsi. Ce n'était à la base qu'un coup d'un soir, sinon cela ne serait jamais arrivé. Et à présent, chaque fois qu'elle était près de lui, elle devait faire de son mieux pour ne pas le toucher ou pire, pour s'obliger à s'éloigner. Si elle le touchait et demeurait à ses côtés trop souvent, elle allait craquer, ou les autres allaient remarquer qu'il y avait quelque chose de différent entre eux deux.

— J'ignore totalement ce que je fais, déclara-t-elle pour elle-même d'une voix étrangement forte dans la voiture silencieuse. Je n'en ai absolument aucune idée.

Toutefois, si elle restait assise là, sur le parking, à se parler encore longtemps, elle allait devoir ajouter la folie à la longue liste de choses confuses qui s'étaient manifestées ce mois-ci.

Alors au lieu de s'apitoyer sur son sort à cause de la personne qui essayait de faire fermer sa boutique, du croquis qu'elle n'arrivait pas à dessiner comme elle le voulait pour un survivant du cancer souhaitant commémorer l'occasion avec un tatouage délicat, mais farouche, et de se lamenter sur ce qu'elle faisait avec Mace, elle prévoyait de profiter de sa soirée avec ses sœurs et amies.

Aujourd'hui, c'était une soirée entre filles, après tout, et elles s'apprêtaient à se retrouver pour leur seconde réunion peinture et vin mensuelle. C'était une soirée passée à peindre et à boire du vin, tout en s'amusant avec des amies. Elles étaient surveillées et guidées par la prudente et toujours patiente Kaylee, leur instructrice.

Adrienne était assez douée quand il s'agissait de peinture. C'était une artiste, après tout. Sauf qu'elle utilisait de l'encre et que ses toiles étaient de la peau, mais au bout du compte, elle pouvait dessiner et jouer avec de belles couleurs tout en passant du temps avec les femmes de sa vie, donc cela valait la peine.

Sa sœur Roxie se garait quand elle sortit de sa voiture. Adrienne l'attendit donc avant d'entrer.

— Salut. On est en retard ? s'enquit sa sœur avant de l'étreindre fermement. Je déteste être en retard.

Adrienne baissa les yeux vers sa montre et secoua la tête.

— Non. On est pile à l'heure, mais je te parie que Thea, Abby et Shea sont déjà là, puisqu'elles ont tendance à arriver plus tôt partout, comme toi.

Elle jeta un coup d'œil aux cheveux ébouriffés de Roxie et à son chemisier mal boutonné sous son manteau.

— Pourquoi tu n'es *pas* en avance ?

Roxie eut le rouge aux joues et lança un sourire timide.

— Oh, Carter est sorti plus tôt du travail, et eh bien…

Adrienne rit, passa un bras autour des épaules de sa petite sœur, et commença à avancer vers l'entrepôt rénové où se trouvait le studio de Kaylee.

— C'est bon de savoir que vous vous comportez encore comme de jeunes mariés et que vous êtes constamment collés.

Tous les deux, ils ne pouvaient pas être plus différents l'un de l'autre, mais Adrienne savait qu'ils étaient amoureux, même si on avait l'impression qu'ils s'étaient précipités pour se marier. Ce n'était pas comme si elle savait ce qu'il se passait exactement dans leur relation, et d'ailleurs, puisqu'elle couchait en secret avec son meilleur ami, elle n'avait franchement pas le droit de parler.

— C'est mon Carter.

Roxie laissa échapper un soupir rêveur qui ne ressemblait en rien au souffle agacé qu'elle avait émis en parlant de son mari, la dernière fois.

— Qu'est-ce que je peux dire ? conclut-elle.

— Tu es heureuse, donc ça me rend heureuse. En plus, c'est un mécanicien sexy, donc...

Roxie s'esclaffa.

— C'est *mon* mécanicien sexy. Je suis ravie qu'il ait pu réparer ta voiture.

Adrienne grogna en ouvrant la porte de l'entrepôt.

— Pour l'instant. Je vais devoir me faire à l'idée et en acheter une neuve, bientôt. Enfin, peut-être pas une neuve, mais une plus récente que celle que j'ai maintenant.

— Tu l'as depuis presque une décennie. Je suis surprise qu'elle ait roulé aussi longtemps.

Elles posèrent leurs affaires sur le porte-manteau près de la porte et partirent vers l'arrière du bâtiment où se tenait la soirée peinture et vin de ce soir.

— Elle serait partie à la casse l'année dernière, sans Carter. Alors, assure-toi de l'embrasser de ma part.

Elle lui fit un clin d'œil.

— J'allais dire un truc du genre : masturbe-le pour

moi, mais je me suis ensuite rendu compte qu'il était mon beau-frère et qu'il ne me connaissait pas assez bien pour ça.

Roxie se contenta de rire et de lui donner un coup de hanche.

— À mon avis, Carter n'a pas besoin d'aide pour obtenir ces choses-là. En fait, je vais finir par avoir besoin d'une attelle au poignet si je ne fais pas gaffe.

Cette réplique fut la raison pour laquelle elles riaient toutes les deux aux larmes quand elles entrèrent dans le studio de peinture et s'assirent à côté d'Abby, Thea et Shea. Leur mère était venue avec elles la première fois, mais elle s'était désistée cette semaine-là puisqu'elle avait un rendez-vous avec leur père. Le fait que ses parents s'organisent toujours des rendez-vous faisait gonfler le cœur romantique d'Adrienne. Elle avait peut-être fait passer sa carrière et son art avant sa vie amoureuse pendant trop longtemps, mais elle croyait en l'amour et en tout ce qu'il y avait de chaud et de pétillant là-dedans.

— Ai-je envie de savoir ? s'enquit Thea en prenant son ton maternel qui ne bernait personne.

Thea était tout aussi obscène qu'elles, même si elle aimait les réprimander aimablement.

— Probablement pas, déclara Adrienne avec un clin d'œil en retirant son écharpe.

Il faisait de plus en plus froid chaque soir et elle savait qu'elle allait bientôt devoir échanger sa veste de mi-saison pour son manteau d'hiver. Elle détestait quand elle ne pouvait pas porter sa petite veste en cuir mignonne pendant de longues périodes et l'hiver avait tendance à leur tomber dessus de plus en plus tôt chaque année.

— Je ne sais pas qui a eu cette idée, mais c'est génial, déclara Shea en sirotant son vin rouge.

Chacune d'entre elles ne s'autorisait généralement qu'un verre, puisqu'elles devaient toutes conduire, mais c'était tout de même amusant de profiter d'un peu de temps ensemble.

— Je sais, confirma Abby.

Elle était propriétaire de Thé-hier, à côté d'AMI, et avait sympathisé avec Thea depuis qu'elle avait emménagé dans le centre commercial quelques mois avant Adrienne.

— J'ai entendu dire qu'on faisait ça dans tout le pays, maintenant, et puisque je suis enfin au courant d'un truc populaire, ça sera probablement démodé dans peu de temps. Je suis toujours la dernière à savoir ces trucs-là.

Adrienne ricana.

— Tu n'es pas la seule. Je ne sais jamais ce qui est tendance, ces derniers temps, mais pour de la peinture et du vin ? Je suis partante.

— Tu préfères ça à ton tricot ? s'enquit Thea avec des yeux brillants.

Adrienne fit de son mieux pour lui adresser un doigt d'honneur sans que quiconque ne le remarque, mais la femme derrière leur petit groupe plissa le nez. Bon. Ses sœurs et elle étaient l'équipe des tatouées et des percées (même si deux d'entre elles étaient des comptables qui cachaient leur tatouage à cause de leur travail) et elles étaient donc habituées aux regards. Elles étaient des Montgomery après tout et elles avaient tendance à se démarquer dans une foule.

— Ton tricot ? s'enquit Abby. Tu tricotes ?

Adrienne ricana.

— J'ai essayé. Ma cousine, Meghan, a essayé de nous apprendre, à moi et à la femme de mon cousin, Jillian. Elle s'en est un peu mieux sortie que moi, mais j'ai fait semblant pendant presque toute la leçon.

Abby fronça les sourcils, inclinant la tête en les scrutant.

— Qu'est-ce qu'il y a ? s'enquit Roxie.

— Tu parles de Meghan et de Jillian Montgomery ? Mariées respectivement à Luc et Wes.

Adrienne se redressa sur son tabouret.

— Oui, Meghan et Wes sont nos cousins.

— On en a, genre, une quarantaine, intervint sèchement Roxie.

— Comment tu les connais ? s'enquit Shea.

Un air triste se lut dans les yeux de la femme avant qu'elle ne batte des paupières pour le chasser.

— Oh, je connais Murphy Gallagher, dont le frère est marié à Maya. Votre cousine.

— Le monde est petit, déclara Roxie.

Tout le monde commença à parler des Montgomery et de leurs nombreux époux et bébés. Adrienne ne pourrait jamais suivre, et honnêtement, son esprit était sur ce qu'Abby avait dit et non pas sur ce dont elles discutaient.

Elle avait entendu parler d'Abby. Elle ne savait pas seulement qu'elle faisait partie de la communauté dans laquelle Adrienne avait emménagé. Toutefois, visiblement, elle ne souhaitait pas que qui que ce soit connaisse son histoire, du moins, pas encore, donc elle la gardait pour elle. Le cœur d'Adrienne restait tout de même douloureux quand elle pensait à l'autre femme, alors même qu'elle essayait de garder une douce expression pour qu'Abby ne devine pas qu'elle était déjà au courant des horreurs que celle-ci avait dû affronter. Et d'ailleurs, la tatoueuse imaginait qu'elle n'en savait même pas la moitié.

Kaylee entra dans le studio à ce moment-là, tirant Adrienne de sa rêverie, et leur soirée de peinture arrosée de vin commença enfin. Adrienne adorait Kaylee, cette femme qui n'avait que quelques années de plus qu'elle et qui donnait l'impression d'avoir tout traversé, même deux fois, pour n'en ressortir que plus forte. En plus, c'était une artiste fantastique avec un tel talent que si on ne savait pas qu'aider les autres à apprécier l'art était important, on se demanderait pourquoi elle perdait son temps lors d'une telle soirée.

— Bienvenue à tous, commença-t-elle, en souriant. Je vois qu'en ce qui concerne le vin, tout le monde a déjà bien entamé la soirée.

Elle fit un clin d'œil. Les clients et clients levèrent leur verre comme pour la saluer. Chacun portait une étiquette peinte à la main, ainsi qu'une jolie décoration sur le pied. Adrienne se disait que soit Kaylee avait pris du plaisir à les peindre tout un week-end, soit ces verres venaient d'un autre événement et les clients les avaient laissés pour que d'autres en profitent. Les deux étaient possibles, connaissant l'artiste.

— Maintenant, commençons la partie peinture.

Elle retira le tissu cachant le tableau sur le chevalet à côté d'elle et pendant que d'autres haletaient, riaient ou commençaient à glousser, Adrienne plissa les yeux pour le scruter. C'était la partie qu'elle aimait et elle voulait s'assurer que son art soit le plus beau possible. Même si ce n'était pas une compétition et que personne ne comparerait vraiment son œuvre à celle des autres, à part pour plaisanter, Adrienne était tout de même une artiste et ne voulait pas se louper. Il n'était pas question de peindre en fonction de numéros et il y avait toujours de la place pour l'originalité, au fur et à mesure, mais la jeune femme aimait que ce soit aussi proche de l'original que possible. Cela lui permettait de s'entraîner pour rester la meilleure.

Le paysage lunaire devant elle était simple et beau. Il y avait quelques arbres sombres dans le fond, tandis que les teintes blanches, violettes et bleues seraient amusantes à peindre en fonction des couches. C'était *tellement* meilleur que sa tentative ratée de tricot. Meghan et Jillian avaient peut-être pensé qu'elle avait saisi l'essentiel, mais elle s'était entraînée pendant des heures et des heures sans faire de véritables progrès et elle n'avait jamais été capable de monter des mailles correctement. Peindre était totalement dans ses cordes et c'était tellement amusant quand elle le faisait avec sa famille et ses amies.

Alors que tout le monde commençait, Shea et Abby baissèrent la tête en même temps, riant à cause d'une plaisanterie au bout de leur rangée. Adrienne était assise entre une Thea et une Roxie déterminées. Cette dernière avait passé sa langue entre ses dents, alors qu'elle faisait de son mieux pour reproduire les bonnes formes, et Adrienne savait qu'elle était vexée d'être, parmi une fratrie de quatre, la seule qui avait des problèmes pour faire un quelconque dessin ou exécuter une quelconque peinture. Adrienne et Shep étaient tatoueurs, bien sûr, mais Thea était une pâtissière qui savait décorer des gâteaux et des cookies comme personne. Ils avaient tous leur point fort, mais elle savait que Roxie détestait que le sien ne soit pas semblable à celui de ses sœurs et de son frère.

— Pourquoi est-ce si dur ? marmonna Roxie en donnant des coups de pinceau sur sa toile.

— C'est ce qu'elle dit toujours, raillèrent en même temps Thea et Adrienne avant de glousser.

Les lèvres de Roxie se tordirent avant qu'elle ne se joigne à leur rire.

— Vous êtes tellement matures, les filles, déclara-t-elle en ricanant.

Elle posa ensuite son pinceau afin de boire davantage de vin.

— Et on peut faire une soirée quiz ou un truc dans le genre la prochaine fois ? Je suis vraiment douée pour ça.

— Si on le fait, on devra inviter Shep, intervint Adrienne. Il nous laisse à peine profiter de cette soirée sans lui.

— C'est vrai, déclara Shea à l'autre bout de la rangée. Non seulement il aime le vin, mais aussi la peinture. Ce n'est que parce que les hommes sont bannis de notre soirée entre filles qu'il n'est pas en train de regarder par-dessus notre épaule en ce moment même.

Adrienne ne put s'empêcher de sourire. Pendant une décennie, son grand frère avait vécu de l'autre côté du pays — d'accord, La Nouvelle-Orléans n'était pas *si* loin du Colorado, mais il était clair qu'elle en avait l'impression — mais désormais, elle aimait découvrir le Shep adulte et toutes ses petites manies.

— Je vais quand même le battre, déclara Roxie.

Elle releva le menton alors même qu'un éclat amusé dansait dans ses yeux.

— Il faut bien que je le batte dans *un domaine*.

Adrienne tapota l'épaule de Roxie.

— Tu n'es pas nulle en peinture, tu sais.

Elle agita sa main vers la peinture de sa sœur.

— Tu veux simplement que les choses soient parfaites et tout ne doit pas toujours être parfait.

Roxie sortit sa langue avant de boire une autre gorgée de vin et de poser son verre.

— C'est ce que Carter dit, mais parfois, c'est comme si personne ne me comprenait.

Elle leva les yeux au ciel, comme pour plaisanter, mais Adrienne ne put s'empêcher de se demander si elle cachait quelque chose derrière ses paroles et qu'elle ne parlait pas simplement d'elle.

La tatoueuse se tourna légèrement pour croiser le regard de Thea, mais aucune d'elles ne dit quoi que ce soit pour répondre à la déclaration de Roxie. Peu importait ce qu'il se passait entre leur sœur et Carter, ça n'était pas leurs affaires. Pas encore. Bien sûr, pour ce qu'elle en savait, il ne se passait peut-être rien et la jeune femme creusait peut-être juste un peu trop pour comprendre la signification des mots de Roxie. Après tout, le garagiste était tout simplement aimable et attentionné quand il était avec le reste de la famille et même ce soir-là Roxie était venue en ayant l'air merveilleusement ébouriffée.

Elle but une gorgée de sa boisson, sachant qu'elle tournait simplement en rond en réfléchissant au mariage de sa sœur parce que c'était plus facile que de se demander ce qu'elle allait faire de sa propre relation.

Elles peignirent un peu plus en parlant de broutilles jusqu'à ce que Shea demande comment allait la meilleure amie de Thea, Molly.

Thea posa son pinceau et fronça les sourcils.

— Je ne sais pas. Elle ne me parle plus de Dimitri ni de ce qu'elle pense du divorce. Elle agit simplement comme si tout allait bien et que tout ça n'était qu'une nouvelle phase de sa vie.

Adrienne grimaça.

— Ça n'a pas l'air terrible.

— Je sais, hein ?

Thea avala la dernière gorgée de son vin avant de poser son verre sur la table couverte d'une nappe un peu plus violemment que nécessaire. Heureusement, il ne se brisa pas.

— Elle s'occupe juste de ses affaires et je vois que Dimitri lui fait vraiment du mal, mais ce n'est pas comme si je pouvais lui en parler ou même être à ses côtés parce que…

— Parce que c'est ta meilleure amie et que tu es donc automatiquement de son côté.

Adrienne avait déjà fini son vin et en était à son deuxième verre d'eau puisqu'elle aimait rester hydratée. Elle but donc un moment avant de soupirer.

— Je suis désolée que tu te retrouves au milieu.

C'était une raison pour laquelle elle devait rester en dehors de toute relation. C'était si compliqué. Chaque femme assise à cette table avait une tonne de bagages et d'histoires quand il s'agissait d'amour et des hommes. Pourtant, curieusement, Shea et peut-être Roxie avaient réussi à s'en sortir. Thea était perpétuellement célibataire, tout comme Adrienne, et Abby. Enfin, ce n'était pas à elle de raconter cette histoire.

— Mais je ne suis pas au milieu, pas vraiment, déclara

Thea en posant les yeux sur sa peinture. Je ne peux pas l'être. Dimitri était mon ami aussi et maintenant... eh bien, maintenant, il ne peut plus l'être, plus de la même façon, et ça craint.

Elle souffla avant de se reconcentrer sur sa peinture. Le sujet était clos. Ça ne dérangeait pas Adrienne. Ce n'était pas comme si elle savait quoi dire pour arranger la situation, après tout.

Elle fit exprès de ne pas évoquer Mace et savait donc qu'elle agissait lâchement. Ce n'était pas comme si elle avait une quelconque idée de ce qu'elle allait ou *pouvait* dire si quelqu'un abordait le sujet. Ses sœurs étaient bien trop perspicaces et Adrienne avait la sensation que Shea et Abby étaient pareilles quand il s'agissait de débusquer des informations. Elles avaient elles-mêmes eu leurs propres relations et Adrienne savait qu'elles utiliseraient cette expérience pour voir clair en elle. Ou peut-être qu'elle était bien trop curieuse et nerveuse à propos de ce que ses amies diraient une fois qu'elle mentionnerait le nom de Mace. Après tout, il était son meilleur ami et elle avait le droit de parler de lui, surtout qu'ils travaillaient également ensemble. Ce n'était pas comme si elle devait formuler explicitement qu'elle couchait avec lui.

Souvent.

Et qu'ils ne restaient pas souvent *couchés*.

Ses muscles se crispèrent quand elle pensa à lui et elle insulta l'effrontée en elle. Il était tout aussi dévergondé qu'elle, puisqu'il la faisait jouir constamment, mais elle n'allait pas y penser... peu importait à quel point elle le voulait.

— Alors, grande sœur, commença Thea d'une voix bien trop nonchalante. Tu as l'air bien trop détendue en ce moment alors que tu viens juste d'ouvrir une boutique. C'est qui, le mec ?

— Oui, tu as l'air trop bien léchée, intervint Roxie en souriant.

— Je pouvais te faire confiance pour entendre une plaisanterie explicite, déclara sèchement Adrienne.

Elle ne pouvait pas mentir à ses sœurs, pas assez bien. Elle leur avoua donc une partie de la vérité, la seule qu'elle pouvait.

— Eh bien... je couche avec un mec. Mais vous ne le connaissez pas. Ce n'est pas très important. Je libère juste une partie de la tension.

Les autres ne lui posèrent pas beaucoup de questions, mais leurs regards dissimulaient bien trop d'interrogations à son goût. Shea lui jeta un coup d'œil et Adrienne se raidit. Dès que les mots avaient franchi ses lèvres, elle avait su que c'était une erreur et qu'ils étaient bien trop blessants, mais elle n'avait pas su comme s'assurer que les autres comprennent que ça n'était pas sérieux. Si Mace le découvrait...

Elle arrêta de réfléchir à cela avant de se remettre à peindre. Les autres suivirent et elle espérait qu'aucune ne remarquerait que sa main tremblait. Juste un peu.

• • •

— Alors, comment ça se passe à la boutique ? s'enquit Shea un peu plus tard alors qu'elles partaient et rejoignaient leurs voitures. Je sais que Shep stresse à cause de la personne qui essaie de faire du mal à AMI, mais à *ton* avis, comment ça se passe ?

Adrienne resserra son écharpe alors qu'elle s'appuyait contre la voiture de Shea. Les autres avaient déjà quitté le parking, les laissant discuter en privé. Elle n'était pas sûre que sa famille et ses amies l'avaient fait volontairement, mais cela ne la dérangeait pas.

— Financièrement, le salon se développe bien, comme tu le sais. On a de nouveaux clients tous les jours et on a déjà une liste d'attente pour les dessins conséquents. Mais quant à la personne qui veut nous faire fermer ? Si ce n'est pas l'homme mystère du début, je ne vois pas du tout qui c'est. Peu importe à qui on demande dans le centre commercial, personne ne sait qui ça aurait pu être. Ça me paraît bizarre. Ça *nous* paraît bizarre.

Shea acquiesça.

— Je sais. Et je ne suis pas d'ici, donc ce n'est pas comme si je pouvais avoir une quelconque idée de ceux qui ont de l'influence et qui voudraient faire disparaître votre salon. J'espère juste que vous êtes tous en sécurité, tu vois ? Je ne veux pas que qui que ce soit souffre.

Adrienne tendit la main et serra le bras de Shea.

— On fait attention. Tellement attention que les garçons se comportent en hommes des cavernes et ne laissent *personne* partir seul sur le parking, le soir. Même Thea et Abby, s'ils arrivent à les en empêcher.

— Ça aide que Mace et toi vous couchiez ensemble, aussi. Il peut te surveiller plus souvent.

— Eh bien, oui, mais je ne pense pas vraiment que ça ait un quelconque rapport.

Adrienne referma rapidement la bouche, son visage se réchauffant alors que Shea ressemblait à une petite fille prise la main dans le sac.

Celle-ci rebondit d'un pied sur l'autre avant de montrer sa belle-sœur du doigt.

— Je le *savais*. Je le savais !

Elle dansa sur place, agitant ses hanches et Adrienne sentit le sang disparaître de son visage.

— Comment... tu m'as piégée ! grogna-t-elle à l'autre femme.

Shea continua d'exécuter sa folle danse en agitant les hanches.

— Oui, je l'ai fait. Et j'en suis fière. J'apprends à être une meilleure Montgomery à chaque jour qui passe.

Elle arrêta sa danse, heureusement, et tendit les mains pour agripper les deux bras d'Adrienne.

— D'abord, je suis heureuse pour toi. Deuxièmement, je ne faisais que deviner parce que j'ai ressenti une certaine vibration émanant de vous la dernière fois que j'étais au salon. Troisièmement, Shep l'ignore totalement. Quatriè-mement, je ne lui dirai pas parce qu'il y a un code entre filles. Cependant, je t'avertis que s'il me pose directement la question pour une raison ou une autre, je vais devoir lui avouer parce que je ne mens pas à mon mari.

Adrienne laissa échapper un souffle tremblant.

— Alors... alors fais en sorte qu'il n'ait pas de raison de te poser la question.

Shea avança et l'enlaça fermement.

— Je vais faire de mon mieux. Je suis ravie pour toi.

Elle chuchota la dernière partie, et curieusement, les larmes picotèrent les yeux d'Adrienne.

— C'est... ce n'est rien. Ce n'est forcément rien. N'est-ce pas ?

Shea acquiesça avant de froncer les sourcils.

— Je comprends. Mais Adrienne ? Ne t'avise plus de qualifier Mace de « pas important ». Je pense que tu ne lui rends pas service, et à toi non plus, quand tu fais ça.

Adrienne ne répondit rien alors qu'elle regardait sa belle-sœur monter dans la voiture et quitter le parking, la laissant plantée là comme une idiote menteuse qui n'arrivait même pas à trouver un bobard ne blessant personne.

Elle monta dans sa voiture et baissa les yeux vers son téléphone quand il vibra.

Mace : *Tu es bien rentrée chez toi ?*

Elle refusait de sentir une quelconque chaleur en voyant la preuve qu'il tenait à elle.

Adrienne : *Je suis toujours sur le parking. Je voulais parler à Shea un moment.*

Elle alluma son moteur avant de l'appeler sur Bluetooth. Sa voiture était peut-être vieille, mais elle avait au moins cette fonctionnalité puisque la technologie n'était pas *si* nouvelle.

— Désolée de t'appeler, je voulais juste rentrer chez moi et ne pas avoir à écrire de message en conduisant.

Le grondement profond de la voix de Mace parvint par les haut-parleurs et elle eut peur de mal conduire en l'écoutant ainsi. Sacrée distraction.

— Je suis ravi que tu n'écrives pas de SMS en conduisant. Tu t'es bien amusée avec les filles ?

Elle acquiesça avant de se souvenir qu'il ne pouvait pas la voir. Bon sang, elle agissait comme une folle et ça n'avait rien à voir avec l'unique verre de vin qu'elle avait fini plus d'une heure plus tôt.

— C'était génial. Et j'ai une belle peinture à accrocher chez moi.

Le rire de l'homme se dirigea directement vers son entrejambe. Fichu mec.

— Un jour, tu en auras une centaine et tu vas finir par m'en donner.

— On dirait que tu n'en veux pas, le taquina-t-elle. Rien que pour ça, je vais te donner celle-ci.

— J'en suis honoré, répondit-il sèchement.

Elle savait qu'il plaisantait.

— Euh... alors je dois te dire quelque chose et je n'en ai pas vraiment envie.

Elle s'engagea sur la route, heureuse qu'elle n'ait pas un long trajet puisqu'elle n'avait clairement pas envie de conduire en lui annonçant cela.

— Attends, laisse-moi éteindre la voiture pour que je puisse utiliser mon téléphone plutôt que de faire entendre la conversation à tout le voisinage.

Cela était arrivé une fois. Elle avait oublié que les haut-parleurs pouvaient être entendus au travers des fenêtres fermées et elle en était encore honteuse aujourd'hui.

— D'accord, prononça-t-il lentement. Est-ce que tu veux que je passe te chercher ? Tu es en sécurité ?

Elle déglutit difficilement, ses yeux la picotant une nouvelle fois alors qu'elle collait son portable contre son oreille.

— Je vais bien. Je te le promets. Mais, eh bien, les filles ont remarqué que j'avais l'air, euh, détendue, devrait-on dire ?

Mace ne déclara rien d'autre et le silence fut palpable.

— Alors, en d'autres mots, elles savaient que je couchais avec quelqu'un.

— Et qu'est-ce que tu as répondu ? s'enquit-il.

Elle ne pouvait déchiffrer sa voix. Elle avait généralement besoin de voir ses yeux pour deviner ses émotions et elle n'avait jamais été douée pour analyser tout cela au travers d'un téléphone.

— Que oui, je couchais avec quelqu'un. Ensuite, j'ai totalement menti parce que je suis une idiote et j'ai dit que c'était quelqu'un qu'ils ne connaissaient pas, que cette personne n'était pas importante.

Elle parla rapidement pour qu'il n'ait pas la chance d'intervenir.

— J'ai su que c'était la pire chose à dire, dès que je l'ai dite, parce que tu es plus qu'important pour moi, mais j'étais stupide. Je suis désolée de t'avoir qualifié ainsi. Je sais qu'on marche sur des œufs en essayant de comprendre ce qu'il y a entre nous et je ne devrais pas dire que tu es insignifiant comme si tu n'étais rien. Je suis tellement désolée. Oh, et Shea est au courant pour nous, au fait. Elle l'a deviné et m'a reproché de t'avoir qualifié comme je l'avais fait, mais elle promet de ne rien dire à Shep.

Elle arrêta de parler, son souffle sortant de façon erratique, alors qu'elle se rendait compte qu'elle avait tout déclamé sans même prendre une seule inspiration.

— Chérie.

— Oui ?

— Ça fait beaucoup d'informations.

— Je sais.

— D'abord, je comprends pourquoi tu as répondu ça. Bon sang, j'aurais probablement dit la même chose et je t'aurais appelée après, aussi. Je sais que tu penses que je suis important tout comme j'espère que tu as conscience d'être carrément importante pour moi. Quant à Shea ? Je pensais bien que quelqu'un le découvrirait un jour, puisqu'on se baise tous les deux du regard constamment. Ne te méprends pas, j'aime t'imaginer penchée au-dessus de différents meubles dans le salon de tatouage, mais si on veut que ça reste entre nous, on devrait peut-être s'empêcher de faire ça. Quant au fait de ne pas mettre Shep au courant ?

Il marqua une pause.

— Eh bien, quand on sera prêt à le dire aux autres, on le fera, une fois que l'on comprendra ce qu'on *est*. Je m'occuperai des commentaires des autres quand ça arrivera.

Elle appuya sa tête contre le volant, consciente qu'elle devrait rentrer chez elle à un moment.

— Ça devient compliqué.

Il resta silencieux si longtemps qu'elle eut peur de l'avoir perdu.

— Oui, c'est vrai, mais on était déjà compliqué avant.

— Tu n'as pas tort. C'est juste que... Je ne peux pas te perdre en tant qu'ami, Mace.

— Tu ne me perdras jamais, Addi. Même si on devient à nouveau uniquement amis, tu ne me perdras jamais.

Après cette étrange déclaration, elle se redressa, s'interrogeant sur ce qu'elle faisait.

— Bonne nuit, Mace.

Il soupira.

— Bonne nuit, ma petite Addi.

Le silence régna à nouveau quand il raccrocha et elle fixa son portable du regard, se demandant si leur début était proche de la fin... et si son meilleur ami venait tout juste de lui mentir ouvertement.

Huit

MACE NE PUT s'empêcher de sourire alors que Daisy courait dans les bras de ses parents, ses mots se succédant rapidement puisqu'elle leur racontait sa journée. Tout le monde disait que les enfants étaient résistants, mais la façon dont elle s'était relevée depuis le premier jour passé ici était remarquable. Elle parlait souvent à sa mère, tous les jours par téléphone, et elles se voyaient sur Skype trois fois par semaine. Néanmoins, elle s'était imposée dans la vie et la routine de Mace bien plus facilement qu'il n'aurait pu s'y attendre.

— Salut, grand frère.

Mace pivota alors que Sienna avançait dans l'allée, leur autre sœur, Violet, juste derrière elle. Les deux femmes vivaient et travaillaient à Denver et ne venaient pas autant à Colorado Springs qu'avant. Toutefois, leur dîner familial mensuel était une chose à laquelle quiconque ne pouvait échapper. Et maintenant qu'il avait Daisy avec lui, ça ne le dérangeait pas vraiment.

— Salut, toi.

Il passa un bras autour des épaules de la jeune femme et un autre autour de Violet avant de les serrer contre lui.

— Vous m'avez manqué, petites morveuses.

Violet le pinça dans les côtes et il grimaça. Ses doigts étaient puissants et elle avait des années d'entraînement quand il s'agissait de le pincer sans que leurs parents ne le remarquent. C'était ce que les frères et sœurs faisaient, après tout. Et puisqu'elles étaient dans ses bras, il passa son coude autour de leurs nuques, ce qui fit crier les deux sœurs et lui valut un regard sévère de sa mère.

Il lâcha rapidement ses frangines, mais pas avant de les serrer une dernière fois. Même s'ils étaient tous les trois adultes, il n'y avait rien de plus satisfaisant que de jouer avec Sienna et Violet comme lorsqu'ils étaient enfants. Il n'était pas le genre de grand frère crétin qui critiquait ses sœurs. Il leur rendait plutôt la pareille chaque fois qu'elles l'enquiquinaient et leur relation fonctionnait ainsi. Il avait détesté les voir partir à l'université de Denver et, même si ce n'était qu'à un peu plus d'une heure de route, il avait eu l'impression que c'était bien plus loin que ça puisqu'il ne les voyait plus tous les jours.

Il suivit les filles dans la maison et regarda ses parents en adoration devant son enfant. Ils avaient été furieux contre son ex quand ils s'étaient rendu compte de ce qu'elle avait fait, mais puisqu'ils pouvaient maintenant voir leur petite-fille à l'infini, leur colère était grandement oubliée.

— Tu grandis tellement vite, déclara son père, Jeff, à Daisy.

Il eut un rire profond.

— Une minute, tu peux tenir dans la paume de ma main, la suivante, tu es aussi grande que moi.

Daisy rebondit d'un pied sur l'autre, son sourire s'étirant d'une oreille à l'autre.

— Je ne suis pas *si* grande, papy. Je dois encore croisser.

— Croître, la corrigea Mace.

Il leva les yeux au ciel en voyant les bouches de ses deux sœurs se tordre. Il n'agissait pas souvent comme un père. Jusqu'à récemment, il n'avait pas passé autant de temps qu'il l'avait souhaité avec Daisy, donc sa famille allait devoir gérer ce nouvel aspect de sa personnalité. Après tout, il commençait à s'habituer à ce rôle dans la vie de Daisy.

— Croître, répéta Daisy.

Elle lança un sourire narquois à Mace avant de pivoter vers son grand-père.

— Mais je suis une grande fille maintenant. Grande, grande, grande.

Mace avait de la chance qu'elle ne soit plus en train de

le regarder, puisqu'il fut presque sûr que son visage pâlit quand il songea aux années qui étaient déjà passées dans sa vie. Elle en avait encore de nombreuses avant d'atteindre les étapes importantes de l'adolescence et au-delà, mais le fait qu'il serait peut-être la seule personne à s'occuper de tout ça à l'avenir était impressionnant. Il ignorait totalement quelle serait la prochaine phase de Jeaniene dans son travail, ou ce qu'il se passerait lorsqu'elle reviendrait aux États-Unis dans quelques mois, mais il savait que, peu importait ce qu'il se passait, il ne laisserait pas Daisy s'en aller sans se battre. Il avait été incapable de faire ce qu'il fallait la première fois, parce qu'il était hors de sa zone de confort et que Jeaniene possédait tous les pouvoirs. Mais après ce qu'elle avait fait cette fois-ci, son avocat lui avait assuré que les choses seraient différentes. Mace allait devoir faire avec quand tout lui tomberait dessus, cependant, il ne laisserait pas sa relation avec Daisy redevenir comme avant.

La grand-mère de la petite, Dani, arriva et les enlaça tous.

— Voilà mes bébés.

Il se pencha pour qu'elle puisse l'embrasser sur la joue, et elle lui tapota le visage.

— Ta barbe devient si longue. J'ai toujours peur qu'elle me gratte quand je t'embrasse sur la joue, mais c'est tellement doux.

Elle le tapota à nouveau avant de jeter un regard

mauvais à ses sœurs, qui venaient de lever les yeux au ciel en les observant.

— Il a une routine pour prendre soin de sa barbe, déclara Sienna en souriant. Comme tous les barbus métrosexuels.

— C'est quoi un métrosex ? s'enquit Daisy.

Mace fusille sa sœur du regard, et celle-ci eut le mérite de grimacer.

Il tendit les bras vers la petite, l'installant contre sa hanche. Elle était presque trop grande pour cela, maintenant, mais il savait qu'il voudrait la tenir contre lui aussi longtemps que possible.

— C'est métrosexuel, et c'est un mot inventé par les gens qui ne comprennent pas les barbes.

Il jeta un coup d'œil à son autre sœur quand elle voulut dire quelque chose, pour contrer probablement son argument avec des faits réels, mais il n'était pas d'humeur.

Daisy posa ses mains minuscules sur son visage et lui lança un regard solennel qui partit directement dans son cœur.

— J'aime ta barbe, papa. Alors si tu ne veux pas être un métrosex, pas besoin de l'être.

Cette fois-ci, ni Sienna ni Violet ne put se retenir de rire et leurs deux parents se joignirent à elles. Mace feignit de se renfrogner avant de déposer un petit baiser dans le cou de Daisy. Sa petite fille couina avant de gigoter pour se dégager de ses bras.

— N'utilise pas ce mot, d'accord, ma petite Daisy chérie ? C'est un mot de grande personne.

— D'accord. Comme merde et bordel, c'est ça ? Maman a dit que c'était des mauvais mots, mais tante Adrienne a dit qu'une fois que je suis une grande fille, je peux les utiliser s'ils m'aident à m'exprimer. Ou un truc comme ça.

— Daisy, déclara-t-il sévèrement.

Elle regarda ses pieds.

— Pardon.

Il allait devoir étrangler sa meilleure amie. Et la mordre. Oui, la mordre serait une bonne idée. Il chassa ensuite rapidement ces pensées de sa tête puisqu'il ne voulait pas avoir une érection devant toute sa famille.

— Quand tu seras grande comme moi, tu pourras utiliser ces mots. Ça te va ?

Elle acquiesça et Mace ignora particulièrement les regards curieux que lui lancèrent ses sœurs à la mention d'Adrienne. Aucune d'entre elles n'avait vraiment cru qu'Addi et lui n'avaient jamais couché ensemble avant aujourd'hui, et puisqu'il la fréquentait à moitié, actuellement, il savait qu'il marchait le long d'une frontière trop mince pour garder son secret.

— Et maintenant qu'on s'est chargé de ça, intervint sa mère, enlevez vos manteaux et allez dans le salon. J'ai préparé ces champignons que vous aimez tous.

Daisy rebondit sur la pointe des pieds et Mace se

pencha pour lui retirer son petit bonnet, son écharpe et sa veste. Elle se trouvait déjà dans l'entrée avec ses affaires d'hiver depuis bien trop longtemps et il ne voulait pas qu'elle ait un coup de chaud. Une vague de froid avait soufflé la nuit précédente et il avait le sentiment que l'hiver serait long. Ses sœurs retirèrent leur veste et il en fit de même, la pendant sur le portemanteau qui était sur le mur depuis qu'il était petit et que sa mère lui retirait alors son manteau. Il aimait le fait que peu importait ce qu'il se passait dans sa vie, cette maison et ses parents étaient une constante. L'idée qu'ils commencent à être âgés, puisqu'ils avaient un peu attendu avant de l'avoir, et même plus pour avoir Sienna et Violet, persistait dans son esprit, mais il faisait de son mieux pour l'ignorer. Il souhaitait passer du temps avec sa famille et il serait toujours heureux qu'ils puissent passer autant de temps avec Daisy.

Si seulement Sienna et Violet se casaient et avaient des enfants, peut-être que ses parents arrêteraient de lui reprocher d'être père célibataire. Bien sûr, l'idée que ses sœurs parfaites puissent se trouver un homme faisait sonner son radar de grand frère, mais il savait que c'était ridicule. Il avait envie qu'elles soient heureuses, mais il jouait clairement au frangin trop protecteur quand c'était nécessaire. Il était là pour ça.

— Les champignons avec le fromage ? s'enquit Sienna. Ce sont mes préférés.

Elle tendit la main et Daisy l'attrapa pour qu'elles

entrent toutes les deux dans le salon derrière les grands-parents.

Mace se contenta de secouer la tête, un sourire se lisant sur son visage.

— Je croyais que c'était Sienna, la fille cool et sereine, déclara Violet en riant ouvertement. Regarde-la trottiner dans ses petites chaussures.

Mace avait remarqué les talons et ne put s'empêcher de baisser les yeux vers les chaussures similaires de Violet.

— Tu ne peux pas trottiner avec les tiennes ?

Elle lui donna un coup de coude dans le ventre et il grimaça.

— Tu deviens violente au fil des années. Violente Violet.

— Tu es un idiot et parfois, c'est vraiment difficile de comprendre pourquoi je t'aime. Quant à mes chaussures ? Je tiens trop à mes chevilles pour essayer de trottiner avec. Sienna est une âme plus courageuse que je ne le serai jamais. Même si, vraiment, je pense que je paierai cher pour te voir trottiner dans des talons comme elle vient juste de le faire.

— Je ne pense pas qu'ils font des escarpins assez larges pour mes pieds.

— Les drag-queens arrivent à en trouver, je suis sûr que tu le peux aussi. Maintenant, entre avant qu'on n'ait plus aucun champignon parce que Daisy les aura tous piqués. Cette petite est une furie.

Il lui lança un large sourire.

— Oui. Elle me rappelle toi quand tu étais petite, en fait.

Violet sourit adorablement.

— C'est la plus belle chose que tu puisses dire. Et ça veut aussi dire qu'elle sera une véritable terreur quand elle sera adolescente. J'ai hâte de voir ça.

— Tu es cruelle. Et rien que parce que tu as dit ça, tes enfants finiront par être trois fois pires que tu ne l'étais.

Il frissonna.

— D'accord, c'était juste barbare de dire ça.

Il embrassa le sommet de son crâne avant de s'asseoir à côté de Sienna. Daisy était agenouillée devant elle, scrutant les champignons avec une concentration profonde. Elle tapota ses petites lèvres comme elle le faisait très souvent dernièrement, une habitude qu'elle avait dû prendre d'Adrienne, il en avait le sentiment. Elle en montra ensuite un du doigt.

— Je crois que celui-ci est pour tante Sienna. Celui-là, pour tante Violet. Et celui-ci pour grand-mère. Celui-là pour… grand-père. Et un pour moi aussi.

Mace se pencha, écartant ses cheveux de son visage.

— Et moi ? Je n'ai pas le droit d'en avoir un.

Elle regarda par-dessus son épaule et sourit.

— Bien sûr que si, papa.

Elle se tourna et montra le plus gros champignon du plat.

— Celui-ci est pour toi. Tante Adrienne a dit que tu étais un garçon qui grandissait et que c'était pour ça que tu mangeais le reste de sa nourriture avant qu'elle ne finisse.

Une fois encore, il ignora les rires et les regards entendus de sa famille alors que chacun tendait la main vers le champignon que Daisy leur avait assigné.

— Merci, Daisy chérie, celui-ci est parfait.

Il prit une bouchée de son champignon et bénit les Dieux pour les talents de cuisinière de sa mère. S'il ne faisait pas autant de sport, ces dîners mensuels lui feraient rapidement prendre dix kilos sans qu'il s'en rende compte.

Ils terminèrent leur apéritif avant de partir dans la salle à manger pour le reste du repas. Leurs sujets de conversations passèrent du travail, à leur vie personnelle, en passant par la politique et... tout le reste. Ils étaient tous très ouverts sur leurs vies, du moins il le pensait, mais alors qu'il cachait quelque chose d'assez énorme, il ignorait ce que sa famille pouvait lui dissimuler. Cette pensée lui fit marquer une pause et regarder ses sœurs, qui étaient très prudentes quant à ce qu'elles disaient à leur frère sur leur vie personnelle. Néanmoins, s'il voulait les garder en dehors de ça, il devait être un homme bon et ne pas mettre son nez dans leurs affaires également... pour l'instant.

Lorsque Daisy partit faire sa sieste de l'après-midi sur le canapé du salon, il alla mettre sur elle une petite couverture que sa mère avait tricotée. Il embrassa sa petite sur le sommet du crâne avant de repartir dans la salle à manger où il se disait que sa famille commencerait à le cuisiner.

Il ne s'était pas trompé.

— Qu'est-ce que tu vas faire, Mace ? s'enquit sa mère en se tordant les mains. On ne peut pas la redonner à cette femme.

Il soupira, détestant le fait qu'elle ait appelé Jeaniene « cette femme ».

— Je ne sais pas, maman. Pour le moment, légalement, j'ai la garde puisqu'elle est hors du pays. Mais mon avocat s'assure que des papiers soient remplis de notre côté pour que ce soit gravé dans le marbre. On veut être sûr d'avoir de quoi demander une garde totale ou même de pouvoir entamer une garde partagée, en cinquante-cinquante, quand elle reviendra.

— Tu lui donnerais autant ? demanda sa mère avec les yeux plissés.

— C'est la mère de Daisy, intervint Sienna. Oui, elle a pris des décisions horribles dans sa façon de traiter la relation entre Mace et la petite, mais au bout du compte, elle reste la mère de cette petite fille, et le tribunal aura non seulement son mot à dire, mais Daisy aussi.

Mace acquiesça, ses pensées étant les mêmes que celles de Sienna. Toutefois, avant qu'il ne puisse dire quoi que ce soit, Violet rétorqua :

— Et alors ? Elle a *abandonné* Daisy sans prévenir personne. Elle ne mérite pas un seul instant avec cette enfant.

Mace leva la main puisqu'ils commençaient à élever la voix et qu'il ne souhaitait pas réveiller sa fille.

— D'abord, on ne sait pas ce qu'il va se passer dans les

prochains mois ou même les prochaines années. On va trouver une solution. Mais finalement, le plus important n'est pas ce qui fonctionne parfaitement pour moi, mais c'est ce dont ma fille a besoin. Et même si la manière dont tout s'est passé n'était *pas* dans son meilleur intérêt, Daisy a toujours besoin de sa mère. Je ne vais pas la laisser avoir la garde exclusive, par contre. Peu importe ce qu'il se passe, je vais me battre pour être sûr d'avoir une plus grande place dans sa vie qu'avant tout ça.

Les femmes de sa famille commencèrent à parler, toutes en même temps, alors qu'elles exprimaient leur opinion. Mace s'enfonça simplement sur sa chaise et croisa le regard de son père. Celui-ci était resté silencieux pendant toute la conversation, mais c'était parce qu'ils avaient déjà discuté en privé à de nombreuses reprises quant à ce qui devait être fait, légalement. Même s'ils voulaient tous s'assurer que Daisy soit entièrement à Mace, les tribunaux prendraient la décision définitive et la famille de Jeaniene avait de l'argent et des amis hauts placés. Mace allait se battre, mais finalement, il devrait attendre et voir s'il avait une chance de continuer à être le père qu'il souhaitait, qu'il *avait besoin* d'être.

Lorsqu'ils finirent le dessert, Mace attacha une Daisy bien éveillée dans le siège de la voiture. Il était émotionnellement et physiquement épuisé. Il avait travaillé ce matin-là et avait amené Daisy dans la boutique où Shea s'était occupée d'elle pour une matinée entre filles. Il savait qu'il ne pouvait pas le faire souvent. D'une façon ou d'une autre, il allait devoir trouver une baby-sitter ou une nourrice à plein temps, mais il allait également devoir y consacrer un budget. Jusqu'ici, il payait une pension alimentaire et il attendait l'arrivée des derniers papiers pour voir ce qu'il se passerait du côté de son ex. Tout était tellement à l'envers que ça n'en était même pas drôle. Mais surtout, il devait faire en sorte que tout paraisse normal pour Daisy. Ce serait toujours l'élément le plus important.

— Est-ce qu'on peut regarder un film ?

Il baissa les yeux vers Daisy et acquiesça.

— Oui, on a un peu de temps avant d'aller se coucher. Pourquoi on n'irait pas d'abord mettre nos pyjamas et nous brosser les dents ? Comme ça, si on s'endort, on n'a pas besoin de se réveiller pour ça.

— D'accord !

Elle trottina jusqu'à la chambre pour se changer et il se contenta de secouer la tête. Il lui donnait trente minutes maximum avant qu'elle ne s'assoupisse devant le film. Elle avait peut-être fait une sieste et était actuellement surexcitée, mais ça ne durerait pas. Elle avait généralement une énergie étrange avant l'heure du coucher, juste avant de somnoler. Il lui avait fallu un moment pour s'y habituer.

Il alla enfiler son propre pyjama, même s'il ne dormait pas avec, généralement. Cependant, il était hors de question qu'il se balade en boxer avec sa fille dans la pièce. Sa routine avait changé dramatiquement et il suivait le cours de choses avec autant de fluidité que possible.

Ils arrivèrent tous les deux dans le salon en même temps

et il l'installa à côté de lui, sous une couverture qu'ils partageaient, tout en énumérant la liste des films qu'ils souhaitaient voir tous les deux. En d'autres mots, il allait devoir regarder une nouvelle fois le film de Disney avec la princesse aux longs cheveux coincée dans la tour. Puisqu'il aimait le héros, Flynn, et qu'Adrienne l'appréciait également, ça ne le dérangeait pas autant que pour les autres dessins animés.

En parlant d'Adrienne, il avait manqué l'un de ses SMS dans lequel elle demandait comment il allait. Il lui répondit rapidement quand le film commença.

Mace : *Pardon, j'ai loupé ton SMS. Je viens juste de rentrer de chez mes parents. On est en train de regarder ton film préféré.*

Addi : *Embrasse Flynn pour moi.*

— C'est tante Adrienne ? s'enquit Daisy en baissant les yeux vers son portable.

Il acquiesça.

— Oui. Elle veut qu'on fasse un bisou à Flynn de sa part.

Daisy émit de petits bruits avec sa bouche avant de tapoter le portable de son père.

— Elle peut venir regarder avec nous ?

Il secoua la tête.

— Pas ce soir, chérie. On est déjà en pyjama.

Elle acquiesça.

— D'accord. La prochaine fois ? J'adore tante Adrienne. C'est ma préférée.

Il prit une inspiration, inquiet à l'idée que la petite fille tombe autant sous le charme de sa meilleure amie que lui. Néanmoins, il ne l'admettrait jamais à voix haute, donc la seule chose qu'il pouvait faire était de se pencher pour embrasser le sommet du crâne de Daisy.

— Peut-être.

— D'accord, dis-lui que je l'aime et bonne nuit, d'accord ?

Elle se blottit contre lui, ne se rendant pas compte qu'elle lui brisait le cœur.

Tout était déjà trop compliqué avant ça, mais Adrienne faisait partie de la vie de Daisy depuis sa naissance, un fait qui n'avait pas échappé à Jeaniene qui ne l'appréciait que moyennement. Donc même s'il allait devoir se montrer encore plus prudent, il ne pouvait pas arracher Addi à la vie de sa fille, bien que cela paraisse la meilleure situation afin d'éviter un cœur brisé à la fin.

Mace : *Daisy dit qu'elle veut que tu le regardes avec nous, la prochaine fois. Et que tu es sa préférée.*

Mace : *Et qu'elle t'aime.*

Addi : *Dis-lui que je l'aime aussi et que la prochaine fois, je suis totalement partante pour regarder Flynn Ryder se pavaner.*

Mace : *Tu es bizarre.*

Addi : *Et c'est ce que tu préfères chez moi. Va faire un câlin à ta petite fille. Je te vois demain.*

Mace ne répondit rien puisque la première chose qui

lui vint en tête n'était pas une phrase qu'il pourrait un jour lui dire, pas quand il y avait tant de non-dits.

Il ne pouvait pas tomber amoureux d'Addi, même si c'était incroyablement facile. Parce que tomber amoureux était la partie facile. Les conséquences et vivre avec celles-ci finiraient cependant par briser n'importe qui.

Neuf

PEU IMPORTAIT COMBIEN d'étirements de yoga elle faisait ensuite, Adrienne avait le sentiment que son dos serait douloureux pendant des semaines quand elle aurait fini ce tatouage en particulier. Ses poignets étaient éprouvés et ses tempes, envahies d'une pulsation qui ne voulait visiblement pas partir. Si elle mettait tous les symptômes bout à bout, elle pourrait croire qu'elle était sur le point d'avoir un rhume, mais elle savait que ce n'était pas le cas. Elle n'allait pas être malade, elle avait juste vraiment besoin de dormir la nuit.

Bien sûr, ce serait probablement plus facile si elle n'avait pas des rêves explicites à propos de Mace, de sa bouche, de ses mains, de son membre et de toutes ces autres choses délicieuses, chaque soir. Mace Knight hantait ses rêves, et pire, il devenait une véritable distraction au travail. Elle n'avait pas voulu que cela arrive. Pour-

147

tant, curieusement, elle n'arrêtait pas de le regarder quand elle ne bossait pas sur des tatouages, et son corps savait toujours dans quelle partie de la boutique il se trouvait. C'était comme si elle avait une antenne secrète rien que pour le repérer et peu importait ce qu'elle faisait pour l'ignorer, elle pouvait toujours le sentir s'approcher.

Cependant, quand d'autres étaient autour d'eux, ils agissaient tous les deux comme si rien n'avait changé. Ils avaient toujours été proches et tout le monde savait qu'ils étaient meilleurs amis, mais désormais, elle avait une certaine conscience quand il s'agissait de Mace et il était difficile de la mettre de côté en prétendant que rien n'avait changé. Chaque fois qu'ils étaient seuls, il était difficile pour eux de ne pas se toucher, mais elle avait besoin de s'en empêcher. Ils n'avaient même pas défini ce qu'ils étaient l'un pour l'autre, même s'ils continuaient d'en parler et de tourner autour du pot. Comment pouvait-elle rester concentrée sur ce qu'elle devait faire, quand il était *juste là* dans toute sa gloire sexy, avec son air mélancolique et les cheveux blancs raffinés qui s'étiraient sur son crâne. C'était un bel homme sexy et mature. Ces pensées lui donnaient envie de crier.

Pourquoi ne pouvait-elle pas être normale ?

Non, au lieu de ça elle était devenue cette fille bizarre et obsédée qui n'arrêtait pas de fixer son meilleur ami. Et le pire, c'était qu'elle ignorait *totalement* s'il ressentait la même chose pour elle. Et parce qu'elle ne pouvait s'empêcher de se concentrer sur ça et ne voulait plus être captivée, elle chassa toutes ces idées et continua de travailler. Se retrouver seule dans cette position où elle avait l'impression de chuter dans le vide infernal de l'immaturité n'était pas un bon état d'esprit.

Ça ne serait *jamais* un bon état d'esprit.

Elle baissa donc les yeux vers le dessin sur lequel elle travaillait, ignorant ses douleurs et ses courbatures, et elle devint celle qu'elle voulait être.

Une fichue tatoueuse coriace.

Bon sang.

Aujourd'hui, elle avait une cliente courageuse souhaitant un tatouage sur toute la cage thoracique, qui partirait ensuite vers l'arrière de son corps. Bien qu'Adrienne ait un dessin sur les côtes qui glissait sous sa poitrine, le sien ne partait pas vers le dos pour ne devenir qu'une seule et même œuvre. Le sien ressemblait plus à plusieurs petites pièces assemblées grâce aux ombres de Mace et au travail de Shep au fil du temps. Elle avait toujours beaucoup de peau nue pour une tatoueuse, mais elle était difficile en ce qui concernait ce qui demeurerait sur sa peau pour le reste de sa vie. Elle ne faisait confiance qu'à son frère et à Mace pour réussir. Elle ne voulait pas des tatouages rien que pour en avoir, et elle savait que l'adage selon lequel il ne fallait pas croire une tatoueuse non tatouée n'était pas toujours correct. Elle avait des dessins, mais la plupart se situaient sous ses vêtements. Du moins, pour l'instant.

Mais pour cette cliente en particulier, tout son dos et ses flancs seraient couverts lorsqu'elle en aurait terminé. Il faudrait au moins quatre séances, voire même cinq si elle ou la cliente fatiguait, ou que la peau ne réagissait pas bien lors d'une session. Adrienne était honnêtement très enthousiaste, même si son propre corps détestait sa position à ce moment-là. Après ce rendez-vous, elle ferait aussi bien de s'occuper d'un sympathique tatouage en bas du dos ou en haut des bras, rien que pour étirer ses muscles douloureux. Dieu savait que la demande pour ces localisations précises était forte, et elle adorait les faire. Son travail était de créer de l'art permanent sur le corps de quelqu'un. Les clients lui confiaient leur corps et porteraient cette œuvre pour le reste de leur vie. Ce n'était pas quelque chose qu'elle prenait à la légère. D'où la raison pour laquelle trois de ses artistes préférés travaillaient dans sa boutique. Shep, Ryan et Mace étaient plus que doués, et elle était bénie de travailler avec eux, même si un jour ou l'autre, elle aimerait engager une femme, quand elle pourrait se permettre de payer un cinquième salaire, puisque le taux de testostérone était un peu trop haut.

Sa cliente grimaça pour la cinquième fois et Adrienne sut qu'elles en avaient fini pour la journée. Jenn avait passé le pic d'endorphines et elle sentait désormais chaque coup d'aiguille sur sa peau douloureuse et gonflée. Elles étaient allées assez loin pour le premier jour et elles reprendraient rapidement. Mais pour l'instant, Jenn allait devoir se contenter du contour de l'œuvre intégrale ou presque, sur un flanc et dans son dos. Il était impossible qu'Adrienne effectue les deux côtés le premier jour, pas quand Jenn était le plus à l'aise en restant allongée toute la session. Ce ne serait qu'une douleur inutile.

— D'accord, ma belle, on a fini pour aujourd'hui. Comment tu te sens ?

Elle se redressa et commença à nettoyer la zone, préparant le bandage que Jenn allait porter quelques heures.

La cliente ne s'étira pas puisque cela la ferait probablement souffrir, mais elle laissa échapper un soupir de soulagement.

— Je vais bien. Mais je suis contente que ce soit fini pour aujourd'hui. Ça a été pendant un moment, mais je crois que j'ai passé un cap.

Ravie d'avoir bien interprété la situation, Adrienne énuméra les instructions pour les soins post-tatouage tout en aidant Jenn à se relever. Mace apporta du jus de fruits et un cookie, au cas où la glycémie de la cliente soit basse, et celle-ci les saisit gracieusement, son regard s'assombrissant légèrement quand elle scruta Mace.

Adrienne dut faire des efforts incroyables pour ne pas affirmer dans l'instant que Mace était à elle, mais elle savait comment ne pas agir telle une idiote, au travail. Son meilleur ami était sacrément canon et l'idée que d'innombrables femmes le mataient constamment était une chose qu'elle allait devoir apprendre à gérer si elle était avec lui... peu importait la façon dont elle était avec lui.

— Merci, ronronna Jenn.

Adrienne retint à peine son envie urgente de lever les yeux au ciel. Elle avait souffert quelques instants plus tôt, après des heures de travail et maintenant, elle était comme un chat excité essayant de faire la cour à Mace. Évidemment.

— Mace, c'est ça ?

Celui-ci sourit poliment et non pas avec cet air qui mouillait la culotte d'Adrienne parce qu'elle devinait les mots et les idées obscènes qu'il dissimulait derrière cette expression. Cette fois-ci, elle dut retenir son propre sourire. Oui, elle ignorait totalement ce qu'elle faisait en général, néanmoins, Mace était tout à elle.

Une alarme interne, qui ressemblait étonnamment à l'alerte rouge dans *Star Trek* rugit dans son esprit et elle fit de son mieux pour l'ignorer. Rien que parce qu'elle affirmait posséder Mace et qu'elle voulait le montrer à tout le monde ne signifiait pas qu'elle tombait amoureuse de lui ou commettait une erreur aussi grande que celle-là. Cela signifiait simplement qu'elle était possessive quand il s'agissait des personnes avec qui elle couchait, sachant qu'il n'y avait pas de véritables promesses à part celle de ne pas rendre la situation trop sérieuse.

Et si elle continuait de se dire cela avec un visage sérieux, elle pourrait peut-être finir par le croire.

— C'est bien moi. Addi a fait un travail fantastique. J'ai hâte de voir le résultat final.

Jenn sourit à nouveau, gigotant sur le banc pour se lever à côté de lui. Mace fit rapidement un pas en avant pour l'aider et elle soupira pratiquement dans ses bras.

D'accord, ça commençait à devenir un peu agaçant,

mais ce n'était pas comme si Adrienne avait le droit de ressentir la jalousie qui tourbillonnait actuellement dans son estomac et Mace ne draguait pas Jenn. En fait, il agissait normalement et professionnellement. Adrienne devait se reprendre. Rapidement.

— J'adorerai te montrer à quoi il ressemble, quand il sera terminé, déclara Jenn en s'appuyant contre lui.

— Je suis sûr qu'Addi me le montrera. J'adore voir son travail.

Adrienne fit de son mieux pour ne pas se pavaner après avoir constaté l'air déçu sur le visage de Jenn. Elle reprit un comportement purement professionnel en discutant avec la cliente de ce qui devait se passer ensuite et elles allèrent à la réception pour programmer le prochain rendez-vous.

Lorsque Jenn fut partie, la migraine d'Adrienne ne s'était pas calmée et le client de Ryan était le seul restant puisqu'elle et Mace avaient une pause de trente minutes entre chaque rendez-vous. Il fallait qu'elle nettoie son poste, fasse un peu les comptes et voie ce qu'il se passerait demain puisqu'elle savait qu'ils étaient de plus en plus occupés.

Alors qu'elle s'apprêtait à retourner à son poste, Mace posa une main sur son avant-bras, l'interrompant.

— Quoi ? s'enquit-elle.

Elle était consciente qu'ils n'étaient pas seuls dans la pièce. Ryan travaillait peut-être, mais elle savait qu'il pouvait se tourner dans leur direction à n'importe quel moment.

— Il faut qu'on parle.

Il tira sur son bras et elle avança avec lui, son estomac se contractant.

Rien de bon n'arrivait jamais après ces mots, peu importait qui les prononçait, et ils en étaient tous les deux conscients. Eh bien, cela aura été agréable le temps que cela avait duré, n'est-ce pas ? Ce n'était pas comme si leur relation était sérieuse. Elle devinait qu'ils allaient arrêter ce qu'ils faisaient pour qu'au moins, elle redevienne normale et arrête de se montrer aussi jalouse quand quelqu'un flirtait avec Mace. Tous ces secrets qu'ils gardaient lui faisaient mal au cerveau et la poussaient à agir de façon très inhabituelle. Elle n'était pas certaine d'apprécier sa nouvelle personnalité névrosée qui ne pouvait arrêter de penser à ce qu'elle ressentait plutôt que d'agir.

— Ryan, on revient dans un instant. Tu peux surveiller l'entrée ?

La voix profonde de Mace la tira de sa rêverie et elle ouvrit la bouche. Qu'allait penser Ryan maintenant qu'ils s'en allaient tous les deux vers l'arrière-boutique ? Ensemble. En fermant probablement la porte derrière eux.

— Pas de problème.

Sa voix fut un long grondement qui ferait se pâmer n'importe quelle femme. Pas elle, puisqu'elle ne s'était jamais pâmée de sa vie. Mais tout de même. Bien sûr, en y songeant, elle se dit qu'elle pourrait bien tomber en pâmoison si Mace prenait une voix grondante et exigeante avec elle, mais elle n'allait pas trop y penser. Pour de nombreuses raisons, mais aussi parce qu'elle n'aimait pas avoir autant changé. Ryan leur lança un regard curieux, mais ne dit rien, et pour cela, elle lui en fut reconnaissante. Elle n'était pas certaine de ce qu'elle pouvait dire, de toute façon.

Adrienne laissa Mace la guider dans l'arrière-boutique parce qu'elle savait que reculer et en faire toute une scène ne ferait qu'empirer la situation. Mais dès qu'il ferma la porte derrière eux, elle dégagea son bras et poussa le torse de son meilleur ami.

— Tu n'as pas le droit de te comporter comme un homme des cavernes avec moi en me traînant dans *ma* boutique. Ce n'est pas comme ça que ça fonctionne. Tu m'as bien comprise, Knight ?

Mace croisa les bras sur son torse et plissa les yeux.

— Je t'ai comprise, Addi. Et tu es venue avec moi sans te plaindre. Si tu avais tiré sur ton bras, ne serait-ce qu'un petit peu, je t'aurais laissé partir. Tu sais que je ne te ferai pas de mal.

Le savait-elle ? Parce qu'elle n'était plus convaincue que c'était le cas. Oh, il ne lui ferait sûrement pas de mal physiquement. Ou intentionnellement. Mais émotionnellement ? Elle avait peur de s'être déjà engagée sur le mauvais chemin et de ne plus avoir aucun espoir de s'en sortir indemne.

Le truc, c'était qu'elle n'avait effectivement pas essayé

de se dégager de la poigne de Mace. Elle avait avancé librement. Ses caresses l'avaient même réconfortée alors qu'elle craignait ce que les autres pouvaient voir et ce que son ami lui réservait. Il l'avait rendue tellement nerveuse qu'elle craignait de ne plus jamais se débarrasser de toute cette tension.

— Je le sais. Mais nous sommes au boulot, Mace. Ryan se demande probablement ce qu'on fait, seuls, dans l'arrière-boutique quand il y a du travail à faire. Me traîner dans toute la boutique n'était pas du tout prudent, ajouta-t-elle sèchement.

Mace la poussa alors et le pouls de la jeune femme accéléra alors qu'elle reculait vers le mur même contre lequel il l'avait prise. Elle se souvenait de la sensation de sa poitrine appuyée contre le plâtre peint et froid, ainsi que des va-et-vient qu'il avait décrits en elle pour la faire crier sur son membre. Elle avait failli les tremper tous les deux et elle savait qu'elle voulait une nouvelle fois le marquer comme étant sien.

Lorsqu'il se pencha au-dessus d'elle, son souffle était chaud sur le cou d'Adrienne et elle se cambra contre lui, son corps ayant besoin de lui sans qu'elle ne s'en rende compte.

— Mace. On ne peut pas.

Il lui mordit le cou et sa culotte fut trempée.

— Je ne vais pas te baiser ici, pas quand la boutique est ouverte et que n'importe qui pourrait rentrer. Je n'ai pas verrouillé la porte, Addi. N'importe qui pourrait entrer et me voir sur toi. N'importe qui pourrait sentir ton besoin parce que je *sais* que tu mouilles carrément pour moi, là.

Il passa un doigt entre ses jambes, par-dessus la couture du jean, et elle se mordit la lèvre pour retenir un gémissement.

— Tu es si chaude contre mon doigt. Je sais que si je défaisais ton pantalon et glissais mon doigt en toi, tu tremperais ma main et mouillerais mes doigts. Mais je ne vais pas le faire.

Elle serra les cuisses, coinçant la main de l'homme entre ses jambes alors qu'elle se balançait. Quand Mace posa son autre main sur la hanche de la jeune femme, la figeant, elle retint un second geignement. Cet homme la tuait millimètre par millimètre délicieux.

— Il faut qu'on y retourne, déclara-t-elle.

Elle tenta de retrouver ce contrôle qu'elle avait un jour estimé.

— On va le faire.

Il donna un coup de langue dans son cou, là où il l'avait mordue. Elle sut qu'elle devrait détacher ses cheveux pour le rester de la journée, sinon, quiconque la regardant pourrait constater qu'il l'avait marquée.

— Mais d'abord, il faut qu'on mette une chose au clair.

Elle croisa son regard, reculant pour pouvoir se concentrer.

— Quoi ?

— J'ai vu la façon dont tu me regardais quand Jenn

m'a dragué. Elle n'est pas toi, Addi. Il n'y a que toi et moi, tu te souviens ? Peu importe qui essaie de se mettre entre nous, ça n'a pas d'importance puisqu'au bout du compte, il n'y a que nous deux. J'ai déjà vu des mecs entrer dans la boutique et baver quand ils gardaient les rivés sur ta poitrine qui se balançait quand tu marchais parce qu'elle est plus que généreuse. Et, soit dit en passant, je vais devoir la baiser, à un moment, mais je digresse.

Elle cligna des yeux, retenant son sourire à cause de l'air sérieux sur le visage de Mace alors qu'il parlait de baiser ses seins. Il n'y avait que Mace Knight pour faire ça.

— C'est toi qui as dit que tu voulais garder le secret et j'étais d'accord parce que je ne veux pas perturber Daisy. Alors on fait ce qu'on fait, et on le garde pour nous. Ou, du moins, on ne fait pas ça dans son environnement pour ne pas gâcher ce qu'on a ensemble et ce qu'elle a avec nous deux. Mais il va falloir qu'on soit prudent et qu'on ne se comporte pas comme si on était jaloux et qu'on avait envie de s'envoyer en l'air sur toute les surfaces de la boutique. Tu crois que tu peux faire ça, Addi ?

— Tu me troubles tellement.

Elle laissa sa tête retomber en arrière, ignorant sa migraine.

— Tu n'es pas si différente. Mais, honnêtement, on était déjà assez troublant avant de commencer à changer les choses. On est toujours meilleurs amis, Addi, ça ne changera pas, mais tu dois savoir que je ne vais pas te faire subir ça. Je ne vais pas flirter avec quelqu'un et être ce genre de salaud.

— Je ne comprends pas comment j'ai pu être jalouse.

Elle savait qu'elle ne devrait pas être si ouverte et honnête quant à ses sentiments, mais les cacher ne faisait qu'empirer les choses.

Il caressa sa joue du pouce.

— Oui. Je comprends. Et ça ajoute un nouvel aspect à tout ça, non ?

Elle croisa son regard et son cœur se serra.

— On change encore les choses, n'est-ce pas ? Je crois... Je crois qu'on a besoin d'une nouvelle étiquette. Parce que sans ça, on rend notre relation encore plus compliquée. Et à force de dire qu'on doit se concentrer sur ce qu'il y a d'autre dans nos vies, pour ne pas laisser *tout ça* nous faire de mal, on passe trop de temps à s'inquiéter de *tout ça, justement,* et c'est perturbant.

— Les amis qui couchent ensemble, ça ne fonctionne plus vraiment, si ?

Il fronça les sourcils et elle soupira.

— Non. Mais on n'a pas vraiment eu de rencard.

— On dîne ensemble au moins trois fois par semaine.

Il tira sur les cheveux de la jeune femme et elle le laissa faire.

— On le faisait déjà avant que tout ça se produise. Et honnêtement, je ne sais pas si je suis prête à passer aux rencards avec un grand R. J'aime ce qu'on fait. Au lit. C'est bon pour nous, je crois. Au moins pour apaiser la tension. Mais dès qu'on sort du lit ? Je suis tellement perturbée.

Les lèvres de Mace se tordirent dans un sourire et elle leva les yeux au ciel.

— Je vois ce que tu veux dire, répondit-il.

Il posa son front contre le sien et elle craignit que s'ils continuaient de fuir ce qu'ils devaient affronter, ils ne trouvent jamais ce dont ils avaient besoin.

— Alors, pourquoi tu ne prendrais pas un peu de temps pour y réfléchir ? Pense à ce que tu veux, mais sache que je n'irai nulle part, Addi. Oui, je veux que toute cette histoire n'implique pas Daisy parce que c'est ma fille, mon monde, mais je ne vais pas me cacher totalement.

Avant qu'elle ne puisse réfléchir à ce qu'elle pouvait dire, on frappa à la porte et ils se séparèrent si rapidement qu'elle eut peur que Mace finisse sur les fesses.

— Hé, les gars, je crois que vous devez sortir de là. Les flics sont là et ils n'ont pas l'air heureux.

Adrienne se raidit avant de regarder Mace. La police ? Que pouvait-elle vouloir ?

Et en un instant, les petits problèmes comme ce qu'elle faisait avec Mace s'envolèrent par la fenêtre et des choses bien plus importantes — sa vie, sa boutique et la personne qui voulait les faire fermer — revinrent sur le devant de la scène.

Elle contourna Mace et sortit du placard, passant à côté d'un Ryan au regard sévère. Elle ne pensait pas que ce regard était pour elle, mais pour les deux officiers qui se tenaient devant la vitrine d'AMI, les bras croisés sur leur torse et les sourcils froncés.

Mace marchait derrière elle et elle savait que toutes inquiétudes personnelles avaient désormais quitté leur esprit.

Quelqu'un essayait de donner une mauvaise réputation à leur salon, leur seconde maison. Et malheureusement, elle eut le sentiment que ce n'était que le début.

Dix

— ILS PENSAIENT SÉRIEUSEMENT que tu vendais de la drogue dans la boutique ?

L'ami de Mace, Landon, paraissait incrédule et on ne pouvait lui reprocher cette réaction. Mace n'arrivait pas non plus à croire ce qu'il s'était passé la veille. En réalité, il avait été si en colère pendant tout le processus, et même une fois que les policiers furent partis, qu'il était parti à la fin de son service parce qu'il avait besoin d'un peu d'espace pour respirer.

Adrienne avait été encore plus en rogne et puisqu'ils ne pouvaient pas soulager leur colère en prenant leur pied ce soir-là, ils s'étaient séparés. Franchement, il avait eu besoin de réfléchir, de toute façon. Désormais, il était au bar à partager une bière avec Landon et Ryan, tentant de se détendre après plusieurs longues journées et de comprendre tout ce qui était arrivé depuis quelques semaines, et surtout hier soir.

— Je croyais qu'ils allaient te mettre les menottes dans la seconde, déclara Ryan en inclinant sa bouteille vers Mace. Tu es sortie derrière Adrienne, avec tes tatouages et ton air de dur à cuire, et je jure que les deux flics ont tiqué, comme s'ils allaient poser la main sur leur revolver.

Mace passa une main sur son visage avant de jeter un coup d'œil à Ryan.

— Ce n'était pas *si* horrible, mais devoir rester derrière Addi alors qu'elle gérait tout ça n'était pas facile.

— C'est elle, la propriétaire de la boutique, donc c'est logique, déclara Landon. Mais devoir rester en retrait quand ta copine est faussement accusée et que tu ne peux rien faire à part hocher la tête et rester à ses côtés... ? C'est dur, mec.

Ryan s'étouffa avec sa bière avant de sourire à Mace.

— Ta copine, hein ?

— C'est mon amie. Ma patronne. Ce n'est pas ma copine.

Et c'était probablement un véritable mensonge, mais ce n'était pas comme s'il pouvait dire quoi que ce soit d'autre.

— Le plus important, c'est qu'ils n'ont trouvé aucune drogue et qu'ils étaient vraiment sur les nerfs d'être venus pour rien. Le truc, c'est qu'il s'agit du *deuxième* appel mensonger en deux semaines... et si on ajoute le graffiti... On a un sérieux problème.

Le sourire de Ryan disparut lorsqu'il secoua la tête.

— Quelqu'un n'apprécie pas qu'on ait ouvert une boutique. Et même si je dirais habituellement qu'ils peuvent aller se faire voir, là, ils nous causent de vrais soucis.

Mace acquiesça.

— Notre nombre de clients sans rendez-vous n'est pas aussi élevé qu'il devrait l'être à cette période de l'année. Shep et Addi commencent à s'inquiéter.

— Tu penses que les gens peuvent se préoccuper de ce qu'ils entendent ? demanda Landon avant de sortir son portable. Les avis sont comment, en ligne ?

— Bons, d'après ce que je vois, donc ça doit être à cause du bouche-à-oreille concernant les appels et les soucis qu'on a rencontrés.

Mace but une autre gorgée de sa bière avant de tendre la main vers une aile de poulet. Il avait besoin d'une nourriture horriblement mauvaise pour sa santé afin de survivre à sa mauvaise humeur. Sienna s'occupait de Daisy, ce soir. Elle avait débarqué et avait dit qu'elle voulait avoir une chance d'être la tata préférée de la petite. Ça n'avait pas dérangé Mace, et Daisy adorait l'idée de dormir ailleurs, donc Mace avait laissé sa sœur prendre le pas sur son autorité. Cela lui permettait d'avoir un peu de temps pour dîner et boire une bière avec Ryan et Landon. Il n'en avait pas eu l'occasion depuis que sa fille était venue vivre avec lui à plein temps. Trouver cet équilibre n'était pas simple et sans sa famille ni Adrienne, il savait qu'il n'aurait pas pu gérer autant de choses.

Ryan retira l'étiquette sur sa bouteille, fronçant les sourcils.

— On fait de bons tatouages, bon sang. Nos clients fidèles nous ont suivis depuis deux salons différents et ils sont déjà sur notre planning. Et, bordel, certaines personnes viennent même de La Nouvelle-Orléans rien que pour Shep. Il ne voulait pas particulièrement que ça arrive, mais les gens en profitent pour prendre des vacances et tout. C'est assez génial. On a même une liste d'attente pour les nouveaux clients qui ont entendu parler de nous.

— Mais on perd une partie de l'enthousiasme initial chez ceux qui n'avaient pas entendu parler de nous avant et qui voulaient un tatouage plus près de leur domicile, plutôt que de devoir conduire depuis l'autre côté de la ville.

Mace soupira avant de poursuivre :

— Et bon sang, tout ce stress sur les épaules de Shep et d'Addi n'aide pas. Ils ont pris beaucoup de risques, tout comme leurs cousins dans le nord, en agrandissant autant leur commerce. J'ai le sentiment qu'on n'a pas encore vu tout ce que ce salaud pouvait faire.

— Parce que c'est forcément ce mec, n'est-ce pas ? s'enquit Landon. Ce serait une trop grande coïncidence pour que ce ne soit pas le gars qui est venu vous menacer lors de l'inauguration.

— C'est ce qu'on pense.

— Au fait, je suis désolé de ne pas avoir pu venir pendant l'inauguration ou même après, ajouta Landon. C'est un peu fou au boulot, en ce moment, mais j'ai l'impression d'être un crétin.

— Ce n'est rien. Je t'ai pris un rendez-vous pour ton tatouage, donc si tu ne peux pas venir avant pour visiter le salon, tu le verras dans un mois quand tu auras un peu de temps libre.

Landon était un courtier en bourse qui travaillait encore plus que Mace ne l'avait fait quand il bossait jusque tard le soir, à l'époque. Et cet homme était le meilleur dans son domaine. Cela étant dit, il était probablement *trop* doué puisque ses patrons l'épuisaient totalement. Mace était honnêtement surpris que Landon ait pu se joindre à eux pour le dîner et les bières. Shep avait d'ailleurs été incapable de se libérer et Carter était en retard. Mace ne connaissait pas très bien ce dernier, mais il était marié à une Montgomery et cela signifiait qu'il faisait partie du groupe — même s'il ne le savait pas encore.

Et comme s'il l'avait fait apparaître par un tour de passe-passe, Carter avança vers eux, l'épuisement se lisant sur son visage, mais il arriva tout de même à rejoindre la table où ils buvaient et mangeaient. Cet homme travaillait de longues heures, comme Landon, et cela commençait à se voir sur leurs visages à tous les deux. Mace bossait à fond également, mais il devait penser à sa fille et à sa santé. Il n'avait plus vingt ans. Il ne pouvait plus se permettre de ne dormir que quelques heures, tout comme les autres hommes qui se trouvaient autour de la table.

— Salut, Carter. Ravi que tu aies pu venir.

Mace lui fit un geste vers la chaise vide. L'homme s'assit à la table.

Il sourit, son regard n'ayant pas l'air aussi fatigué que Mace avait cru le penser au début.

— Je voulais dîner avec Roxie avant de venir. J'espère que ça ne vous dérange pas. Entre ses échéances qui arrivent et mes employés qui prennent des jours à cause de cette grippe qui traîne, on n'a pas pu dîner ensemble de toute la semaine. Mais je me suis dit que je pouvais au moins venir boire une bière.

— Tu vois ? Tu joues au bon mari, répondit Landon. Nous, les célibataires ici présents, on a été obligé de manger des ailes de poulet épicées qui vont probablement nous donner mal au ventre ce soir, alors que tu as mangé un bon repas avec ta femme. Pour moi, c'est la soirée parfaite.

Mace sourit par-dessus sa bière et Carter leva les yeux au ciel, expliquant que ni l'un ni l'autre, ils ne savaient cuisiner, mais qu'ils apprenaient.

— Un jour, on mangera quelque chose de meilleur que du gratin au thon... Enfin, celui qu'on peut préparer à la poêle, parce qu'on n'est pas encore prêt à utiliser le four.

Ryan servit un verre à Carter puisqu'ils avaient commandé un pichet plutôt que de prendre une pression au verre. Seul Landon avait de l'argent à dépenser ce mois-ci, puisque tous les autres connaissaient de grands changements dans leur vie qui exigeaient un comportement un peu plus frugal.

— Mais c'est ça, l'amour. Manger des plats qu'on prépare ensemble.

Mace leva alors sa bière pour porter un toast et les autres se joignirent à lui.

Carter leva les yeux au ciel, mais sirota sa bière.

— Roxie va finir par être meilleure cuisinière que moi, je crois. Elle est déterminée.

Il y avait un petit quelque chose dans sa voix, mais Mace n'arrivait pas à analyser ce que c'était et puisque ça ne le regardait pas, il n'insista pas.

— Addi est une assez bonne cuisinière et nous savons tous que Thea est une pâtissière et une chef hors pair. Quant à Shep, je crois qu'il arrive à se débrouiller. On dirait que le talent n'était pas héréditaire.

Mace tendit la main vers une aile de poulet, donnant une claque sur la main de Ryan lorsque celui-ci tenta d'en prendre une dans son assiette. Il aimait son collègue et le considérait comme un ami, mais personne ne se mettait entre lui et ses ailes de poulet.

Carter plissa les yeux en regardant Mace et en sirotant sa bière.

— On dirait que tu passes beaucoup de temps avec ma nouvelle belle-sœur, Adrienne, d'après ce que j'ai pu constater.

Ryan toussa, son sourire s'élargissant, tandis que Landon regardait ses trois amis en haussant les sourcils.

— Toi et ton Addi ? s'enquit Landon d'une voix un peu trop intriguée.

Mace posa sa boisson et observa les hommes qu'il qualifiait d'amis.

— C'est ma meilleure amie.

Ce n'était pas un mensonge. Ce n'était pas non plus une vérité. Mais ni l'un ni l'autre, ils n'étaient prêts pour que le monde sache ce qu'ils étaient. Et l'aspect le plus important là-dedans, c'était qu'ils ne savaient pas encore ce qu'ils étaient l'un pour l'autre. Puisque même s'ils se félicitaient de parler de leur relation comme elle était et du fait qu'ils allaient s'assurer que personne ne soit blessé, il savait tous les deux qu'ils avaient encore la tête dans le sable et ignoraient donc tout des étiquettes et des sentiments.

Et peut-être, juste peut-être, que c'était ainsi que les choses fonctionnaient pour eux. Du moins, pour l'instant.

— Ah Oui ? Et ?

Carter lui adressa un clin d'œil avant de poser sa bière. Il n'avait bu que quelques gorgées et Mace se demanda s'il allait la finir. Ils partageraient tous un seul grand pichet, puisqu'ils devaient rentrer chez eux en voiture, donc ce n'était pas si grave.

— D'accord, ne nous dis rien. Mais tu devrais savoir que j'ai vu les étincelles entre vous deux quand je suis passé par la boutique. Et j'ai le sentiment que si Roxie et Thea se retrouvent dans la même pièce que vous deux, elles vont le découvrir aussi.

— Si Shep n'était pas si concentré sur le salon et sa famille, il l'aurait déjà compris, intervint Ryan. Quand vous êtes entrés ensemble dans l'arrière-boutique et que vous en êtes sortis tout rouges et ébouriffés, ça m'a mis la puce à l'oreille. Je dis ça comme ça.

Landon rejeta la tête en arrière et rit. Les autres l'imitèrent alors que Mace ne confirmait ni ne niait ce que ses amis disaient. Après tout, ce n'était pas comme s'il y était obligé. Ils savaient déjà. Mace avait le sentiment que la vérité éclaterait bientôt pour le reste de sa famille et de celle d'Addi, si ses amis avaient leur mot à dire, ou du moins, si on en croyait la façon dont ils agissaient.

Heureusement, la conversation se focalisa ensuite sur les Broncos et leurs maigres chances d'aller jusqu'aux play-offs. Bientôt, leurs ventres furent gavés d'ailes de poulet et surtout d'eau puisqu'ils n'avaient chacun bu qu'une bière ou deux.

Ils se dirent au revoir et parce que Mace était du genre à chercher les punitions, ou peut-être parce qu'il était accro à la femme à laquelle il ne devrait pas s'attacher, il se surprit à prendre un virage avant celui qui le menait chez lui. Il se gara rapidement devant chez Adrienne. Il avait appelé sa sœur afin de parler à Daisy avant qu'elle n'aille se coucher, et la petite avait déclaré que toutes les deux, elles faisaient du camping dans la chambre de Sienna, dans un fort en couvertures et en oreillers. Sa sœur lui dit de s'amuser et l'avait taquiné en sous-entendant qu'il irait voir une femme. Il ne pensait pas qu'elle savait exactement qui était cette dame en question, mais il allait profiter du temps qu'il avait.

Il n'envoya aucun SMS et ne passa pas d'appel pour prévenir et parce qu'Adrienne se garait habituellement dans son garage, il ignorait si elle était chez elle ou non. C'était probablement stupide de sa part, mais encore une fois, il était doué pour prendre des décisions idiotes ces derniers temps.

Il coupa son moteur. Toutefois, avant de pouvoir sortir et de marcher jusqu'à la porte, espérant qu'elle était chez elle, son téléphone bipa, signalant l'arrivée d'un SMS.

Addi : *Tu joues au harceleur ?*

Il sourit et secoua la tête en répondant.

Mace : *Si tu sais que je suis là, alors c'est toi qui m'espionnes par la fenêtre, comme dans ce vieux film avec les oiseaux.*

Addi : *Le film avec la fenêtre, ce n'est pas le même que celui avec les oiseaux, crétin.*

Mace : *Je suis terriblement nul quand il s'agit de connaître les classiques, visiblement. Je peux entrer pour en regarder un ?*

Addi : *...*

Mace : *Quoi ?*

Addi : *C'est la pire phrase de drague du monde. Mais monte et je te monterais.*

Addi : *Je, euh, voulais dire quelque chose d'éloquent et* *de féminin qui ne donne pas l'impression que je pense à ton membre.*

Addi : *Parce que c'est le cas.*

Addi : *Enfin, non je n'y pense pas.*

Addi : *Bref, entre et laisse-moi jouer avec ta queue.*

Le rire de Mace emplit l'habitacle de la voiture et il secoua la tête avant de ranger son téléphone dans sa poche et de partir dans le froid. Il ferma la voiture à clé derrière lui et ne leva même pas le poing pour frapper à la porte avant qu'Adrienne ne l'ouvre pour passer ses bras autour de son cou.

— Salut, matelot, le taquina-t-elle.

Il tendit la main pour saisir ses fesses et la soulever dans ses bras. Elle enroula les jambes autour de sa taille et il entra dans la maison, utilisant son pied pour fermer derrière eux.

— Tu sais que j'ai le mal de mer, déclara-t-il.

Il se tourna afin de pouvoir verrouiller la porte avant d'emmener son amante dans le salon.

— Alors je vais y aller doucement.

Elle l'embrassa et il grogna, ayant besoin de son goût plus qu'il n'avait besoin d'air.

— Ce n'est pas grave si je suis là, alors ? Si je n'ai pas appelé avant ?

Il ne voulait pas franchir une quelconque limite, puisqu'il savait que tout le monde avait besoin de son propre espace.

Elle mordit sa mâchoire et sourit, les yeux brillants.

— Tu n'as jamais eu besoin d'appeler avant de me voir nue. Tu n'en as pas besoin maintenant. Tu t'es bien amusé avec les gars ?

Elle l'embrassa derrière l'oreille. Il aimait la façon dont elle était collée contre lui, ronronnant pratiquement dans ses bras.

— Oui. Mais Ryan et Carter ont compris ce qu'on faisait tous les deux, et ça signifie que Landon le sait aussi. Je ne sais pas vraiment combien de temps on va pouvoir cacher ça à tout le monde.

Elle recula, battant rapidement des cils.

— Pour Ryan, j'avais compris, mais Carter ?

— Il nous a vus nous regarder comme si on avait envie d'arracher nos vêtements, et il en a parlé ce soir.

— Eh bien, alors, j'imagine... J'imagine qu'on peut continuer ce qu'on fait et ne pas mentir.

Elle était si immobile dans ses bras qu'il craignait de tout gâcher s'il ne répondait pas ce qu'il fallait.

— Ça me convient, Addi. Bon, puisque je ne suis plus aussi jeune qu'avant, je vais devoir te porter jusqu'au bord pour te baiser violemment dans un instant. D'accord ?

Elle rit, faisant exactement ce qu'il voulait d'elle. Elle gigota pour se dégager de ses bras et il la posa.

— Pourquoi on ne va pas dans la chambre ? J'ai ce beau matelas tout doux. Quand tu auras fini de me baiser, je te laisserai t'allonger et te détendre pendant que je te finirai.

Elle tendit la main entre eux, caressant son sexe au travers du jean, lui tirant un grognement.

— Ta queue me manque *vraiment*.

— Tu dis des choses vraiment gentilles, Addi.

Il se pencha en avant et l'embrassa, sachant qu'ils étaient bien plus que des amis, au point où ils en étaient, même s'ils ne voulaient pas le dire à voix haute.

— Des choses vraiment gentilles.

Il la suivit dans sa chambre et la débarrassa de sa veste pour la poser sur la chaise qu'elle avait placée près de la porte. Il retira ensuite ses propres chaussures et sourit en s'appuyant contre elle, au bord du lit, observant ses mouvements.

— Tu aimes ce que tu vois ? s'enquit-il.

Ses doigts étaient sur l'ourlet de son T-shirt.

Elle inclina la tête, comme si elle le scrutait.

— Peut-être.

Il sourit et glissa son vêtement, par-dessus sa tête.

— Peut-être que tu aimerais plus si je m'approchais de toi. Disons que je me place au-dessus de toi pour te baiser jusqu'à ce que tu oublies tout ?

— C'est toi, maintenant, qui dis des choses toutes gentilles.

Il ne put se retenir plus longtemps. Il devait l'embrasser, il devait poser les mains sur elle. Ils se débarrassèrent du reste de leurs vêtements, leurs corps se collant l'un contre l'autre alors qu'ils se cambraient pendant le baiser. Ils ne laissèrent leur bouche s'éloigner que pour reprendre leur souffle ou s'embrasser avant de lécher le reste de leur peau. Même à ce moment-là, il savait qu'il devait se contrôler, sinon il allait jouir sur son ventre comme un foutu adolescent plutôt que comme l'homme qu'il était réellement.

Mace lécha la poitrine de son amante, prenant un téton dans sa bouche et le suçotant tout en faisant rouler l'autre entre ses doigts. Il sentit plus qu'il ne vit la tête de la jeune femme retomber en arrière et ses cheveux glisser dans le dos, effleurant le bout de ses doigts alors qu'il la tenait contre lui pour l'attirer encore plus contre sa bouche. Il lui mordilla la peau, appréciant la façon dont elle frissonnait à son contact. Il se focalisa ensuite sur l'autre sein. Il lécha, suça, posa sa paume sur sa poitrine. Bientôt, les tétons furent d'un rouge brillant comme des cerises et ils étaient si sensibles qu'elle émit des petits bruits quand il souffla dessus.

— Mace, je n'en peux plus.

Il avança et l'embrassa sur les lèvres, les seins sensibles s'appuyant maintenant contre son torse.

— Alors, laisse-moi te faire jouir.

— Moi aussi, je veux te faire jouir.

Elle tendit la main entre eux pour saisir ses bourses, et glissa un doigt sur la longueur. Il grogna et se décala. Il était tellement proche de l'orgasme rien que parce qu'il avait suçoté sa poitrine.

— Je dois mettre ma tête entre tes jambes dans les

trente prochaines secondes, sinon je vais continuer à m'acharner sur ta poitrine jusqu'à ce que tu te tortilles.

Elle lui sourit et il sut qu'elle s'apprêtait à dire une chose parfaitement obscène pour laquelle il serait probablement d'accord.

— Pourquoi on ne fait pas les deux choses en même temps ? Je me mets sur ton visage si tu me laisses te sucer.

— Tu as toujours les meilleures des idées, Addi.

Son membre tressauta.

Il la saisit par les fesses et la jeta sur le lit. Elle rebondit et s'esclaffa. Il n'aurait jamais cru qu'il pourrait autant s'amuser pendant des ébats. Évidemment, puisqu'il ne s'était jamais envoyé en l'air avec sa meilleure amie auparavant.

Mace s'allongea sur le dos et Addie se décala pour chevaucher ses épaules. Le sexe mouillé et chaud de la jeune femme était au-dessus de son visage et il ne put s'empêcher de tendre la main pour saisir ses fesses et la faire descendre afin de la lécher.

Elle laissa échapper un gémissement. Il lui écarta un peu plus les jambes afin de pouvoir en avoir plus et de prendre sa dose d'Adrienne. Il grogna ensuite alors qu'elle l'avalait presque entièrement. L'extrémité de son membre rebondit au fond de la gorge de la jeune femme et elle émit un bruit qui alla directement dans ses bourses. Elle demeura là un moment, agitant légèrement sa gorge pour serrer son membre. Il loucha avant qu'elle ne recule et le relâche dans un bruit de succion mouillée.

— Je vais jouir dans cinq secondes si tu continues de me montrer à quel point tu es douée.

Elle agita les hanches et il serra davantage ses fesses afin qu'elle arrête.

— Alors, mets-toi au boulot et bouffe-moi jusqu'à ce que je jouisse. Tu seras tellement concentré sur mon goût et ma sensation que tu tiendras un peu plus longtemps, le vieux.

Il lui mit un claque intense sur une fesse avant de passer sa main sur la marque rouge afin d'apaiser le picotement.

— Méchante fille.

Elle balaya ses cheveux par-dessus son épaule et lui adressa un clin d'œil.

— Et alors ?

Elle recommença à le sucer, et il gémit avant de s'affairer une nouvelle fois sur son sexe. Il lécha, suçota autour de son entrée, utilisant un doigt pour jouer avec son clitoris. Son goût était si bon qu'il était presque sûr d'en devenir accro s'il n'était pas assez prudent. Il poursuivit ses bons soins jusqu'à ce que, finalement, l'orifice de la jeune femme se serre autour de ses doigts et qu'elle jouisse sur son visage. Il n'était pas non plus très loin de l'orgasme. Il dut donc la pousser loin de lui pour ne plus être en dessous et ne pas perdre le contrôle trop rapidement.

Il l'allongea sur le dos en un instant et passa l'une des jambes d'Adrienne près de son oreille, l'autre restant contre le matelas alors qu'il taquinait son entrée.

— Merde. La capote.

— On en a déjà discuté. On est clean tous les deux et je prends la pilule. Maintenant, prends-moi, sinon je vais devoir m'en occuper toute seule. Encore une fois. Parce que je sais comment me faire j…

Elle n'eut pas besoin de finir cette déclaration puisqu'il l'empala si violemment qu'il était presque sûr que ses propres dents en avaient claqué. Il attendit un moment pour qu'elle s'habitue à sa taille, puis il commença ses va-et-vient comme si demain n'existait pas. Elle leva les hanches, venant à la rencontre de chacun de ses coups de reins, tout en caressant son corps comme si elle ne pouvait s'empêcher de le toucher.

Sachant qu'il s'approchait une nouvelle fois du point de non-retour, il les fit changer de position pour qu'elle le chevauche. Il saisit sa poitrine et vit la jeune femme rouler des hanches, son corps entièrement calé sur le sien. Elle était terriblement magnifique, elle savait qu'il ne pourrait jamais se lasser d'elle ou de la façon dont elle jouissait pour lui. Il n'y avait rien de mieux que de la voir prendre le contrôle de sa sexualité pour lui provoquer tous ces orgasmes.

Il tendit la main et l'attira près de lui afin de capturer ses lèvres. Bientôt, ils s'effondrèrent l'un contre l'autre, leurs corps mouillés par la sueur et leurs bras mous alors qu'ils s'enlaçaient. Elle l'avait épuisé et avait accueilli chaque goutte de son sperme. Même s'il savait qu'il devait bouger pour la nettoyer, il ne put s'empêcher de sentir une certaine satisfaction en sachant qu'elle était emplie de lui.

Il était un véritable salaud tordu.

Il savait qu'il devait reprendre le contrôle de ses pensées parce qu'il avait également conscience que ce n'était pas permanent. Ils n'allaient pas gâcher leur amitié, surtout avec des pensées comme celles qu'il avait actuellement.

Il la serra contre lui, l'aidant à redescendre de sa jouissance, et il se promit qu'au matin, il aurait les idées claires. Parce qu'il ne pouvait pas et n'*allait pas* la blesser, peu importait à quel point il aimait qu'elle soit sur lui.

Il ne le pouvait pas.

Onze

LIVVY FONÇA dans les jambes d'Adrienne et il lui fallut donc toute sa force pour ne pas tomber sur les fesses à cause de l'exubérance de sa nièce.

— Tu es là ! cria Livvy en sautillant tout en serrant la jambe d'Adrienne.

La jeune femme ne put s'empêcher de sourire et de tendre la main pour soulever la petite de trois ans dans ses bras.

— Salut, mon bébé. Je *suis* là.

Elle embrassa la joue de Livvy et la serra contre elle. Adrienne était incroyablement folle de sa nièce et savait qu'elle serait toujours ravie que Shep et Shea aient décidé d'emménager à Colorado Springs. Même si elle était au fait que son frère s'en sortait bien à La Nouvelle-Orléans et que c'était ainsi qu'il avait rencontré sa femme, avoir toute la famille réunie dans la même région rendait la vie de la jeune femme tellement meilleure.

Livvy l'embrassa sur la joue, puis le front et enfin le menton avant de gigoter pour courir vers un autre adulte et le submerger également de baisers et de câlins. Elle avait été timide, au début, quand elle avait appris à connaître les Montgomery, mais clairement, ce n'était plus le cas.

— Comme Livvy l'a remarqué, tu es venue, déclara Katherine Montgomery en arrivant vers sa fille.

La mère était magnifique et ne vieillissait pas du tout. Puisqu'elle avait eu la même couleur de cheveux qu'Adrienne pendant des années avant de devoir commencer à les teindre à cause de mèches argentées, la tatoueuse espérait qu'elle lui ressemblerait en vieillissant.

Elle se plongea dans l'étreinte de sa mère et soupira.

— Oui, je suis venue. Mace et Ryan s'occupent de la boutique pour que Shep et moi puissions venir chez les Montgomery cette après-midi plutôt que de stresser.

Sa mère lui tapota la joue.

— Tu ne serais pas une Montgomery si tu ne stressais pas à propos de quelque chose.

Adrienne leva les yeux au ciel avant de s'appuyer contre sa mère.

— Je tiens ça de papa et toi, n'est-ce pas ?

Sa mère rit avant d'aller aider Livvy de l'autre côté de la pièce. Les Montgomery tentaient d'organiser un dîner de famille au moins une fois par mois. Puisque son frère était rentré à la maison, leurs dîners étaient plus fréquents que d'habitude, ce qu'elle appréciait même s'il était donc plus difficile de leur cacher des choses quand elle en avait besoin. Et avant le mariage, il y avait eu beaucoup plus de réunions, au moins pour les femmes de la famille. Roxie n'avait pas voulu d'une grande noce, mais elle avait obtenu la petite cérémonie intime de ses rêves. Enfin, c'était ce qu'Adrienne pensait.

Roxie et Carter étaient d'un côté de la pièce, plongés dans une conversation. Le couple souriait et fronçait les sourcils assez souvent pour qu'Adrienne ne comprenne pas du tout de quoi ils discutaient. Néanmoins, elle remarqua la façon dont Carter écarta une mèche des cheveux de sa femme et lui sourit comme si elle était la seule personne au monde qu'il voulait regarder ou avec qui il souhaitait être. Il était tellement amoureux de sa sœur qu'Adrienne retint ses larmes quand elle le vit observer Roxie. Elle espérait sincèrement que ce couple aurait des décennies de regards et de temps passé ensemble. Cela fut suffisant pour qu'elle se demande si elle pouvait elle-même trouver l'amour. Bien sûr, elle avait peur d'être en train de tomber amoureuse alors qu'elle n'avait aucun intérêt à le faire.

Thea se tenait auprès de Shea et elles riaient toutes les deux. Pour une quelconque raison, elles étaient rapidement devenues amies. Même si Thea avait déjà une meilleure amie en la personne de Molly, elle avait ouvert ses bras à Shea sans rechigner. Étrangement, Adrienne s'était dit que sa belle-sœur deviendrait plus rapidement amie avec Roxie puisqu'elles partageaient le même métier. Mais en termes de personnalité, Thea et Shea avaient bien plus en commun qu'un nom qui s'épelait presque de la même façon.

Son père, William, ainsi que Shep s'occupaient du grill alors même que la neige commençait à tomber sur un après-midi glacial. Et bien que toutes les femmes dans la pièce, si on ne comptait pas Livvy, sachent s'en occuper, son père avait décidé que la terrasse était son domaine. Il avait appris à ses filles comment utiliser un barbecue à charbon pour le jour où elles en auraient elles-mêmes un chez elle, mais il choisissait méticuleusement qui avait le droit de toucher à ses flammes sacrées et rugissantes. Cependant, Adrienne avait le sentiment que Carter allait bientôt le rejoindre. Son père aimait cet homme comme un fils et allait probablement l'accueillir à bras ouverts près de son précieux barbecue.

Après tout, il avait bien laissé Carter s'approcher de sa précieuse petite fille.

Adrienne ricana à cause de sa blague idiote et elle fut vraiment ravie que Mace ne soit pas là pour voir le visage qu'elle faisait après cette plaisanterie horrible. Même si elle ne grimaçait qu'intérieurement. Bon sang, elle était ravie qu'il ne soit pas là pour de nombreuses raisons, particulièrement pour que les autres ne remarquent pas qu'elle l'observait bouger. Si Carter, Ryan et Shea avaient été capables de comprendre ne serait-ce qu'un tout petit bout de ce qu'il se passait entre eux, sa famille devinerait tout en moins d'une minute. Elle avait le sentiment que la seule raison pour laquelle ce n'était pas encore le cas, c'était parce que tout le monde était déjà focalisé sur sa propre vie. Ils n'avaient pas vraiment observé de près de ce qu'elle faisait hors de sa boutique. Et pour ça, elle leur en était reconnaissante.

Elle avait besoin de temps pour appréhender exactement ce qu'elle souhaitait concernant son meilleur ami. Et après la dernière fois qu'ils s'étaient retrouvés ensemble, quand elle s'était brisée dans ses bras si rapidement et si totalement, elle savait qu'elle ne pourrait jamais redevenir la femme qu'elle était avant de l'avoir contre elle.

Il avait touché une partie de son âme, il l'avait marquée comme sienne même s'il savait que ce ne serait peut-être jamais permanent. Les choses avaient changé. Cacher ce qu'elle faisait, ce qu'*ils* faisaient, ne paraissait pas normal. Elle ne voulait plus qu'ils dissimulent leur relation. Elle se disait que plus le temps passait, pire ce serait pour tout le monde une fois que la vérité éclaterait. Elle avait également conscience de pouvoir donner l'impression qu'elle avait honte de ses sentiments pour Mace. Cela ne pouvait pas être plus loin de la vérité. Elle croyait en fait qu'elle était tombée amoureuse de lui bien avant la première fois où elle avait senti ses lèvres contre les siennes. Et cela l'effrayait plus que tout. Car tout avait changé et s'ils essayaient de redevenir comme avant, elle n'était pas certaine de pouvoir retrouver sa place. Elle n'était pas certaine que cette place ait déjà existé.

— Il y a une raison pour que tu sois là, toute seule, avec cet air triste ?

Roxie se pencha contre Adrienne en parlant et celle-ci fit de son mieux pour se tirer hors de ses pensées. Elle n'arrivait pas à croire qu'elle s'était encore une fois perdue dans ce cercle vicieux d'idées pendant si longtemps qu'elle n'avait pas remarqué Carter, qui avait officiellement pris sa place à côté du grill, et sa sœur, qui était venue se placer à ses côtés. D'ailleurs, elle n'était pas certaine de savoir depuis combien de temps Roxie l'observait.

— Désolée, je pensais juste au travail, mentit-elle.

Elle jura immédiatement après.

— Tu vas devoir mentir un peu mieux que ça si maman te demande ce qui te tracasse. Et puisqu'on est en famille, je vais laisser passer ton mensonge. Pour l'instant. Et si on allait te chercher à boire ? Parce que tu as les mains vides et que tu te tiens contre le mur avec la bouche ouverte comme un poisson-globe.

Adrienne pinça le bras de sa sœur, appréciant que celle-ci laisse échapper un couinement, mais finisse par rire. Elle n'avait pas pincé si fort et elle ne le ferait pas puisque tous les membres de cette famille s'aimaient, mais parfois, sa petite sœur était une petite morveuse. Une petite morveuse intelligente, mais une morveuse quand même.

— Merci, un verre me ferait du bien.

Ou peut-être quatre, mais qui comptait ?

Elle suivit Roxie dans la cuisine et avança vers le frigo

pour se trouver quelque chose à boire. Sa mère avait déjà ouvert une bouteille de vin blanc, donc elle se servit un verre et remplit celui de sa sœur. Au lieu de retourner dans la mêlée, elles s'appuyèrent toutes les deux contre les plans de travail et discutèrent comme lorsqu'elles étaient enfants et volaient des friandises quand leur mère avait le dos tourné. Bien sûr, celle-ci avait toujours été au courant, tout comme elle savait que les filles grimaçaient quand elle ne regardait pas. Le vieil adage disait bien que les mères avaient des yeux derrière la tête et il ne pouvait pas être plus vrai qu'avec Katherine Montgomery.

— Tu es prêt pour la saison des impôts ? s'enquit Adrienne. Dès que les vacances vont commencer, tu seras plus occupée que jamais.

Généralement, à cette période de l'année, Adrienne n'arrivait pas à voir sa sœur au-delà de quelques dîners de fins de soirée que leur mère réussissait à organiser. Rien que l'idée de remplir sa déclaration d'impôts lui retournait l'estomac et ses tempes palpitaient. Elle n'était pas certaine de savoir comment sa belle-sœur et sa sœur avaient fini avec ce travail-là, mais elles avaient de la chance. Grâce à elle, des gens comme Adrienne n'avaient pas à regarder des chiffres et à pleurer tous les jours.

— Plus prête que jamais. Carter a déjà traversé ça avec moi, avant, donc au moins, il sait qu'il me verra rarement pendant environ quatre mois. Rappelle-moi que j'ai dit ça dans deux mois, quand je serai prête à m'arracher les cheveux parce que les gens se pointent constamment avec des boîtes à chaussure remplies de tickets de caisse froissés en me disant bonne chance.

Adrienne grimaça.

— C'est arrivé une fois et je ne l'ai plus jamais fait. J'avais eu une année difficile et je travaillais encore plus que toi pour payer mon loyer. Maintenant, je fais un code couleur aussi clair que possible pour toi.

— Oh que oui, il est clair. Je ne veux plus que quelqu'un arrive au bureau avec une boîte à chaussures. L'horreur, Adrienne. L'horreur.

Elle lui fit un clin d'œil et Adrienne leva les yeux au ciel.

— Arrête. Ce n'était pas si horrible. Je sais que tu as vu pire.

— C'est vrai, mais puisque tu fais partie de la famille, j'ai le droit de te charrier. C'était dans le contrat, quand on est nées, toutes les deux.

— Tu es une idiote.

— Les filles, soyez gentilles entre vous. Livvy est dans la pièce d'à côté et je ne veux pas qu'elle entende quelque chose qu'elle puisse répéter. Soyez de bons modèles pour votre nièce.

— Désolée, maman, dirent-elles en même temps.

Elles se regardèrent ensuite, leur sourire menaçant de fendre leur visage en deux. C'était comme si elles avaient dix ans à nouveau et qu'elles se faisaient réprimander après avoir exécuté des roues arrière sur leur vélo avec les petits Thompson, leurs voisins. Ces enfants n'avaient jamais apprécié qu'elle et ses sœurs soient bien meilleures qu'eux dans ce domaine. D'autant qu'Adrienne était une casse-cou quand il s'agissait de faire des cascades. Sa mère n'en avait pas été ravie non plus, mais Shep lui avait toujours enseigné en secret tout ce qu'il savait pour qu'elle puisse botter les fesses des Thompson.

— J'espère bien que vous l'êtes.

Sa mère sourit en le disant et son ton n'était pas aussi sec qu'il l'avait été quand elles étaient enfants et qu'elles se faisaient gronder.

— Allez sur la terrasse pour vous détendre un peu. Votre père a allumé le chauffage avant que vous arriviez, donc la température est agréable. Je ne veux pas gâcher toute cette électricité.

Elle fit un clin d'œil avant de repartir dans le salon pour, supposément, jouer avec sa petite-fille.

Adrienne et Roxie s'étaient figées sur place alors que leur mère sortait de nulle part pour les réprimander, mais elles se détendirent légèrement quand celle-ci partit. Après un moment, elles partirent sur la terrasse couverte avec le chauffage extérieur et se délassèrent comme leur mère, dans son infinie sagesse, le leur avait recommandé.

Sérieusement, cette femme avait des capacités de ninja quand il s'agissait de découvrir que ses filles faisaient quelque chose qu'elles ne devraient pas. Cela avait donc été difficile d'être adolescente dans la maison Montgomery. Shep avait eu de la chance puisqu'il avait été assez grand, quand elles étaient nées pour avoir un peu plus de libertés.

Mais dès que les filles avaient été adolescentes, leurs parents avaient été bien entraînés et prêts à affronter tous les problèmes qu'elles pouvaient s'attirer. Inutile de dire qu'Adrienne ne s'était pas totalement rebellée jusqu'à déménager et se concentrer sur les arts.

Mace, heureusement, avait voulu se rebeller avec elle dès qu'ils s'étaient rencontrés, l'aidant ainsi à comprendre quel genre d'alcool elle pouvait avoir et vouloir, et quel type la faisait danser sur les tables après seulement un verre. Les gens pensaient toujours qu'il s'agissait de la tequila, mais elle connaissait la véritable réponse. La vodka était la boisson du diable. Mace avait également été là quand elle avait fumé sa première et dernière cigarette. Apparemment, elle n'était pas destinée à devenir fumeuse et elle en était ravie. Cette unique cigarette avait rendu ses yeux rouges et irrités pendant une semaine et elle avait encore envie de tousser rien qu'en y pensant.

Et pendant tout cela, elle avait eu Mace.

— Pourquoi ce sourire ? s'enquit Thea en avançant sur la terrasse avec un verre de vin rempli à la main. Tu penses à ton copain, hein ?

Adrienne se figea, puisqu'elle ne s'était pas rendu compte qu'elle avait souri en pensant à Mace.

— Euh quoi ?

Roxie inclina la tête, scrutant le visage d'Adrienne.

— Tu sais, *c'est* un sourire pour un homme. Je l'ai déjà vu avant, quand on était à la soirée peinture et vin, et que tu ne pouvais plus garder ce secret. Alors, c'est qui ? Je sais que tu as dit qu'on ne le connaissait pas, mais il a un nom ?

— Qu'est-ce qu'il fait dans la vie ? s'enquit Thea.

Elle s'assit à côté de Roxie sur le fauteuil à bascule pour s'incruster dans la conversation. Adrienne s'assit sur la chaise à côté, ses pieds relevés sur l'ottomane d'extérieur.

— Il est bon au lit ? ajouta Roxie.

— Elle est grosse à quel point sa… ?

Adrienne leva les mains, son rire s'échappant de sa gorge alors qu'elle interrompait la question de Thea.

— Oh mon Dieu, arrêtez. Toutes les deux. C'est comme si on était à nouveau au lycée et que vous attendiez de voir ce que je pense du nouveau garçon en salle d'étude.

Thea sourit et but une gorgée de son vin.

— Je ne me rappelle pas t'avoir posé des questions sur la longueur et l'épaisseur au lycée, mais on n'était pas toutes… des expertes dans ce domaine, à l'époque.

Adrienne lui adressa un doigt d'honneur.

— J'ai couché *une fois* au lycée, pétasse. Et plus jamais je ne m'enverrai en l'air sur la banquette arrière d'une Toyota Corolla.

Elle frissonna.

— Plus. Jamais, conclut-elle.

— Alors ton nouveau mec conduit quelque chose de mieux ? s'enquit Roxie. Peut-être… quelque chose avec un *levier de vitesse manuel* ?

Ses sœurs se jetèrent un coup d'œil avant d'éclater de rire. Adrienne se contenta de secouer la tête.

Elle savait qu'elle leur avait déjà menti une fois, et puisque visiblement, beaucoup de leurs amis étaient déjà au courant pour Mace et elle — au moins de l'élément de base, puisque ce n'était pas comme si elle-même savait ce qu'il se passait réellement entre eux — elle devait être franche avec ses frangines.

— Alors, euh, je n'ai pas été vraiment sincère avant... c'est Mace.

Elle ferma la bouche dès qu'elle eut prononcé son nom, espérant sincèrement qu'elle ne venait pas de commettre une erreur. Elle avait souvent eu cet espoir, dernièrement.

Ses sœurs arrêtèrent de rire et la fixèrent du regard. La bouche de Roxie s'ouvrit et se referma comme si elle était un poisson et qu'elle essayait de comprendre quoi dire alors que le regard de Thea s'illuminait.

Cette dernière la montra du doigt et poussa un petit cri.

— Je le savais ! Je le savais, bordel !

Roxie rebondit sur son fauteuil, obligeant Thea à s'agripper sur le côté pour ne pas tomber, mais elles s'en moquaient toutes les deux.

— Mace ? Ton Mace ? Il est vraiment *ton* Mace, maintenant, c'est ça ?

— Avant qu'on en vienne aux questions cruciales de ce siècle, concernant Mace et toi, commença Thea avec un éclat dans le regard, il va falloir que tu répondes à nos interrogations précédentes.

— Il est bon au lit ? répéta Roxie.

— Elle est épaisse ? ajouta Thea en souriant. On sait déjà ce qu'il fait dans la vie et on connaît son nom, donc contente-toi des choses utiles. Enfin, le sexe doit être bon, non ?

Roxie serra les mains devant sa poitrine et imita assez bien une héroïne en train de se pâmer à l'époque de la Régence.

— Évidemment qu'il l'est. C'est *Mace*.

— Tu n'es pas censée être mariée ? lui fit sèchement remarquer Adrienne. Au sexy, délectable et incroyablement baisable Carter ici présent ?

Roxie se lécha les lèvres, comme un chat qui aurait trouvé un canari.

— Oh, oui, je suis mariée à cet homme sexy ici présent avec qui j'ai joué une bonne partie de *Monsieur, puis-je* avant qu'on vienne dîner, mais on n'est pas en train de parler de Carter et moi, si ?

Monsieur, puis-je ?

Mais que faisaient Roxie et Carter au lit ? Non, Adrienne n'allait clairement pas penser à ça. Elle n'allait même pas laisser son esprit dériver vers cette pensée, à part au moment où elle demanderait peut-être à Mace s'il voulait y jouer. Ils pourraient appeler ça *Madame, puis-je ?*

— D'accord, c'est un autre sourire, mais cette fois-ci, je ne suis pas sûre d'avoir envie de savoir exactement à quoi tu penses, déclara Thea avant de secouer la tête. Entre vous deux, je me sens un peu médiocre en ce qui concerne l'utilisation de mes parties féminines. Cela va peut-être devoir changer lors de la nouvelle année. Bien sûr, j'ai dit ça l'année dernière et rien ne s'est vraiment passé tant j'étais focalisée sur la boulangerie. Donc, je n'ai pas eu le temps de m'occuper d'un quelconque mec qui viendrait avec sa grosse queue pour me faire jouir.

Adrienne ricana, son vin lui ressortant par le nez. Elle toussa, tentant de ne pas pleurer pour que le maquillage ne coule pas sur son visage.

— Je n'arrive pas à croire que tu viens juste de dire ça. Tu as bu combien de verre ?

Roxie s'étouffait également, mais Thea leva son verre comme pour porter un toast.

— Je ne peux pas toujours être la fille maternelle et mignonne. Parfois, une femme a besoin du mot en Q. Mais assez parlé de moi, Adrienne chérie, tu n'as pas répondu à nos questions. Bien sûr, dès que tu le feras, j'en aurais vingt autres pour toi. Alors, commençons maintenant, puisque bientôt, maman ou l'un des mecs va venir et on devra arrêter de parler de ça. Oh mon Dieu, Shep est au courant ? Il travaille avec vous deux, donc il doit le savoir. S'il a caché ça pendant tout ce temps, je ne vais vraiment pas être contente.

Adrienne leva les mains, interrompant Thea avant qu'elle continue de parler.

— Shep n'est pas au courant. Et si tu redis que tu as « besoin du mot en Q», je vais tomber de cette chaise et ne jamais m'en remettre. Mais je m'écarte du sujet. Shea l'a compris, tout comme Ryan et peut-être même Landon.

Elle jeta un coup d'œil à Roxie.

— Carter l'a compris aussi, mais Mace lui a fait jurer de garder le secret. Enfin, il a répondu que si sa femme lui posait franchement la question, il ne mentirait pas, et Shea a affirmé la même chose pour son mari. Ne sois pas en colère contre lui parce qu'il t'a caché ça. Si tu veux être en colère, ce sera contre moi, mais s'il te plaît, ne t'énerve pas du tout parce que... on le gardait pour nous deux aussi longtemps que possible. Maintenant que la vérité a éclaté, je ne sais pas vraiment ce qu'il va se passer.

Roxie fronça les sourcils, mais ne dit rien pendant un moment, tandis que Thea les regardait chacune à leur tour, avec une expression pensive sur le visage.

— Pour plaisanter, je vais hurler sur Carter parce qu'il a osé me cacher un secret si croustillant. Mais pour le moment, parlons du fait que tu ne sais absolument pas ce qui est en train de se passer. Je dois aussi savoir pour son membre, parce qu'on l'a mentionné genre, cinq fois, et que tu ne veux toujours pas en discuter. Donc soit c'est vraiment triste et il sait quoi faire avec sa bouche parce qu'autrement, tu ne resterais pas avec lui en risquant ton amitié, ou alors elle est si grosse que tu n'as pas envie qu'on soit jalouse. Surtout notre chère sœur ici présente, qui se sent un peu négligée au niveau de ses parties intimes.

Adrienne passa une main sur son visage.

— Pourquoi est-ce que l'on continue d'utiliser des

expressions comme « parties intimes » et « parties féminines » ? Toute cette conversation est bizarre.

— Réponds à la question, exigea Thea. Parce qu'on aime Mace et que je l'ai toujours considéré comme un véritable frère Montgomery. Mais apparemment, ce n'est pas ce que toi, tu pensais. À moins que ce ne soit le cas, mais c'est une conversation que je n'ai pas vraiment envie d'avoir.

Roxie gloussa et s'appuya contre Thea. Adrienne se disait qu'elles avaient suffisamment tourné autour du pot pour qu'elle soit maintenant obligée d'aller droit au but.

— D'accord, parce que je sais que vous ne me laisserez pas échapper à cette conversation sans que j'en parle, même juste un peu, donc voilà.

Cette fois-ci, ce fut Adrienne qui sourit comme un chat prêt à manger un canari.

— Il est génial. Ce sont incontestablement les meilleurs ébats de ma vie. Il a le plus gros... vous savez, que j'ai jamais vu. Je ne vais pas me lancer dans des détails de dimensions et de mesures parce que tout d'abord, il est à moi, et c'est une chose que j'aimerais garder pour moi. Ensuite, il mérite au moins un peu d'intimité, même s'il aurait dû se rendre compte qu'il n'en aurait aucune en étant ami avec moi, déjà.

Ses sœurs applaudirent et Adrienne leva les yeux au ciel. Parfois, c'était agréable d'agir comme si vous n'étiez pas une adulte avec des factures à payer et des listes infinies de choses à faire.

— Il te rend heureux ? s'enquit Roxie. Parce que c'est le plus important.

Adrienne acquiesça lentement, réfléchissant réellement à sa réponse.

— Avec tout ce qu'il se passe en ce moment à la boutique et comme quelqu'un essaie de nous obliger à fermer ou à faire ce qu'il veut, Mace est le seul à me faire sourire.

Roxie soupira joyeusement, mais Thea ne réagit pas, comme si elle savait que sa sœur n'avait pas fini sa phrase. Roxie avait toujours été la rêveuse de la fratrie et même si certaines choses avaient changé dans l'année qui venait de s'écouler après son mariage avec Carter, cette part d'elle existait toujours, quoique légèrement assombrie.

Adrienne leur parla de sa première nuit avec Mace, ainsi que des fois suivantes et des sensations qu'il lui procurait. Elle ne put s'empêcher de rire quand ses deux frangines feignirent de se pâmer. Adrienne n'était peut-être pas entrée totalement dans les détails, mais elles avaient pu deviner.

— Le truc, c'est qu'il me faisait déjà sourire avant qu'on change tout. Je vous adore, les filles, et j'aime Shep. Mais j'aime aussi avoir des connexions en dehors de la famille. Je sais que c'est la même chose pour vous, Molly et Thea. L'idée d'avoir ces amis qui me donnent l'impression d'appartenir à une autre famille, en dehors de cette unité géniale et aimante qu'on a déjà, ça m'aide toujours à me sentir plus équilibrée. Et je ne m'en étais pas vraiment rendu compte, pas jusqu'à ce que je remarque que Mace avait besoin de se reposer sur moi autant que sur sa propre famille quand son ex a débarqué et a déposé Daisy.

Elle fronça les sourcils, tentant de remettre ses pensées en ordre.

— Mais maintenant, tout est différent. Et pourtant, c'est pareil. On croyait qu'on était malin en parlant de chaque étape puisque je me suis retrouvée d'une façon ou d'une autre dans ses bras et que je ne voulais plus les quitter. Or je ne pense pas qu'il y avait une véritable façon de discuter de ce qu'on ressentait jusqu'à ce qu'on sache de quoi il retournait. Et même maintenant, j'ignore si je le *sais* vraiment. Tout est troublant, excitant, grisant et je me retrouve à éprouver ces nouveaux sentiments tout en m'amusant avec mon meilleur ami comme je n'aurais jamais cru pouvoir le faire avant.

— Tu l'aimes ? s'enquit doucement Thea.

Adrienne croisa le regard de ses sœurs et acquiesça, s'effrayant toute seule.

— Je l'aimais avant de penser que je commettais la pire erreur du monde. Cet amour était comme une base pour ce que je ressens maintenant et cette idée est tout bonnement flippante. Je me suis concentrée sur mon business et mon art pendant si longtemps que j'ai mis de côté l'idée que je pouvais être avec une autre personne. Et après tout ce qu'il s'était passé de son côté, avec la conception et la naissance de Daisy, les problèmes légaux ensuite avec son ex – encore plus maintenant... Je ne sais pas s'il voudra continuer ce que nous faisons. On a fait tellement d'efforts pour nous assurer qu'on ne se briserait pas l'un l'autre que j'ai peur de ce qui arrivera si et quand on décidera que le risque ne vaut plus la peine. Parce que je ne suis plus la même personne que j'étais, il y a même un mois, et je pense que ce changement est pour le mieux. Mais je crains sincèrement qu'il ne tombe pas amoureux de moi comme je tombe déjà amoureuse de lui.

Elle essuya une seule larme, ne s'étant pas rendu compte qu'elle l'avait laissée couler.

— C'est ton meilleur ami et je ne pense pas que ça changera, déclara Thea.

Elle parla lentement, comme si elle réfléchissait à ce qu'elle disait.

— Mais, à mon avis, si tu tombes vraiment amoureuse de lui, comme on le croit tous en ce moment, alors peut-être que tu dois définir le chemin que tu souhaites prendre. Je ne dis pas de te mettre à nue et d'avouer tes sentiments. Pas encore. À moins que tu n'en aies envie. Peut-être que tu dois aller plus loin que des nuits torrides chaque fois que tu le peux. Je sais que tu dois penser à une petite fille aussi, mais elle fait déjà partie de ta vie comme tu fais partie de la sienne. Enfin, si c'est réellement ce que tu veux, tu feras en sorte que ça arrive. Il n'y a pas une seule chose dans ta vie que tu as été incapable de saisir d'une poigne ferme, parce que tu te jettes toujours à corps perdu. J'ai toujours admiré cet aspect de ta personnalité et je t'aime terriblement. Alors, si tu tombes vraiment amoureuse de lui, passe à l'étape suivante.

Leur mère les appela pour le dîner avant que quiconque ne puisse dire quoi que ce soit d'autre. Adrienne enlaça donc ses sœurs et entra pour profiter d'un repas en famille avec les personnes qui la comprenaient. Quand elle rentra chez elle, elle sortit son portable et passa à l'étape suivante.

Addi : *Je crois qu'on devrait avoir un rencard.*

Elle prit une inspiration, espérant qu'elle n'avait pas commis d'erreur.

Mace : *Demain, ça te va ?*

Elle se mordit la lèvre, essayant de ne pas sourire comme une idiote dans sa propre cuisine. Visiblement, elle avait son premier vrai rencard avec son meilleur ami, demain. Elle ne put s'empêcher de danser sur place, son excitation luttant contre sa nervosité.

Ses sœurs avaient raison. Si elle l'aimait suffisamment pour tenter de faire fonctionner leur relation, alors il fallait qu'elle passe à l'étape suivante et prenne ce risque. Et demain, quand elle irait en rencard avec Mace, quand il ne s'agirait que d'eux deux et que ce ne serait pas qu'un repas amical, elle s'impliquerait totalement.

Parce que c'était ce qu'elle faisait, qu'elle ait peur de l'avenir ou non.

Douze

C'ÉTAIT UNE ÉTAPE ÉNORME. Du moins, c'était ce que ressentait Mace. Il passa une main dans ses cheveux et se demanda s'il savait vraiment ce qu'il faisait. Étant donné qu'il déambulait au travers d'un brouillard confus, ces derniers mois, à tenter de comprendre ce qu'il faisait, il avait le sentiment que cela ne se passerait pas mieux que le reste.

Enfin, c'était stupide de penser une telle chose. Bien sûr, il continuait d'avancer, un peu embrouillé et plus qu'un peu à la traîne, mais ce n'était pas comme s'il avait déjà tout gâché. Il faisait de son mieux chez AMI et gagnait de nouveaux clients chaque semaine. Oui, le nombre de clients sans rendez-vous avait diminué depuis que la rumeur parlant d'un pseudo trafic de drogues et de problèmes sanitaires s'était répandue, mais une fois qu'il découvrirait qui était l'homme cherchant à leur faire fermer boutique, ils pourraient rebâtir leur réputation. Donc, même si c'était vraiment agaçant et inquiétant que le salon de tatouage ait connu de sacrés revers entre les graffitis et les deux autres événements majeurs, il savait qu'ils étaient plus forts que ce qui leur tomberait dessus. Toute l'équipe était plus que talentueuse et ils avaient la réputation des autres Montgomery ainsi que la leur pour se soutenir. Alors tous ceux qui pensaient avoir le droit de leur faire du mal pouvaient aller se faire voir.

Quant à la chose la plus importante dans sa vie, sa fille ? Il avait l'impression qu'il trouvait enfin ses marques quand il s'agissait d'élever Daisy tout seul. Trouver l'équilibre entre être un bon père et s'assurer que Daisy soit quotidiennement en contact avec sa mère n'était pas facile. Et une petite partie de lui voulait éliminer son ex de sa propre vie pour toujours, non seulement pour les souffrances qu'elle lui avait causées par le passé, mais pour ce qu'elle faisait subir à sa fille à chaque jour qui s'écoulait, actuellement. Daisy était toujours trop jeune pour comprendre exactement ce qu'il se passait, mais elle était *suffisamment* âgée pour savoir que quelque chose était différent et n'était pas normal.

Il attendait toujours les derniers papiers et les ultimes décisions concernant ses droits sur Daisy à l'avenir. Cet inconnu lui serrait l'estomac au point où il était presque sûr qu'il devrait acheter un stock d'antiacides.

Ainsi, bien que les inquiétudes légales monumentales soient toujours au cœur de ses préoccupations, il devait mettre tout cela de côté pour se concentrer sur ce qu'il y avait de mieux pour sa fille. Tous les deux, ils avaient trouvé un rythme qui fonctionnait, visiblement. Puisqu'il pouvait arriver plus tard au travail, comme la boutique n'avait pas des horaires dignes de la plupart des entreprises fonctionnant de neuf heures à dix-sept heures, il se réveillait tous les matins avec sa petite fille et la préparait pour la maternelle. Ensuite, il l'accompagnait là-bas avant de rentrer chez lui pour voir si Adrienne avait besoin de covoiturage ce jour-là. Ses parents allaient parfois chercher Daisy à l'école et ils adoraient passer du temps avec leur petite-fille, maintenant.

Et même si cela inquiétait légèrement Mace, le rôle d'Adrienne dans la vie de l'enfant avait également changé. Sa fille s'était rapidement liée à l'autre femme de sa vie, avant même que les changements dans *leur* relation se produisent. Sa meilleure amie venait chez lui autant maintenant qu'auparavant. Cela signifiait qu'elle passait énormément de temps avec Daisy, et la petite fille s'assurait toujours que son père dise bonjour de sa part quand il envoyait des messages à Adrienne. Il savait que la jeune femme faisait de son mieux pour que la petite ne change pas sa façon de la percevoir. Il lui en était reconnaissant. Il y avait une différence entre faire de leur relation un vrai couple, et modifier la manière dont elle était vue au travers des yeux de Daisy.

Et après tout ça, il avait le sentiment qu'il gagnerait

probablement le prix du meilleur cercle vicieux de pensées alambiquées pour la journée.

Sa sœur, Violet, arriverait bientôt chez lui pour surveiller Daisy afin qu'Adrienne et lui puissent avoir leur premier rencard officiel. Il n'arrivait toujours pas à croire que tous les deux, ils n'avaient pas encore eu de véritables rencards. Oui, ils mangeaient ensemble et se voyaient tous les jours, entre le boulot et leurs ébats, mais il ne s'était pas comporté comme l'homme qu'il avait toujours cru être en l'invitant à un rendez-vous en public. Ce soir, ils allaient rectifier cela. Il n'ignorait pas que c'était *elle*, qui l'avait invité, plutôt que l'inverse. C'était elle, qui avait dit qu'elle ne s'était pas envoyée en l'air depuis plus d'un an et qu'elle le trouvait canon, ce qui les avait donc menés à coucher ensemble, la première fois. Et même si c'était lui, qui avait affirmé à plusieurs reprises qu'il ne souhaitait pas risquer leur amitié, c'était *elle* qui avait lancé qu'ils devaient discuter des détails et de ce qu'ils voulaient l'un de l'autre.

Il ne l'avait pas traité comme il l'aurait dû. Il savait qu'il allait devoir se rattraper. Elle méritait bien mieux que du sexe torride lors de soirées solitaires ou dans des placards à balais quand ils pensaient que personne ne les voyait. Maintenant que le monde entier avait plus ou moins découvert leur rapprochement, c'était à eux de faire en sorte que ça fonctionne ou de s'éloigner et de redevenir qui ils étaient auparavant, afin de ne rien gâcher.

Alors, ce soir, il serait l'homme qu'il aurait dû être depuis le début et il la traiterait comme la femme qu'elle était. Elle, qui méritait d'être chérie et chouchoutée. Et, oui, il voulait aussi la baiser ardemment jusqu'à lui faire oublier son nom, mais le truc, c'était qu'il savait qu'elle souhaitait la même chose. Il était même intéressé par cette histoire de *Monsieur* et *Madame, puis-je* ? que sa sœur avait apparemment évoquée. Et pendant qu'ils testeraient tout ça, il ferait de son mieux pour ne pas penser à Roxie et à Carter et aux idées que ceux-ci pouvaient mettre à exécution dans la chambre à coucher.

Daisy entra dans sa chambre au moment où il finissait de boutonner sa chemise. Il ne porterait pas de cravate ni de veste de costume, puisqu'ils n'allaient pas dans un restaurant chic, ce soir, mais il voulait tout de même avoir meilleure allure que dans son T-shirt débraillé et son jean troué.

— Qu'y a-t-il, ma puce ? s'enquit-il en se tournant vers elle.

— Tante Adrienne et toi, vous allez bientôt dîner ? demanda la petite.

Il lui avait expliqué qu'Addi et lui allaient manger un morceau, mais il n'avait pas été trop spécifique puisqu'il n'était pas prêt à dire à sa fille qu'ils sortaient ensemble.

Puisqu'*ils* sortaient ensemble. Plus question de tourner autour du pot, même si cela lui donnait à nouveau l'impression d'être un adolescent.

— Oui. Tante Violet devrait être ici dans une vingtaine de minutes, puis Addi et moi sortirons. Ça te va ?

Il ne voulait pas être l'un de ces parents qui laissaient

leur enfant dicter sa vie, mais il ne voulait pas non plus changer les choses trop rapidement alors qu'elle commençait tout juste à trouver son équilibre.

Sa petite fille acquiesça d'un air solennel.

— Tante Sienna dit que même les papas ont besoin de temps avec les femmes qu'ils aiment. Tu aimes tante Addi ?

Il allait tuer sa sœur. Oui, elle avait probablement été mise dans une situation gênante quand Daisy lui avait posé une question sur son rencard avec Addi, mais un petit avertissement au préalable aurait été agréable.

— Oui.

Il s'agenouilla devant sa fille et lui tapota le nez, ce qui la fit glousser.

— C'est ma meilleure amie.

— Comme Sarah, ma meilleure amie à l'école ? Mais c'est une fille comme tante Addi.

Il avait remarqué qu'elle avait commencé à l'appeler Addi au lieu d'Adrienne, très souvent, et même s'il savait qu'il fallait se montrer prudent, il appréciait.

— Oui, c'est pareil. Et tu peux être meilleure amie avec les garçons, aussi.

Il ne souhaitait pas être un père du genre idiot sexiste, mais il n'avait pas vraiment hâte non plus qu'elle grandisse et commence à avoir des rencards — avec des personnes de n'importe quel sexe.

— Je sais. Roland est un de mes amis aussi. Mais c'est pas mon meilleur ami. Maintenant, je vis ici, il vit pas loin non plus et ça veut dire que peut-être, il va être mon meilleur ami bientôt. Je sais pas encore. Je vais voir.

Mace retint un sourire en entendant ces mots, avant d'ouvrir ses bras pour l'enlacer. Elle enroula fermement les siens autour de son cou et serra. Il se leva afin de la porter jusqu'au salon. Ce fut à ce moment-là qu'il remarqua un appel manqué de Violet, puisqu'il ne s'était pas rendu compte qu'il avait laissé son téléphone dans le salon.

Elle avait laissé un message, mais quand il l'écouta, il ne put pas entendre grand-chose puisqu'il s'agissait surtout de parasites. Inquiet, il l'appela et fut soulagé lorsqu'elle répondit à la seconde sonnerie.

— Je suis vraiment désolée. Tu as eu mon message ?

Elle parlait rapidement, et heureusement, cette fois-ci, il n'y avait pas de friture sur la ligne.

— Oui, mais je n'ai pas entendu ce que tu as dit. Que se passe-t-il ? Tu es en route ?

Elle devrait être partie depuis un petit bout de temps si elle voulait arriver à l'heure, et le fait qu'elle l'appelait n'augurait rien de bon, selon lui.

— Bon sang, je savais qu'il y avait un problème avec mon téléphone. Il faut que je m'en achète un nouveau. Bref, j'étais à mi-chemin quand il y a eu un problème au travail. J'ai dû y retourner. J'ai essayé d'appeler, mais je n'ai pas pu te joindre. Alors j'ai appelé maman et papa, mais ils sont en rencard, à environ une heure d'ici, donc c'est génial pour eux, mais là, ça craint. J'ai appelé Sienna, mais elle n'a pas répondu. Elle m'a juste envoyé un SMS pour me dire qu'elle avait enfin un rencard, mais qu'elle annulerait immédiatement pour venir surveiller Daisy si tu avais besoin d'elle. Je ne sais pas vraiment quoi lui dire et maintenant, elle attend mon appel. Enfin, plutôt mon message, parce qu'elle a dit de ne pas l'appeler. Tu peux imaginer de quel genre de rencard il s'agit.

Mace se pinça l'arête du nez. Quand Violet devenait anxieuse, elle radotait, mais le fait qu'elle ait accompli tout cela après l'avoir contacté une seule fois sans penser au téléphone fixe signifiait qu'elle était vraiment désolée de ne pas pouvoir venir s'occuper de Daisy.

— Ce n'est pas grave. Je vais trouver une solution. Merci d'avoir essayé, et bon sang, merci d'avoir fait tant d'efforts pour me permettre de sortir ce soir.

— Je suis *vraiment* désolée. Évidemment que je faisais de mon mieux pour toi. C'est un rencard entre toi et *Adrienne*. C'est, genre, super important.

Il secoua la tête, ravi qu'elle ne puisse voir son sourire.

— Ce n'est qu'un rencard. Arrête de paniquer.

— Je panique si je veux. Bon, je dois y aller, mais sache que je suis désolée. Et va faire un gros câlin à ta petite fille parce que je vais louper notre soirée pyjama !

Ils se dirent au revoir et il raccrocha, se demandant ce qu'il allait faire. Sa sonnette résonna ensuite et il comprit qu'il n'avait plus le temps. Adrienne avait dit qu'elle passerait le prendre puisque le rencard était son idée. Comme il aimait la faire sourire, il avait accepté.

Mais désormais, elle était là et soit il devrait totalement

annuler leur rencard, soit il devrait trouver une façon de faire fonctionner tout cela avec sa fille de quatre ans dans la pièce.

Ça ne se passait tellement pas comme prévu.

Cependant, lorsqu'il ouvrit la porte, il fut bouche bée et se retrouva incapable de parler en voyant Addi en collants sous une robe noire moulante et un manteau blanc. Il devrait lui demander plus tard comme elle avait réussi à ne pas glisser sur le verglas avec ces chaussures.

— Salut, toi, déclara-t-elle en claquant des dents. Je n'ai pas vraiment pensé à la quantité de peau qu'on voyait vraiment au travers d'un collant fin.

Il l'attira à l'intérieur et l'embrassa sur la tempe, fermant la porte derrière elle pour ne pas laisser sortir toute la chaleur.

— Tu es... eh bien... dès que je trouverai des mots adéquats pour te décrire, je te les dirai.

Elle lui lança un sourire radieux, mais n'enleva pas son manteau. Il n'était pas sûr de savoir s'il devait prendre la peine de le lui retirer puisqu'il essayait déjà d'évoquer la suite de la soirée qui partait désormais à vau-l'eau.

— Eh bien, c'est la meilleure façon de dire bonjour.

— Alors... il y a un léger changement de plan, déclara-t-il en grimaçant.

Daisy courut vers Adrienne à ce moment-là et se jeta contre ses jambes. Addi manqua de tomber de ses talons, mais il l'agrippa fermement contre lui et tous les trois formèrent un beau trio.

— Fais attention, Daisy, l'avertit Mace.

Addi se contenta de rire.

— Tu es comme ma nièce, Livvy. Elle a failli me faire tomber hier pendant un dîner de famille.

— Livvy a trois ans, c'est ça ? Elle est plus jeune que moi, mais juste un peu.

Daisy leva les yeux vers Addi, avec des étoiles dans le regard, et quelque chose s'alluma en Mace. Il n'était pas certain de savoir ce que c'était ou s'il était capable de le nommer, mais il savait qu'il devait en prendre conscience.

— Oui. Elle est juste un peu plus jeune que toi.

Adrienne jeta un rapide coup d'œil à Mace avant de baisser une nouvelle fois les yeux vers Daisy.

— Peut-être qu'un jour tu la rencontreras, puisque je pense que toutes les deux, vous vous entendriez bien.

— On peut, papa ? Je peux rencontrer Livvy ?

Addi grimaça. Néanmoins, Mace se contenta d'acquiescer.

— Bien sûr. On va essayer d'organiser ça.

Il se pencha et effleura la tempe d'Addi avec ses lèvres tandis que Daisy tournait en rond dans le salon tant elle était enthousiaste. Il plaça ensuite sa bouche au niveau de l'oreille de son amante pour chuchoter :

— Arrête de stresser. Tu fais partie de ma vie. Tu fais partie de la sienne. Même si nous ne sommes qu'amis. D'accord ?

Les épaules de la jeune femme se détendirent visiblement et il détestait qu'elle éprouve tout cela. Toutefois, ils étaient tous les deux engagés sur ce chemin, et d'une façon ou d'une autre, ils trouveraient un moyen d'y arriver.

— Mais j'ai de mauvaises nouvelles, poursuivit-il. Daisy, chérie, viens ici un moment et arrête de t'étourdir.

Elle cligna des yeux, tituba légèrement, puis se précipita vers lui.

— Daisy Tourdie ?

Addie rit et passa une main dans les cheveux de la petite.

— Daisy Tourdie, on dirait le nom d'un *Petit Poney*.

— Ce serait mon préféré s'il existait, déclara honnêtement Daisy.

Les adultes rirent de bon cœur avec elle.

— Comme je le disais, j'ai de mauvaises nouvelles.

Il s'éclaircit la gorge alors que les deux filles le regardaient.

— Violet est partie au travail et le reste de la famille est sortie ce soir. Ce qui signifie que notre rendez-vous sera peut-être un peu différent. Pas annulé, mais différent.

Le regard d'Addie parut déçu pendant une fraction de seconde, puis elle sourit.

— Alors tu veux dire qu'on va passer du temps avec ce petit ravioli pour le dîner ?

Elle serra Daisy contre elle et la petite gloussa.

— Je suis pas un ravioli !

— Tu es douce et mignonne comme un ravioli, la taquina Addi. Et j'*adore* ça. Alors, Mace, qu'est-ce que tu avais en tête ?

Il observa la robe sacrément sexy en passant une main sur sa tête. Il se disait qu'il aurait carrément aimé qu'ils puissent avoir le rencard qu'ils souhaitaient, mais il devinait qu'ils feraient avec.

— On commande ?

— Addi leva les yeux au ciel.

— Oh, je ne crois pas. Je suis sûre que tu as du prosciutto, de la pancetta, du parmesan et de quoi faire de la sauce à la tomate dans tes placards et ton frigo. N'ai-je pas raison ?

— Bien sûr. Je suis un quart italien, ce qui signifie que de temps en temps, je fais semblant de savoir cuisiner.

— D'accord, alors. Et si on se mettait au boulot ensemble pour préparer un plat délicieux ? Tu as déjà mangé, Daisy ?

La petite acquiesça.

— Mais j'aime « l'autre-bacon ».

Elle n'arrivait pas à prononcer prosciutto ou pancetta, donc ils devaient les appeler « l'autre-bacon ».

— Peut-être qu'on t'en gardera un petit peu, déclara Mace.

Il prit sa fille dans les bras et la renversa. Elle rit et s'agita, ce qui obligea son père à s'accrocher un peu plus pour ne pas la laisser tomber. Addie s'esclaffa avec eux avant de retirer ses chaussures et son manteau. Elle sortit un léger gilet de l'une de ses poches et le glissa par-dessus sa robe sacrément sexy. Mace regretterait pour toujours de ne pas pouvoir la regarder dans cette robe, mais il était ravi qu'elle paraisse un peu plus à l'aise chez lui.

Alors qu'il reposait la petite, sa meilleure amie lui prit la main et les guida pour commencer à préparer le dîner. Bientôt, ils rirent aux larmes tout en mangeant de la bonne nourriture. Ils lancèrent ensuite un film adapté aux enfants jusqu'à ce que Daisy s'endorme.

Alors qu'il croisait le regard d'Addi, il sut que même si leur rencard n'avait pas été exactement ce qu'ils souhaitaient, peut-être qu'il s'était agi exactement de ce dont ils avaient eu besoin. Cependant, il ignorait totalement ce que cela signifiait. Il avait seulement conscience que l'avoir dans sa vie, c'était l'impliquer dans *tous* les aspects de son existence. Il espérait simplement que si, pour une raison ou une autre, cela ne fonctionnait pas ou qu'ils décidaient que les dangers étaient bien trop grands, il ne leur ferait pas de mal, à toutes les deux. Parce que sa petite fille avait déjà traversé suffisamment de choses et même s'il voulait faire passer sa relation avec Adrienne en premier, il savait qu'il en était incapable. Mais parce qu'elle était qui elle était, il savait qu'elle comprendrait... qu'elle *comprenait*.

Il espérait que lui aussi, comprenait réellement.

Treize

ADRIENNE VOULAIT VRAIMENT AVANCER et se mettre au boulot, mais elle avait la sensation que cela n'arriverait pas à cause de la migraine qu'elle avait déjà chez elle. Elle avait déjà dû gérer un robinet qui fuyait, un broyeur à déchets bouché, et un petit orteil sûrement cassé à cause du bord du lit. Et toute personne saine d'esprit savait qu'il n'existait pas pire douleur que de cogner son petit orteil contre un meuble quelconque. Elle avait laissé échapper immédiatement une longue série de jurons et tout s'était empiré depuis.

Désormais, elle avait vingt minutes de retard et devait changer de haut puisqu'elle avait renversé son café sur le sien. Heureusement, c'était du café froid puisqu'elle avait été si occupée à gérer les problèmes du quotidien qu'elle n'avait pas eu l'occasion de le boire quand il était encore chaud. Elle pouvait s'estimer heureuse.

Elle avait déjà dû envoyer un message à Mace pour lui dire de partir au travail sans elle pour qu'au moins un d'eux soit à l'heure. Shep avait ouvert, mais il ne pouvait s'occuper de toute la boutique seul quand ils avaient tous des rendez-vous prévus. Ryan était en repos, ce jour-là, mais il avait dit qu'il passerait pendant les heures creuses pour dessiner, comme il ne pouvait pas le faire chez lui. Elle ne lui avait pas posé de questions à ce sujet, et franchement, elle serait ravie de l'avoir près de lui. Le salon de tatouage dégageait beaucoup plus d'énergie quand ils travaillaient en groupe.

Cependant, cela signifiait qu'elle devait être de meilleure humeur avant d'aller travailler. Parce que non seulement elle avait trois rendez-vous prévus ce jour-là, mais elle avait également un client pour un piercing au nez. Donc, maintenant que sa journée était bien remplie, elle espérait tout bonnement qu'elle pourrait assurer.

Sachant qu'elle devait se remuer, elle changea de haut, redressa les épaules et se dit qu'elle était adulte, donc qu'elle pouvait y arriver, peu importait son petit orteil qui la faisait souffrir.

Et avec tout ça, elle devait également faire de son mieux pour penser à la direction que prenait sa relation avec Mace. Cela ne ferait qu'aggraver sa migraine et elle n'avait vraiment pas le temps pour ça aujourd'hui. Elle ne tombait pas seulement amoureuse de lui. Elle était tombée éperdument amoureuse de cet homme. Et étant donné la façon dont il l'avait prévenu quand ils n'avaient pas eu leur rencard, la manière dont il l'avait incluse dans sa soirée avec Daisy, elle avait eu le sentiment que les choses avaient changé une nouvelle fois. Et même si elle était toujours nerveuse, c'était à cause d'une anxiété enthousiasmante.

Néanmoins, elle devrait repousser tout cela au fond de son esprit pour se remettre au travail. Elle était une foutue adulte qui possédait une boutique et elle devait se mettre au travail. Elle détestait l'idée d'être en retard, mais parfois, la vie se mettait en travers de notre chemin.

Elle prit alors l'autoroute pour se rendre à AMI et se gara sur le parking à côté du pick-up de Mace. Les cheveux sur sa nuque se hérissèrent et lorsqu'elle leva les yeux vers la vitrine, elle s'exclama.

Shep et Mace étaient devant la boutique, les mains sur les hanches alors qu'ils regardaient la devanture du bâtiment.

Où quelqu'un avait brisé l'enseigne d'Aussi Montgomery Ink.

Le cœur d'Adrienne souffrit et ses mains commencèrent à trembler alors qu'elle comprenait physiquement ce que quelqu'un avait essayé de faire subir à son salon, sa deuxième maison : le briser et son cœur avec.

Méthodiquement, morceau par morceau, quelqu'un tentait de détruire ce en quoi elle avait mis tant de vie, d'énergie, d'argent et d'âme. Quelqu'un avait écrit des mots haineux à l'endroit où tout le monde pouvait les voir. Cette personne s'était fichue de savoir que des enfants pouvaient passer à côté et les lire, et que des parents allaient être obligés d'avoir des conversations pour lesquelles ils n'étaient pas prêts. Parce qu'il n'y avait pas seulement eu des injures, mais des choses horribles, vraiment horribles qu'aucune femme ne devrait jamais voir. Et désormais, il y avait ça... Dans l'esprit des parents, son salon de tatouage ferait partie des sujets délicats à aborder. Et elle ne pouvait leur en vouloir.

Ils se trouvaient dans une communauté respectée et centrée sur la famille. Entre les nouvelles rumeurs de drogues et d'insalubrité ainsi que la destruction de la propriété, elle n'était pas sûre que sa réputation, sa famille et son âme puissent prendre encore beaucoup de coups.

— Tu vaux mieux que ça, Adrienne Montgomery.

Sa voix emplit la voiture et elle prit une profonde inspiration, sachant qu'elle devait encaisser la souffrance qui la rongeait actuellement pour enfiler sa casquette de patronne.

Quand était-elle passée d'une femme qui réagissait dans l'immédiat à une autre qui avait besoin d'un moment pour accepter le deuil de ce qu'elle pourrait perdre ? Elle en avait assez. Assez.

Elle sortit de la voiture, claquant la portière derrière elle, et avança vers la boutique. Après un second coup d'œil, elle se rendit compte que les dégâts n'étaient pas aussi importants qu'elle l'avait craint au début. À moins qu'on rive directement son regard sur l'enseigne et les débris tombés par terre, on ne pouvait pas vraiment constater que quelqu'un avait essayé d'abîmer son salon.

Mais elle, elle le savait et c'était la foutue goutte d'eau qui faisait déborder le vase.

Abby sortit à ce moment-là de son salon de thé, avec un plateau surmonté de gobelets très probablement remplis de thé chaud et délicieux.

— Adrienne, je suis tellement désolée.

En entendant la voix d'Abby, les deux hommes se tenant devant AMI pivotèrent pour la regarder. Leurs visages trahissaient un mélange de colère et de frustration, mais ils ne dirent rien à Adrienne dans l'immédiat. Elle n'était pas certaine de savoir ce qu'elle pouvait annoncer, à part des injures et d'autres choses qu'elle ne devrait pas déclamer à voix haute.

— Que s'est-il passé ? demanda-t-elle en arrivant au niveau du groupe.

Abby tendit un thé à tout le monde. Même si Adrienne ne voulait rien mettre dans son estomac pour le moment et n'était même pas sûre de pouvoir tout gérer, elle prit gracieusement le gobelet. Alors qu'elle regardait vers la gauche avant que quiconque ne puisse répondre, elle vit sa sœur avancer à vive allure dans leur direction. Son manteau n'était pas boutonné, elle avait de la farine dans les cheveux et elle se sentait visiblement comme Adrienne : comme si elle était prête à botter des fesses et à insulter du monde.

Ou, du moins, la tatoueuse voulait se sentir ainsi. Elle devrait juste attendre de voir si cela se produisait.

— On était à l'intérieur, on se préparait pour la

journée puisque nos rendez-vous n'arrivent pas avant quinze minutes encore, commença Shep. On a entendu un grand bruit et tout le bâtiment a tremblé. On n'avait pas encore installé les caméras, sinon on aurait pu voir qui a lancé quelque chose sur la devanture. Elles ne seront pas activées avant demain, parce qu'elles étaient en cours de réapprovisionnement et que l'assurance ne voulait pas nous donner l'autorisation d'en acheter d'autres.

— Quelqu'un est blessé ? s'enquit Adrienne en essayant de digérer toute la situation.

Les deux hommes secouèrent la tête.

— Alors, ça signifie que quelqu'un a jeté un objet sur le panneau en pleine journée quand tout le monde travaille ? C'est quoi cette audace ?

Elle leva les mains et grogna.

— Si je n'avais pas mis tout ce que je possédais dans cette boutique, je dirais merde, allons trouver un autre endroit. Mais qu'est-ce qui ne va pas chez ces gens ? Pourquoi ils ne peuvent pas nous laisser vivre et travailler en paix ?

Elle ne s'était pas rendu compte qu'elle criait jusqu'à ce que Mace passe une main derrière sa tête et colle leur front l'un contre l'autre.

— Respire, Addi. On a appelé la police et elle est en chemin. On ne va pas laisser ce voyou, cette ordure qui pense qu'il a tous les droits s'en sortir. On ne va pas le laisser gagner. Les flics vont devoir prendre cette histoire au sérieux et faire une enquête pour découvrir qui en a après AMI. Parce que ce n'est plus seulement quelques coïncidences. Ça va au-delà du vandalisme et des actes mesquins. Quelqu'un aurait pu être blessé. J'ai failli emmener Daisy à la boutique et elle aurait pu être en train de s'amuser devant la vitrine quand ils nous ont jeté ça. On va découvrir ce qu'il se passe. On va tout découvrir. On n'abandonne pas, Addi. Tu sais aussi bien que moi que les Knight et les Montgomery n'abandonnent jamais.

Il l'embrassa sur les lèvres, devant son frère, sa sœur et leur nouvelle amie.

Thea applaudit étrangement avant d'agir comme si elle était en colère et croisa les bras sur sa poitrine. Abby sourit comme si elle n'avait jamais rien vu d'aussi mignon. Shep, de son côté, n'avait pas l'air surpris du tout. Apparemment, Shea ou quelqu'un d'autre, avait déjà vendu la mèche et honnêtement, Adrienne s'en moquait à ce moment-là. Ils devaient s'inquiéter de choses bien plus importantes avant de se demander qui savait déjà que Mace et elle étaient ensemble. Leur première préoccupation devait être les deux policiers qui étaient en train de se garer sur le parking. Et étant donné qu'elle les avait déjà vus avant pour l'incident du graffiti, elle avait le sentiment que les choses pouvaient être différentes cette fois-ci. Du moins, elle espérait sacrément qu'ils se comporteraient différemment.

Adrienne s'éloigna de Mace, non pas à cause des regards qu'on pourrait leur lancer, mais parce qu'elle devait rester calme et professionnelle si elle souhaitait obtenir des réponses sur la personne qui pensait pouvoir détruire sa propriété et chercher des noises à AMI. Ce qu'il y avait de plus triste, c'était qu'elle avait déjà le numéro de son assurance dans son journal d'appels récents lorsqu'elle tenta de la joindre après le départ de la police. Le fait qu'elle en soit presque à appeler son conseiller par son prénom ne faisait que la mettre davantage en colère. Et elle avait déjà le sentiment que sans un véritable rapport policier ou une vraie réponse quant à la raison pour laquelle cela se produisait, les tarifs allaient augmenter. Elle ne savait pas combien de temps il lui faudrait pour remplacer l'enseigne. Elle avait aimé ce fichu néon, elle l'avait créé avec son frère et ses cousins pour imiter celui de la boutique originale à Denver, mais avec une touche d'originalité qui dévoilait un aspect de la famille de Colorado Springs. Ce n'était pas comme s'ils ne pouvaient pas simplement demander à l'entreprise d'en fabriquer une autre en utilisant le même design, mais là n'était pas la question. C'était le principe. Le principe de tout ce qu'il se passait.

Lorsque la police partit et que son frère et elle purent joindre le conseiller de leur compagnie d'assurance, les débris avaient déjà été balayés sur le trottoir pour que les clients puissent facilement passer à côté du salon et y entrer. Leurs fidèles qui avaient déjà des rendez-vous pour la journée arrivèrent, prêts pour leur tatouage, même avec les dégâts devant le bâtiment. Ils se moquaient que l'endroit ne soit pas aussi beau qu'il aurait dû l'être. Ils ne se préoccupaient que de ceux qui travaillaient à l'intérieur et du travail qu'ils fournissaient. Le truc, c'était qu'Adrienne savait que ce ne serait pas le cas pour tout le monde. Beaucoup de leurs nouveaux clients étaient des gens voyant leur enseigne — quand elle était entière — depuis le boulevard North Academy et décidant d'entrer pour voir ce qu'ils pouvaient obtenir au salon ou prendre des rendez-vous après les avoir vus travailler. Adrienne et Shep ne devraient pas se reposer sur cette partie de leur plan de développement avant un long moment.

Pour l'instant, elle savait qu'ils commençaient déjà à perdre de l'argent à cause de tout ce qui s'était produit. Et même s'ils n'étaient pas dans le rouge et n'avaient pas de problèmes financiers, cela l'obligeait à repenser son plan sur cinq ans concernant la boutique en général.

— Pourquoi on dirait que tu es prête à te taper la tête contre le mur ou à frapper la prochaine personne qui arrivera derrière toi ? Je t'informe que je suis à un bon bras de toi, juste au cas où tu déciderais de choisir la seconde option.

La voix de Mace tira Adrienne de sa rêverie et elle se retourna, voyant qu'il la scrutait. Elle devina que son client devait prendre une pause, puisqu'il travaillait sans arrêt depuis qu'ils avaient nettoyé les dégâts, dehors. Ryan était même venu les aider à mettre une bâche sur l'enseigne une fois que leur assurance les eut autorisés à le faire. En ce moment même, il dessinait un panneau temporaire pour qu'ils l'accrochent par-dessus. Ils savaient tous que ça ne durerait pas longtemps, puisque c'était l'hiver dans le Colorado et qu'il y aurait forcément de la neige. Mais pour le moment, tout le monde jouait son rôle et essayait d'agir comme si tout allait bien actuellement et que tout irait bien plus tard. Toutefois, d'après le regard des policiers quand l'équipe leur avait expliqué ce qu'il s'était passé, elle n'était pas convaincue que ce soit le cas. Du moins, pas pour le moment. Ils n'avaient pas de réponses, seulement plus de problèmes. Et cela la dérangeait vraiment d'avoir l'impression de ne contrôler aucunement la situation.

— Addi ?

— Je déteste ça. Sérieusement, je déteste ça. Et je sais que partir dans un accès de rage et dire que je hais la situation ne fait rien à part agacer tout le monde et me mettre encore plus en rogne. Je suis juste tellement frustrée.

Elle continuait de parler à voix basse puisqu'elle ne voulait pas que les deux clients présents l'entendent se plaindre, mais elle savait qu'elle devait simplement se reprendre et se calmer. Son cœur n'avait pas arrêté de tambouriner depuis qu'elle s'était garée sur le parking et le fait qu'elle ait l'impression de ne pas pouvoir arranger la situation exacerbait tout.

Mace acquiesça, passant une main sur sa joue.

— Je comprends, Addi. Je n'ai pas non plus aimé la tête des flics quand ils sont partis. Mais on ne va pas abandonner.

Shep arriva pour enlacer sa sœur.

— On fait toujours ce qu'on aime, petite sœur. Et ça compte beaucoup plus qu'on ne l'imagine, parfois.

Ryan arriva alors pour combler leur cercle.

— On est une équipe, tu te souviens ? Que ces mecs aillent se faire foutre s'ils imaginent pouvoir nous atteindre.

Adrienne ne put s'empêcher de rire à cause du ton de Ryan. Il venait juste de lui crier dessus et même si elle voyait toujours l'inquiétude dans son regard, avec ces mecs autour d'elle, elle avait le sentiment qu'ils pouvaient tout accomplir.

— On ne va pas laisser ces gens nous arrêter. On va réfléchir à la personne que ça peut être et on va le faire payer.

Elle grimaça.

— Enfin, vous savez, légalement. Pas comme des pirates.

Mace sourit.

— Tu sais, j'aime bien t'imaginer en pirate.

Shep grogna tandis que Ryan riait.

— Ce n'est pas parce que ça ne me dérange pas que vous sortiez ensemble que j'ai besoin de le voir, de l'entendre ou de penser à ce que tu veux dire par là et... Mon Dieu, je n'ai même pas envie de continuer sur ce terrain.

Mace rit tandis qu'Adrienne secouait la tête.

— On ne va pas marcher sur la planche.

Elle ferma les yeux, laissant échapper un grognement.

— D'accord, maintenant qu'on plaisante à propos

du... sujet quelconque sur lequel on blague, j'imagine que ça veut dire que tout va bien pour nous ?

— On ne va pas abandonner, si c'est ce que tu veux dire, répondit Ryan.

— Oh que non, on ne va pas abandonner, déclara Shep en fronçant les sourcils. On va trouver une solution et continuer à faire de bons tatouages pendant ce temps-là.

— Ça me va, répondit Mace. On ne va pas abandonner. On ne va pas les laisser gagner. Mais on doit réfléchir prudemment à tout ça. Et en parlant de tatouage, mon client est de retour, donc je devrais retourner à mon poste.

Elle se pencha contre lui lorsqu'il l'enlaça et ne put s'empêcher de remarquer la façon dont son frère plissa les yeux alors même que ses lèvres se tordaient dans un sourire.

— Merci, leur dit-elle à tous. J'avais besoin qu'on me ramasse à la petite cuillère.

— On ne laisse personne dans la misère, répondit Ryan. On est ensemble.

Shep repartit à son poste de travail tandis que Ryan recommençait à travailler sur la pancarte temporaire. Adrienne devait se remettre au travail également, puisque son client serait là dans une dizaine de minutes. Elle devait juste se sortir de cet état d'esprit pour devenir la Montgomery qu'elle était.

Mace, d'un autre côté, l'enlaça à nouveau avant de se pencher pour lui chuchoter :

— Viens dîner avec nous ce soir. Je pense qu'on

pourrait juste profiter d'un moment avec de la bonne nourriture et un peu de détente. Qu'est-ce que tu en dis ?

Elle ne put s'empêcher de sourire à cause de sa déclaration alors qu'elle reculait pour regarder son visage. Le fait qu'il l'invitait à passer du temps avec Daisy et lui était... quelque chose. Elle ne pouvait l'expliquer, mais elle savait que ce n'était pas simplement parce qu'il était son ami. C'était parce qu'elle faisait partie *d'eux*.

Oui, elle était totalement amoureuse de Mace Knight, et pour la première fois, elle pensait que peut-être, juste peut-être, tout irait bien.

— Ça m'a l'air parfait.

— Bien.

Il l'embrassa sur le sommet du crâne avant de repartir à son poste de travail où son client se réinstallait dans le fauteuil.

Adrienne laissa échapper une inspiration profonde avant de rouler les épaules en arrière et de se remettre au travail. Tout cela n'était qu'un obstacle, quelque chose sur son chemin qu'elle éliminerait quand elle le pourrait.

— Tante Addi !

Daisy courut pour enlacer ses jambes. Adrienne rit, cette fois-ci bien plus préparée pour cette torpille d'énergie et d'amour.

— Tu es là !

— Pourquoi on ne baisserait pas d'un décibel ou deux, Daisy ? Je pense que les voisins peuvent t'entendre d'ici.

Mace avait fait entrer Adrienne et se tenait désormais à ses côtés, un sourire sur le visage derrière sa barbe grandissante. Il ne s'était pas rasé tous les jours, comme il le faisait habituellement et Adrienne se disait que c'était donc sa barbe d'hiver. Puisqu'il l'enduisait tous les soirs d'huile de noix de coco, la sensation était paradisiaque lorsqu'il était entre les jambes de la jeune femme, les poils frottant contre l'intérieur de ses cuisses.

Il fallait qu'elle arrête de penser à cela immédiatement.

— D'accord, papa.

Daisy rebondit plutôt et attira Adrienne dans le salon.

— Papa a fait du crumble de poulet pour le dîner. Et il a acheté le pain qui croustille. Tu manges avec nous ce soir.

Adrienne jeta un coup d'œil à Mace avant de sourire.

— Du crumble de poulet ?

— C'est du poulet, avec des champignons et des brocolis, le tout mélangé dans un bouillon de volaille maison, avec de la chapelure dessus. C'était dans le livre de recettes saines de ma mère quand j'étais petit, et c'était un des plats qu'elle préférait préparer. On n'a plus de livres de cuisine, mais on a cette recette. Je ne t'ai pas demandé ce que tu voulais pour le dîner, mais je me suis dit que puisque je voulais préparer ça et que je sais ce que tu aimes, ça concorderait bien.

Elle sourit.

— Je me souviens de cette recette. Ta mère en a préparé un pour nous un jour, quand on est allé dîner chez toi, et ça faisait longtemps que tous les deux, on n'avait pas mangé autre chose que des haricots verts en boîte. Ne te méprends pas, j'aime bien les haricots verts en conserve avec un peu de sel et de poivre cuisinés au micro-ondes, mais je n'ai plus dix-neuf ans, non plus.

— Merci mon Dieu, déclara Mace en souriant. Tu veux boire quelque chose ?

— Je peux me servir.

Mace secoua la tête et baissa les yeux vers Daisy qui tenait la main d'Adrienne.

— Je gère. Du vin blanc, ça te va ?

— Parfait.

Mace alla chercher sa boisson et elle s'assit à côté de Daisy sur le canapé. La petite fille lui raconta toute sa journée, puisqu'elle avait passé l'après-midi avec sa grand-mère et son grand-père. Elle conclut en disant qu'elle adorait passer du temps avec eux. Après tout ce que les Knight avaient traversé en ce qui concernait la garde de Daisy, Adrienne serait éternellement ravie qu'ils passent du temps avec cette précieuse petite fille. Elle-même avait plus d'opportunités pour apprendre à connaître Daisy et elle était encore plus tombée sous son charme que lorsqu'elle avait tenu le petit bébé hurlant dans sa couverture toute douce. Jeaniene n'avait jamais été très contente qu'Adrienne fasse partie de la vie de Daisy, mais puisque cette femme avait pratiquement abandonné sa fille pour une prétendue promotion qui finirait par *tous les aider à la fin*, Adrienne se foutait totalement de savoir ce que l'autre femme pensait. Ce n'était probablement pas la meilleure façon de songer à l'ex de Mace, mais avec tout ce qu'il se passait, elle ne s'en préoccupait pas vraiment. Elle s'en soucierait plus tard, quand elle ne serait pas assise dans le salon de son meilleur-ami-slash-amant, à parler à cette adorable petite fille, avant de manger ce qui serait un repas vraiment délicieux.

Lorsqu'ils eurent mangé et se furent installés sur le canapé pour regarder encore une fois *Raiponce*, elle était rassasiée, réchauffée, heureuse et comparait encore une fois Mace à Flynn Ryder. Elle ne pouvait s'en empêcher. Elle avait un coup de cœur féroce pour le personnage de Disney et Mace allait devoir l'accepter ainsi. Avec ses personnages imaginaires et tout le toutim.

— Reste, chuchota Mace par-dessus une Daisy endormie entre eux.

Adrienne écarquilla les yeux en le scrutant. Même s'ils étaient ensemble depuis un mois, désormais, et qu'ils discutaient déjà de ce qu'ils allaient faire pour Thanksgiving ainsi que le reste des vacances, ils n'avaient jamais vraiment dormi une nuit entière dans le même lit à cause de Daisy. Addi était encore moins restée chez lui quand sa fille était sous le même toit. Elle n'était pas sûre de savoir ce que cela signifiait sur le long terme, mais une fois encore, elle avait conscience que c'était une étape.

Lorsqu'elle acquiesça et qu'il sourit, elle se pencha au-dessus de la petite endormie pour l'embrasser sur les lèvres.

Plus tard cette nuit-là, ils s'endormirent, emmêlés sous les draps froids et une couverture en flanelle bien chaude. Ils ne couchèrent pas ensemble, et il dormit dans son pyjama ordinaire tandis qu'elle avait enfilé un de ses vieux T-shirts. Néanmoins, c'était singulièrement la soirée la plus romantique et intime de sa vie.

Dans ses bras, elle pouvait voir un avenir, même avec tout ce qu'il se passait dans sa tête.

Dans ses bras, elle pouvait espérer.

Elle lui sourit paresseusement et son cœur se serra comme il le craignait.

— D'accord.

Il la laissa alors, dans son lit, poisseuse à cause de son orgasme, et il savait que s'il n'était pas prudent, il tomberait directement amoureux d'elle.

Et le plus effrayant... c'était qu'il craignait d'être déjà amoureux.

Mace avait la matinée de libre tandis qu'Adrienne devait se rendre au salon pour ouvrir avec Ryan. Cela ne le dérangeait pas puisque cela lui donnait le temps de penser à ce qu'ils avaient fait la veille et ce matin-là. Il devait aussi mettre sa maison en ordre après une longue semaine à suivre le rythme avec Daisy qui vivait en plus avec lui. Il devait s'améliorer, niveau ménage avec eux deux, et enseigner quelques tâches à sa fille. Bien sûr, elle était toujours un bébé à ses yeux, mais ses propres parents lui avaient appris assez tôt les responsabilités et il voulait s'assurer que son enfant apprenne la même chose. Quand Daisy avait emménagé, il avait été assez souple en songeant aux tâches ménagères et autres choses qu'elle devait accomplir. C'était une petite assez propre, mais ses jouets avaient commencé à s'étaler dans toute la maison. Les parents de Jeaniene avaient, à contrecœur, emballé les affaires de la bambine dans sa précédente maison (ou ils avaient plutôt engagé quelqu'un pour le faire) et désormais, sa chambre et le salon de Mace débordaient d'objets de petite fille. Et même s'il aimait qu'elle se sente maintenant chez elle plutôt que d'avoir l'impression de rendre visite à son papa pour le week-end, trouver l'équilibre n'était pas facile.

Daisy était actuellement en train d'organiser ses poupées par taille pour qu'elles puissent être rangées sur l'étagère qu'il avait installée ce matin-là, une fois qu'Adrienne était partie au travail. Elle avait déjà récupéré le reste de ses jouets par terre et les avait rangés dans le grand coffre que l'un des cousins d'Addi avait construit à la main pour elle. Il y avait apparemment eu tant de naissances Montgomery en si peu de temps qu'il en avait construit en trop grande quantité, et les parents de la jeune femme étaient arrivés avec la veille. Ils avaient souri et s'étaient assurés de venir quand Daisy n'était pas présente pour qu'il n'y ait aucune ambiguïté, mais le fait qu'ils apportaient un coffre à jouets pour sa fille signifiait quelque chose pour lui. Et il savait que même s'ils ne voyaient jamais la petite, ils l'auraient probablement apporté quand même. Voilà le genre de personnes qu'ils étaient, le genre qu'il voulait présenter à Daisy. Enfin, encore une fois, trouver cet équilibre dans lequel il ne les considéraient pas comme les parents de celle qu'il fréquentait, mais plutôt comme des personnes géniales qui pouvaient faire partie de la vie de la petite n'était pas chose aisée.

Mace passa une main sur son visage et soupira. Il

compliquait tout, mais le truc, c'était que la vie *était* complexe et sa situation l'était d'autant plus.

Son téléphone sonna à ce moment-là, le tirant de sa rêverie. Il répondit rapidement, reconnaissant le numéro de son avocat. Il retint une grimace, se souvenant de la somme sur le chèque qu'il venait juste de signer pour cet homme, mais il répondit tout de même poliment. Ce mec s'assurait que Daisy puisse rester dans la vie de Mace au-delà des six mois lors desquels Jeaniene était hors du pays. Cela valait la peine de payer chaque centime nécessaire pour que cela se produise.

— Mace, est-ce que je vous dérange au travail ?

— J'y vais tout à l'heure. Ce matin, Daisy et moi nettoyons la maison.

— Bien, bien.

L'homme soupira et Mace se raidit. Son avocat n'était pas du genre à montrer d'autres émotions que de la détermination à faire ce qui était juste et utile pour gagner.

— Qu'est-ce qui ne va pas ?

— Rien. Ou plutôt, je ne pense pas que quelque chose clochera, selon toi, une fois que je te parlerais du papier que je suis en train de lire. Mais Mace ? Tu vas probablement vouloir t'asseoir quand je vais te l'expliquer.

Mace s'assit sur la table basse puisqu'il n'était pas sûr de pouvoir physiquement rejoindre le canapé à cause du ton de l'homme.

— Que se passe-t-il ?

— Elle a signé les papiers pour la garde exclusive, Mace.

Ce dernier cligna des yeux, le rugissement dans ses oreilles s'intensifiant à chaque instant qui passait. Il n'arrivait pas à comprendre la signification de ces mots. Sa bouche s'assécha et il tenta de parler, mais il se retrouva incapable de prononcer quoi que ce soit.

— Mace ? D'accord, je devine que tu es sans voix, alors laisse-moi t'expliquer exactement ce que ça signifie. Elle te donne l'exclusivité des droits parentaux. Elle ne demande même pas de droit de visite et n'exige aucun ajout pour le jour où elle rentrera au pays. D'après son avocat, qui est un crétin, soit dit en passant, son boulot se passe tellement bien là-bas qu'ils prévoient de rallonger son séjour. Je ne sais pas ce que ça signifie pour elle, et franchement, je m'en fous tant que ça signifie qu'elle jette l'éponge et te permet d'avoir Daisy à temps plein. Je ne sais pas si elle a envie de revoir cette petite fille.

Au lieu de l'incroyable soulagement qu'il aurait probablement dû ressentir en sachant que la lutte était terminée et qu'il aurait Daisy dans sa vie comme il l'avait toujours voulu, il ne ressentait qu'une colère monumentale envers la femme qui lui avait tant pris au début et qui abandonnait désormais leur fille comme si elle n'était rien.

— Ce n'est pas ce qu'on visait. On voulait la garde exclusive tant qu'elle n'était pas là, puis on aurait parlé d'une garde partielle ou d'une forme plus importante de droits de visite, une fois qu'elle serait rentrée. Elle n'était pas censée tout abandonner. Elle n'était pas censée laisser tomber sa fille comme si la petite se mettait en travers de ses aspirations professionnelles. Qu'est-ce que je suis censé dire à Daisy, bordel ?

Il parlait à voix basse, conscient que sa fille était dans sa chambre avec la porte ouverte. Mais elle avait allumé la musique et il espérait simplement qu'elle n'avait rien entendu de ce qu'il venait tout juste de dire.

Qu'était-il censé lui dire lorsqu'elle lui demanderait quand elle reverrait sa maman ? Qu'était-il censé lui dire quand, dans deux ans, elle serait toujours chez lui, à plein temps, et que sa mère ne serait toujours pas de retour ? Pourquoi son ex avait-elle laissé tomber ? Son travail était-il si important qu'elle pouvait honnêtement oublier tout ce pour quoi elle s'était supposément battue au début de la vie de Daisy ?

Il ne la comprenait pas du tout, et chaque fois qu'il se posait une autre question, il devenait de plus en plus en colère. Il lui fallut tous les efforts du monde pour ne pas jeter son téléphone de l'autre côté de la pièce et crier au monde la situation dans laquelle Jeaniene l'avait mis. Il avait passé un mois à essayer de devenir un père à temps plein pour la petite fille qui le regardait comme s'il pouvait porter le monde sur ses épaules, et désormais, il allait devoir lui annoncer que tout ce qu'elle avait cru vrai était faux.

Il n'avait pas détesté Jeaniene lorsque le premier accord de garde avait été mis en place. Il ne l'avait même pas détestée quand elle avait laissé Daisy sur le pas de sa porte sans avertissement. Mais maintenant qu'il savait qu'il briserait inévitablement le cœur de sa fille, oui, il la détestait. Et il se détestait d'avoir un jour été avec une femme qui pouvait faire une telle chose.

Adrienne apparut dans son esprit, tout comme la certitude qu'il ne pourrait jamais faire ça à quelqu'un qu'il aimait ou, bon sang, à n'importe qui. Néanmoins, il chassa rapidement ces pensées. Il ne pouvait la mettre dans la même sphère que les pensées tourbillonnant actuellement dans son cerveau. Ce n'était pas juste envers quiconque, et franchement, plus il ajoutait de poids sur ses épaules, plus il avait conscience qu'il alla se briser et ne plus être l'homme qu'il devait pour sa fille.

Jeaniene lui avait fait ça. Et il allait découvrir pourquoi.

— Mace ? Tu es toujours là ?

Il laissa échapper un juron, se rappelant qu'il était toujours en ligne avec son avocat.

— Oui, répondit-il d'une voix rauque.

— Je sais que c'est un choc, mais on a gagné. Quand ou si elle revient au pays, elle n'aura aucun droit sur Daisy. Si elle change d'avis et qu'elle veut voir sa fille, ce sera à toi de voir comment tu veux gérer sa présence dans la vie de la petite. Ça ne dépendra *que* de toi. Viens demain et on s'occupera de la paperasse. Mais je dois dire, Mace, que je sais à quel point ça fera du mal à Daisy et j'ignore comment tu vas pouvoir le lui annoncer, mais au moins, tu ne la perdras pas à cause de papiers officiels ou d'avocats. C'est ta fille, quoi qu'il arrive, et maintenant, les documents légaux l'affirment aussi.

Mace acquiesça et écouta son avocat débiter d'autres termes pratiques qui lui passaient honnêtement au-dessus de la tête. Il allait étudier chaque papier et poser chaque question sur ce qu'il ne comprenait pas avant de signer quoi que ce soit. Et franchement, il allait s'assurer que son ex n'avait pas envie de changer d'avis. Puisque même s'il souhaitait avoir Daisy à temps plein dans sa vie, il n'avait pas envie d'être celui qui l'arrachait à sa mère. Mais, en réalité, c'était Jeaniene qui s'éloignait toute seule. C'était elle, qui abandonnait sans se battre. Ce n'était pas comme s'il luttait pour qu'elle sorte défini-tivement de la vie de la petite. Non, c'était *elle* qui faisait ça.

Lorsqu'il raccrocha avec son avocat, il avait mal au ventre et sa tête tambourinait. Il savait qu'il devrait bientôt l'annoncer à Daisy, sinon il laisserait la conversa-tion pourrir et suppurer dans son esprit et dans leur rela-tion. Mais comment pouvait-il le lui dire ? Il était sûr qu'à notre époque, il devait bien y avoir quelques guides paren-taux à ce sujet, mais honnêtement, tout ce qu'il souhaitait faire, c'était appeler Addi et lui demander des conseils. Et puisque c'était la première chose qui lui était venue à l'es-prit, il n'en fit rien. Elle avait tant de pain sur la planche et il craignait que plus elle s'emmêle dans chaque aspect de sa vie, plus difficile ce serait de redevenir comme avant lorsqu'elle se rendrait compte que toutes ces histoires, c'était trop.

Que la vie de Mace était trop dure à gérer pour elle.

Avant qu'il ne puisse sincèrement réfléchir à ce que cela signifiait, Daisy sortit de sa chambre et vint le rejoindre au bord de table basse.

— Qu'est-ce qui va pas, papa ?

Il déglutit difficilement et sut qu'il devait faire ça comme avec un pansement. Rapidement et directement, même si ça n'évitait pas toute la douleur. Sa fille était si vive et aimante, elle pouvait parfois se renfermer sur elle-même quand elle réfléchissait longuement et ardemment à ce qu'elle devait dire ou faire pour comprendre ce qu'elle ressentait.

Puisqu'il savait qu'il devait juste se lancer, et que lui cacher tout cela ne ferait que les blesser tous les deux, il se leva et la prit dans ses bras avant de la serrer contre son torse. Elle passa ses petites mains derrière sa nuque et l'embrassa doucement sur le bout du nez.

Le cœur de Mace fondit pour elle tout en se brisant. Sa petite fille était tout pour lui et elle était si forte. Alors, il serait fort aussi pour elle. Il alla s'asseoir sur le canapé et la posa sur ses cuisses pour croiser son regard en lui racontant une partie de ce qu'il se passait.

— C'est à propos de maman ?

Il se figea, se demanda encore une fois comme il avait pu créer une petite fille si magnifique et sagace.

— Oui, comment tu l'as deviné ?

Elle lui tapota la joue.

— Tu deviens toujours très triste quand tu penses à maman.

Nom de Dieu, il devait réussir à mieux le cacher. Peu importait ce qu'il se passait d'autre, Jeaniene était toujours la mère de Daisy et il était hors de question qu'il se comporte en crétin à ce propos.

Il l'embrassa sur le sommet du crâne afin de pouvoir rassembler ses idées.

— Ta maman va peut-être rester au Japon plus long-temps qu'on ne l'avait prévu.

Il ignorait pourquoi il avait dit *on*. Il n'y avait eu aucune prévision quant à ce que Jeaniene avait fait pour son travail. Et il n'avait pas eu son mot à dire quant à la façon dont tout cela avait été effectué. Et désormais, il allait devoir comprendre comment ne pas briser l'esprit de sa fille puisqu'il l'avait élevée pour qu'elle devienne une femme forte et indépendante. Être père célibataire n'était pas facile, même dans les meilleurs moments, donc ça n'al-lait pas devenir plus simple maintenant.

— Combien de temps ?

— Je ne sais pas, chérie. Je ne sais vraiment pas. Mais, peu importe, nous sommes tous les deux. Tout ira bien pour nous. À partir de maintenant, ici, ce sera ta maison, un peu comme on en avait discuté quand tu es arrivée. Tu vas toujours dans la même école et tu auras toujours les mêmes amis, mais tu peux rester avec moi plus longtemps. Je t'aime Daisy et j'aime que tu sois ici, avec moi. Mais on n'est que tous les deux. Je sais que ta mère t'aime, mais pour le moment, elle doit faire des choses d'adultes pour le travail et ça signifie que toi et moi, on va passer plus de temps ensemble.

Il savait qu'il ne faisait que bluffer, mais sa fille n'était pas assez âgée pour comprendre exactement ce qu'il se passait, et franchement, il n'était pas sûr de le savoir non plus. Comment était-il censé expliquer les complexités de ce qu'il se passait dans la tête de son ex alors qu'il ignorait totalement comment le formuler ? Il espérait qu'il en faisait suffisamment, mais finalement, il ne le saurait pas avant que quelque chose ne dérape et cette pensée l'inquiétait bien plus qu'il ne voulait bien l'admettre.

— Je veux maman. Juste tous les deux ? Et tante Addi ? Est-ce qu'elle va au Japon aussi ? Parce que je veux pas qu'elle me manque comme maman. Je l'aime bien. Et elle te fait sourire alors tu l'aimes bien aussi. Ne la laisse pas partir au Japon avec maman. D'accord ? Je veux maman.

Des larmes coulèrent sur ses joues et son petit corps trembla alors qu'elle sanglotait. Il se détestait et il haïssait Jeaniene pour ce qu'elle avait infligé à leur fille. Mais il ne pouvait rien faire à part serrer Daisy contre lui et attendre que les sanglots ne secouent plus son corps. Elle était trop minuscule pour en avoir autant en elle.

Toutefois, pendant que tout cela bouillonnait en lui, Mace sut qu'il avait commis une erreur. Ce n'était pas une petite faute qui pouvait facilement être rectifiée : il avait déséquilibré tout ce qu'il avait essayé de faire fonctionner.

Le chagrin emplit son estomac, mais il ignorait ce qu'il devait faire et serra Daisy contre son torse.

— Il n'y a que nous deux, chérie, mentit-il.

Il espérait pouvoir trouver le courage de rendre cela véridique.

— Addi est ma meilleure amie, donc elle sera toujours dans le coin, mais elle n'ira pas au Japon comme maman. Elle n'est pas maman.

— D'accord.

Et avec la résilience d'une enfant qui ne comprenait pas vraiment les émotions délicates qui étaient actuellement en jeu, Daisy repartit dans sa chambre et ralluma la musique.

Mace se brisa intérieurement, en silence, sachant qu'il allait devoir faire ce qu'il s'était promis de ne pas faire.

Briser le cœur de sa meilleure amie. Parce qu'il avait commencé à voir l'amour dans ses yeux et avait senti la même émotion le traverser. Mais il ne pouvait pas prendre de risques avec Daisy. Il ne pouvait pas oser la blesser à nouveau. Parce qu'une fois qu'elle comprendrait totalement la réalité de sa situation avec sa mère, il allait devoir trouver un moyen de l'aider à guérir. Que ce soit une aide professionnelle ou simplement celle de sa famille. Mais il ne pouvait aucunement empirer la situation et laisser Daisy penser qu'Addi était un remplacement pour Jeaniene. Ce n'était pas juste, ni pour l'une ni pour l'autre.

Bon sang.

• • • •

Mace déposa Daisy chez ses parents, plus tard, puisque c'était le week-end et qu'elle n'avait pas école. Il alla au travail et tenta d'agir comme si tout était normal et que le centre de sa vie n'avait pas changé de façon monumentale. Shep serait au boulot pour la fermeture, ce soir, puisque c'était son tour, et Ryan avait un rendez-vous qu'il ne pouvait manquer, donc il partit dès que Mace arriva. Celui-ci se retrouva donc à travailler côte à côte avec Adrienne, comme cela était arrivé à d'innombrables reprises avant AMI, dans leur boutique précédente. Elle lui avait lancé un regard étrange, quand elle lui avait demandé ce qui n'allait pas et qu'il avait menti en prétendant que tout allait bien, mais elle ne lui avait pas posé de questions. Heureusement, ils étaient plus qu'occupés avec leurs rendez-vous et autres clients arrivant dans la journée. Cela lui fit penser que peut-être, toutes leurs mésaventures n'avaient pas fait autant de mal au salon qu'ils ne l'avaient cru. Mais même ces préoccupations étaient au fond de son esprit parce qu'il essayait de découvrir comment laisser tomber les parties les plus vives de sa vie.

Il était un véritable crétin. Néanmoins, pour être le père qu'il devait être , il devait se comporter encore plus en salaud.

Adrienne le détesterait. Il le savait. Sa famille le détesterait probablement aussi. Travailler avec elle et les autres serait impossible, pourtant, il allait devoir gérer tout cela avant que cela ne lui fasse trop de mal. C'était lui, qui s'était mis dans cette situation, et désormais, il devait en assumer les conséquences. C'était la raison pour laquelle il avait essayé de ne pas continuer ce qu'ils avaient entamé. Il avait su que tout était trop entremêlé et compliqué, pourtant, il était allé de l'avant, pensant qu'ils pouvaient tout encaisser. Il avait eu tort. Tellement tort. Et il devait découvrir une façon de tout faire fonctionner à nouveau. Parce qu'au bout du compte, il ferait passer Daisy en premier. Elle méritait d'être au premier plan dans la vie dans quelqu'un. Sa mère avait déjà fait passer le travail et ses rêves personnels au-devant des désirs et des besoins de Daisy.

Désormais, il se retrouvait à la maison avec sa meilleure amie, dans le salon. Elle le fixait, parce qu'il avait été incapable de lui dire pourquoi il lui avait demandé de venir pendant que la petite était chez ses parents. Adrienne devait savoir que quelque chose clochait, mais il devait faire ça pour Daisy, elle était la seule chose qui comptait, même si tant d'autres éléments comptaient pour lui, également. Sa fille devait passer en premier.

— Dis-le-moi directement, Mace, déclara rapidement Adrienne. Qu'est-ce qui ne va pas ?

— Je crois qu'il est temps de redevenir simplement amis comme on l'était avant de ne plus pouvoir repartir en arrière, lâcha-t-il en serrant les poings sur ses flancs.

Elle écarquilla les yeux et fit un pas en arrière.

— Juste comme ça ? Sans explication ? Non, je mérite mieux que ça, Mace. On le mérite tous les deux. Je sais que c'était un risque quand on s'est lancé sur ce chemin, mais qu'est-ce qui a changé ?

Il devait être ouvert et honnête. En conséquence, il lui dit la vérité. Peut-être que si elle connaissait les raisons, cela ne lui ferait pas autant de mal.

— Jeaniene a abandonné la garde totale. Non seulement elle reste au Japon plus longtemps pour son travail, mais elle me cède également tous ses droits parentaux. Alors ce n'est pas seulement une histoire de garde et de visite. Elle a signé les papiers pour me donner Daisy, comme si elle ne faisait plus du tout partie de la vie de la petite.

— Tu es sérieux ? Comment a-t-elle pu faire ça à la petite ? Cette enfant est la meilleure du monde et je dis ça en ayant une nièce et en sachant que mes cousins ont eux-mêmes plein de bébés incroyables. Mais à quoi pense cette bonne femme en imaginant qu'elle peut quitter la vie de Daisy comme si ces quatre années n'étaient rien ?

Une part de lui, profondément ancrée, se délecta du fait que la première chose venant à l'esprit d'Addi concernait le bien-être de sa fille et non pas ce qu'il venait de dire sur leur relation qui devait redevenir comme avant. Mais il devait s'exécuter et se concentrer d'abord sur Daisy. Ensuite, il s'assurerait qu'Adrienne comprenait ce qu'il devait ressentir... ou *ne pas* ressentir pour elle.

— Je dois m'assurer que peu importe ce qu'il se passe, je ne déséquilibre pas la vie de Daisy plus qu'elle ne l'est déjà.

— Et je suis un frein à cela.

Elle croisa les bras sur son ventre qui ne s'était pas contracté quand elle avait parlé. Elle était une femme si forte et indépendante, il détestait lui faire subir cela. Mais il devait être certain que cela fonctionne. Il devait trouver une façon de ne pas blesser les deux filles les plus importantes de sa vie, mais il craignait que chaque décision venant d'être prise ne fasse qu'empirer encore et encore la situation. Il se raccrochait vraiment aux branches au point où il en était, mais il devait s'assurer de ne pas tout gâcher plus que ça ne l'était déjà.

La dernière déclaration d'Adrienne n'avait pas été une question, mais il répondit tout de même.

— Ce n'est pas ce que j'ai dit. Pas vraiment. Daisy a demandé si tu allais partir avec sa mère au Japon, Addi. Je ne peux pas rester en retrait et regarder ma fille vivre dans un tel tourment à nouveau parce qu'elle a encore peur de perdre quelqu'un d'autre dans sa vie. Elle aurait dû pouvoir faire confiance à sa mère, mais elle ne le peut pas. Et maintenant, je dois espérer qu'elle peut me faire confiance et à cause de ça, je ne sais pas si je peux l'autoriser à considérer quelqu'un d'autre comme plus qu'une amie. Je ne peux pas voir ma petite fille pleurer à nouveau parce qu'un autre adulte quitte sa vie. Je ne peux pas te pousser à assumer ce rôle.

— Je n'ai *jamais* assumé ce rôle. Je sais qui je suis par rapport à Daisy. Et le fait que tu ne me fasses pas confiance pour être une meilleure personne que Jeaniene avec le cœur de cette petite fille en dit plus sur toi que sur moi. Savoir tout ce qu'il s'est passé dans ta vie, qui a tellement changé ces dernières semaines, va m'aider à oublier ce que tu viens de dire. Parce que c'est ainsi qu'on réagit quand on aime quelqu'un. Et oui, je t'aime. Je ne voulais pas que ça arrive, pas ainsi, mais c'est le cas. Et le fait que tu penses que je pourrais faire du mal à ta fille me donne l'impression de ne pas te connaître du tout.

— Addi.

Elle leva les mains, ses épaules se relâchant vers l'arrière, puis elle croisa son regard.

— C'est bon. Signe tes papiers. Signe ce que tu as besoin de signer. Respire et essaie de garder les idées claires pour savoir précisément quelle devra être ta prochaine étape. Quand tu en auras fini, on pourra discuter. Parce que tu n'as pas le droit de faire ça. Tu n'as pas le droit de jeter tout ce qu'on a parce que tu as peur. Tu sais aussi bien que moi qu'il est impossible qu'on redevienne comme avant. On ne peut plus faire comme si notre relation n'avait pas été changée de façon monumentale. Je t'aime, bon sang. Et pas simplement comme un meilleur ami. Reprends-toi, Knight. Parce que tu vaux mieux que ça. *On* vaut mieux que ça.

Et sur ces mots, elle quitta sa maison en claquant la porte derrière elle. Il avait toujours aimé quand elle se mettait en colère, parce qu'elle ne retenait rien, et que c'était sacrément sexy. Toutefois, il savait cette fois-ci que cet énervement dissimulait sa douleur. Une douleur qu'il lui avait fait ressentir parce qu'il essayait de tout gérer de la meilleure façon possible. Mais il se trompait totalement. Il le savait, et il ignorait comment tout arranger.

Il n'était pas certain qu'il *pouvait* tout arranger.

Et il venait tout juste de voir sa meilleure amie quitter sa maison, peut-être même sa vie, pour la dernière fois.

Quinze

SA MÈRE lui avait toujours dit que non seulement le Père Noël ne venait jamais dans une maison sale, mais aussi que la nouvelle année ne pouvait pas commencer sans un foyer tout propre. Ainsi, quand vous aviez besoin de réfléchir à vos sentiments et aux pensées qui trottaient dans votre tête, nettoyer jusqu'à ce qu'il n'y ait plus un seul grain de poussière chez vous était la seule façon d'y arriver.

Adrienne commençait à manquer de produits d'entretien et d'huile de coude. Mais, malheureusement, elle était loin d'être dans le bon état mental pour revoir Mace au travail.

Putain de bordel.

Les larmes lui brûlèrent les yeux et elle les laissa couler, sachant que personne n'était là pour la voir faible et emplie d'émotions. Elle aurait pu appeler ses sœurs et elle avait déjà esquivé un coup de fil de Thea. Elle avait besoin de temps pour réfléchir et de rester seule un moment.

Elle s'était autorisée à être heureuse.

Elle s'était autorisée à espérer.

Et regardez où cela l'avait mené. Plongé jusqu'au coude dans les toilettes, avec de la poussière et de la saleté entre ses seins. Ce n'était pas la vie pour laquelle elle avait signé, mais visiblement, le destin ne la jugeait pas digne de mieux.

Elle utilisa son bras, la seule partie de son corps qui n'était pas couverte de crasse ou de produit d'entretien à ce moment-là, pour s'essuyer le visage afin de voir correctement ce qu'elle avait devant elle. Mace n'était pas le seul à lui avoir provoqué cela, il y avait aussi les circonstances de ce qu'ils avaient fait. Et elle continuait de se le rappeler parce qu'il était son meilleur ami, bon sang, et il avait été le meilleur amant qu'elle n'avait jamais eu. Elle avait cru que, peut-être, ils pourraient se maintenir à flot. Lorsqu'ils étaient tous les trois, dans la maison, à préparer le dîner et à rire devant des films, cela avait paru *normal*. Elle avait cru que Daisy et elle s'entendaient très bien, et même si elle savait qu'elle ne voudrait jamais remplacer la mère de la petite, elle avait cru qu'elles avaient commencé à former leur propre lien en plus de celui qu'elles avaient déjà. Elle était dans le vie de Daisy depuis le début et désormais, elle craignait de perdre ce qu'elle avait.

Elle perdait déjà ce qu'elle avait avec Mace, inspiration après inspiration, jour après jour.

Elle posa la brosse des toilettes et suçota sa lèvre inférieure.

Comment avait-elle pu laisser cela arriver ? Avait-elle été si désespérée à l'idée de s'envoyer en l'air et de ressentir des *émotions*, qu'elle avait risqué tout ce qu'elle avait avec lui ? Parce que c'était l'impression qu'elle en avait. Elle avait cru qu'elle était *si* intelligente qu'elle n'abîmerait aucunement ce qu'ils avaient, même si elle avait été effrayée pendant tout ce temps.

Néanmoins, même s'il avait brisé une partie d'elle, elle savait qu'elle ne s'effondrerait pas. Elle ne s'était pas effondrée avec tout ce qu'il s'était passé à la boutique, n'est-ce pas ? Elle avait vacillé, bien sûr, mais n'importe qui l'aurait fait à cause de toutes les conneries qui arrivaient.

Mais elle ne s'était pas effondrée.

Et elle ne se briserait pas maintenant, même si tout en elle était prêt à le faire. Elle avait été forte face à Mace. Elle avait été honnête avec elle-même. Elle *savait* qu'il craignait de blesser Daisy et qu'il devait être sacrément agacé par ce que Jeaniene avait fait. En revanche, ce dont Adrienne n'était pas ravie, c'était qu'elle avait le sentiment que Mace se débarrassait de toute cette souffrance et de cette confusion sur elle. Oh, il ne savait peut-être pas ce qu'il était en train de faire, mais ça ne changeait pas le résultat, n'est-ce pas ?

Il avait tellement peur de ce qui pouvait arriver à sa fille qu'il repoussait tout ce qui pouvait perturber son bien-être sans même le vouloir. Et même si Adrienne comprenait — elle comprenait vraiment — elle était tellement *furieuse* qu'il ait tout abandonné sans même se battre. Toutefois, elle n'avait pas laissé tomber. Elle était peut-être sortie de chez lui, hier, parce qu'elle avait besoin de fondre en larmes en privé, mais elle lui avait fait une promesse. Une fois qu'il se sortirait les doigts du cul, elle serait là pour le regarder ramper à ses pieds.

Non pas qu'elle ait besoin qu'il rampe beaucoup. Elle avait simplement besoin de retrouver son meilleur ami, bon sang.

Elle renifla un autre sanglot, agacée contre elle-même. Ce dont elle avait vraiment besoin, c'était d'une douche et de vêtements sans tache d'eau de Javel. Bien sûr, cela signifiait qu'elle devrait salir l'une de ses douches nouvellement immaculées et elle n'était pas certaine d'en avoir envie. C'était le problème quand on nettoyait tout à fond. On se salissait en même temps et ensuite, on ne voulait plus se laver au cas où on salirait le carrelage.

Elle était officiellement folle et elle avait probablement besoin d'un verre de vin pour se sentir mieux. Elle appellerait ensuite ses sœurs afin de pouvoir vider son sac et tenter de comprendre quelles étaient les prochaines étapes. Parce que ce n'était pas comme si elle sortait totalement de la vie de Mace. Il avait peut-être affirmé qu'ils ne devaient être qu'amis, selon ses souhaits, mais elle n'était pas sûre que cela puisse se produire, maintenant. Cependant, tous les deux travaillaient ensemble et il était impossible de l'éviter.

D'autant plus qu'elle n'avait pas *envie* de l'éviter.

Elle souhaitait simplement qu'il se reprenne en main pour qu'il puisse comprendre ce qu'il voulait vraiment, plutôt que d'imaginer ce dont il aurait besoin.

Et elle en avait assez de réfléchir à cela. Encore une fois énervée contre elle-même, elle rangea ses produits d'entretien et finit la liste de ceux qu'elle devait racheter puisque son festival du nettoyage émotionnel avait vidé presque tout son stock. Elle préchauffa ensuite son four afin de pouvoir préparer une fournée de cookies dès qu'elle aurait pris une douche. Elle ferait aussi bien de jeter de la farine dans sa cuisine tout juste aseptisée avant d'appeler ses sœurs pour les supplier de venir.

Thea et Roxie étaient ses rocs, tout comme Shep. Mais elle n'allait pas inviter son frère puisqu'il irait probablement ensuite chez Mace pour lui mettre un coup de poing au visage ou quelque chose de ce genre. Elle aimait son frangin, mais il avait tendance à agir comme un *grand frère* qui grognait après quiconque osant blesser ses précieuses petites sœurs.

Sortir avec ou épouser un membre du clan Montgomery n'était pas facile et jusqu'à maintenant, seuls Shea et Carter avaient réussi. Au fond de son esprit, elle avait pensé que *peut-être*, Mace serait l'un des chanceux à passer le test d'entrée de la famille Montgomery, mais peut-être qu'elle s'était trompée. Peut-être qu'ils étaient mieux en tant qu'amis et dès qu'elle aurait pansé ses blessures, elle s'en rendrait compte. Du moins, elle l'espérait.

Des songes sur Mace et ce qu'elle avait peut-être perdu tourbillonnèrent dans son esprit, mais elle fit de son mieux pour ne pas laisser ces idées vagabonder ou pourrir puisque si elle réprimait trop d'émotions, elle finirait par le payer plus tard. Elle n'était pas du genre à cacher ses sentiments la plupart du temps, dans sa vie. Elle avait essayé d'être ouverte avec Mace, tout en tombant amoureuse de lui sans le vouloir, et cela signifiait que ces sentiments avaient peut-être été les plus importants de tous. Elle n'allait pas l'abandonner, mais elle n'allait pas non plus rester plantée là, à attendre qu'on la blesse. Peu importait ce qui arriverait ensuite, c'était à lui d'agir. C'était le choix de Mace. Toutefois, elle n'allait pas rester en retrait et souffrir gratuitement tout en espérant une absolution qui ne viendrait peut-être jamais.

Sachant qu'elle avait simplement besoin de respirer et de laisser ses pensées vagabonder encore un peu plus, elle mit le beurre de côté pour qu'il ramollisse, puis partit dans sa salle de bain principale afin de prendre une douche rapide. Bien sûr, elle ne put s'empêcher de jeter un coup d'œil vers l'endroit où elle avait embrassé Mace pour la première fois et où il l'avait prise sur le lavabo. Ses orteils se recourbèrent alors même que son cœur devenait douloureux, quand elle se souvint à quel point il avait été prudent. Mace était toujours prudent, et peut-être que c'était la cause de leur perte. Puisque même s'ils avaient longuement parlé de risques, tomber amoureux et envisager un avenir n'était pas sûr. Avoir ces sentiments enveloppés autour de vous, savoir que vous pourriez peut-être trouver la sécurité avec un autre n'était pas sans risque.

Adrienne venait juste de retirer son haut quand son portable sonna sur le lavabo. Fronçant les sourcils, puisqu'elle reconnaissait le nom sur l'écran et se demandait pourquoi la sœur de Mace, Violet, l'appellerait, elle répondit en restant en soutien-gorge et survêtement dans sa salle de bain. Elle était toujours couverte de crasse et de saletés, mais au moins, elle s'était débarrassée de l'odeur d'eau de Javel près de son visage, puisqu'elle en avait fait tomber une grosse goutte sur son épaule, plus tôt.

— Salut, Violet. Comment vas-tu ?

Elle fit de son mieux pour que sa voix sonne normalement, comme si elle n'avait pas pleuré une grande partie de la journée. Comme si elle n'était pas désespérément amoureuse du frère de Violet, même s'il venait juste de la repousser parce que son ex-petite amie était une personne horrible qui ne tenait apparemment qu'à elle.

— Merci mon Dieu, tu m'as répondu, Adrienne. J'ai appelé, Sienna, elle n'a pas décroché. Ensuite, j'ai appelé mes parents et je me suis souvenue au dernier moment qu'ils n'étaient pas en ville ce week-end. Et je n'arrive pas à joindre Mace. Mais il avait dit que ce serait probablement le cas puisqu'il serait chez son avocat pour la journée.

Adrienne se raidit, son pouls tambourinant.

— Qu'est-ce qui ne va pas ? Tu es malade ? C'est Daisy ?

Elle ignorait si Violet gardait la petite fille aujourd'hui, mais c'était la première chose qui lui était venue en tête.

— Je garde Daisy et une migraine est arrivée de nulle part. Ça ne m'aurait pas trop dérangé si j'avais simplement dû la gérer, mais Daisy a de la fièvre et je pense qu'elle doit aller chez le médecin parce que je n'arrive pas à la faire baisser. Je ne peux pas conduire, là, parce que j'arrive à peine à garder les yeux ouverts avec la lumière et j'ai la nausée. J'ai des médicaments pour mes migraines, mais je n'arrive pas à m'en débarrasser. Il faut vraiment que quelqu'un emmène Daisy chez le médecin. Tu peux m'aider ?

Adrienne se débarrassait déjà du reste de ses vêtements et courait dans sa chambre pour en mettre d'autres. Elle était peut-être en sueur et sale, mais au moins, elle aurait des vêtements plus propres pour aller chercher Daisy.

— Où es-tu ?

Elle savait que Violet et Sienna vivaient à Denver, et même si les routes n'étaient pas trop rudes, ce ne serait pas facile de conduire jusque là-bas.

— Je suis chez Mace. Je peux essayer de sortir. Simplement, je ne veux pas nous faire tomber dans le fossé parce que je ne vois rien.

— Je suis en route. Tu as appelé le médecin de Daisy ? Ou je vais plutôt aux urgences ?

— Tu me sauves la vie. J'ai déjà appelé son médecin et il t'attend dès que tu pourras y aller. Je suis vraiment désolée de ne pas pouvoir le faire moi-même, mais je n'arriverai vraiment pas à conduire. Cette migraine est en train de me déchirer et je déteste devoir laisser tomber ma nièce. Simplement, je sais que je ne devrais vraiment pas prendre la route.

— Ce n'est rien. Je serais là dans quelques minutes. Dis à Daisy que je viens prendre soin d'elle.

— Je le ferai. Merci, Adrienne. Sincèrement.

Elle raccrocha rapidement et courut dans la cuisine pour éteindre son four. Elle jeta le beurre dans le frigo et plongea rapidement ses pieds dans ses bottes avant d'attraper ses clés. Elle allait probablement oublier une centaine de choses, mais pour le moment, elle n'arrivait à penser qu'à Daisy qui était malade et à Violet, qui était effrayée.

Peu importait que Mace ait discrètement essayé de la repousser loin de la vie de sa fille. Tout ce qui comptait, c'était que la petite n'était pas bien et que quelqu'un devait l'emmener chez le médecin. Le fait que Violet ait appelé sa sœur, ses parents et Mace, puis directement elle lui réchauffait le cœur, même si cela ne devrait pas être le cas. Elle avait été une Knight honoraire depuis aussi longtemps qu'elle était amie avec Mace. Elle n'était pas aussi proche de ses sœurs qu'elle ne l'était avec lui, évidemment, mais elle était toujours amie avec eux deux. Le fait que Violet ait appelé signifiait qu'elle faisait confiance à Adrienne pour aider. Elle lui faisait assez confiance pour lui confier le bien-être de Daisy. Et c'était douloureux de penser que ce n'était peut-être pas le cas de Mace.

Grognant, elle ignora ces pensées puisqu'elles n'aidaient personne. Elle monta rapidement en voiture. Avec un peu de chance, Violet avait déjà le nom et l'adresse de sa destination, puisqu'elle n'avait pas vraiment réfléchi et souhaitait tout bonnement être au chevet de Daisy dans l'instant.

Elle n'avait jamais été plus heureuse d'habiter si près de chez Mace qu'à ce moment. Il ne lui fallut que quelques minutes pour rejoindre sa maison, et elle se gara juste derrière la voiture de Violet. Elle vola quasiment hors de son véhicule, ne laissant pas le moteur tourner, même si elle y songea. Elle tambourina ensuite à la porte d'entrée. Elle avait une clé, mais elle n'avait même pas songé à l'utiliser.

Violet ouvrit la porte, ses yeux couverts d'une main et les lumières tamisées. Elle était pâle, voire blafarde, et on aurait dit que la mort se préparait à frapper. Adrienne se sentit mal pour cette femme et si Daisy n'avait pas de fièvre et n'était pas malade non plus, Adrienne aurait voulu rester pour prendre soin de Violet également. Et qui pouvait le savoir, peut-être qu'elle pourrait revenir pour le faire ? Enfin, pour l'instant, elle avait vraiment besoin de voir la petite fille.

— Tu es là. Daisy est sur le canapé, tout habillée et prête à y aller. J'ai son sac et l'adresse écrite pour toi. J'ai fait tout ce que j'ai pu, mais il faut vraiment que j'aille m'allonger. Je suis tellement désolée de ne pas être en état. C'est venu de nulle part et je n'arrive pas à joindre Mace.

Adrienne contourna l'autre femme en l'effleurant et lui

saisit le bras.

— Va t'asseoir dans un fauteuil ou t'allonger. Relève tes jambes et ferme les yeux. Merci d'avoir tout préparé. Je vais prendre soin de Daisy. Tu peux me faire confiance.

Violet baissa la main et fronça les sourcils.

— Bien sûr que je peux te faire confiance. Je ne mettrai pas ma nièce entre les mains de n'importe qui.

Cette déclaration fit plus de mal à Adrienne qu'elle ne l'aurait dû. La jeune femme ignorait probablement ce qu'il s'était passé entre Mace et sa meilleure amie, la veille.

— Merci.

Adrienne aida Violet à s'installer dans le fauteuil avant de rejoindre rapidement Daisy. La petite dormait avec ses mains sous son visage, posé sur l'oreiller. On pouvait voir le rouge sur ses joues et la transpiration sur son front. La petite gémit ensuite et Adrienne plaça sa main froide sur la joue trop chaude de l'enfant.

— Tante Addi, chuchota Daisy. Je veux papa.

Le cœur d'Adrienne se brisa et elle tendit les bras pour la saisir, faisant attention à attraper tout ce qu'il lui fallait dans sa main droite. Elle se souvint ensuite qu'elle n'avait pas de siège enfant pour sa voiture et elle reposa donc la petite avant de l'enlacer. Son cerveau ne fonctionnait pas correctement puisqu'elle paniquait en sentant à quel point la fille de Mace avait chaud.

— On va te guérir, d'accord ? Attends juste une minute et laisse-moi récupérer quelques petites choses. Ensuite, on ira voir quelqu'un qui te guérira.

— Je veux papa.

— Je sais, ma poupée. On va aller chercher papa, aussi. D'abord, on doit te guérir et papa pourra venir ensuite. Tout ira bien.

Elle espérait sincèrement qu'elle n'était pas en train de mentir.

— Violet ? Tu as un siège enfant ou un rehausseur ou n'importe quoi que je pourrais utiliser, dans ta voiture ?

La femme acquiesça et tenta de se lever de son fauteuil, mais Adrienne lui fit un signe de la main.

— Où sont tes clés ? Ou alors je devrais prendre ta voiture, peut-être ?

— Ça te prendra une éternité de comprendre comment détacher le siège et le remettre dans ta voiture. Je déteste ce truc. Prends ma bagnole.

— Compris.

Cela signifiait qu'elle devait d'abord remettre sa propre voiture le long du trottoir, puisqu'elle s'était garée derrière Violet. Tout était un peu trop compliqué, mais elle s'en moquait. Elle accomplissait chaque tâche une par une. D'abord, elle décala sa voiture dans la rue. Elle récupéra ensuite le sac de Daisy, le jeta par-dessus son épaule, entra l'adresse du cabinet du médecin dans son téléphone pour activer le GPS, puis elle prit la petite dans ses bras. L'enfant dormait encore, mais elle se blottit immédiatement contre Adrienne.

— Merci, geignit Violet.

Adrienne lui fit un signe de tête avant de la laisser seule

dans la maison, le téléphone à portée de main en cas d'urgence. Elle détestait l'idée de la laisser ici, souffrante, mais elle ne pouvait rien faire pour Violet à ce moment-là.

Heureusement, Daisy aida Adrienne à l'attacher sur son rehausseur. Elle était vraiment à la traîne concernant ce genre de chose et elle devrait s'améliorer, au moins pour sa nièce. Elle n'était pas vraiment certaine de revoir souvent la fille de Mace, à l'avenir. Ravalant cette douleur, elle posa les mains sur les joues de l'enfant, puisque la fraîcheur de sa peau semblait aider. Elle ferma ensuite la portière et courut pour contourner la voiture et rejoindre le siège passager. Violet avait un véhicule similaire à celui de Thea, donc au moins, elle n'avait pas besoin de s'adapter à grand-chose.

Elle lança rapidement le GPS et écouta l'homme à l'accent britannique lui parler avec un ton apaisant en la menant vers le bureau du médecin. Daisy était silencieuse, sur la banquette arrière, mais la jeune femme baissa le petit rétroviseur au-dessus du tableau de bord qu'elle n'avait jamais utilisé afin de voir ce qu'il se passait derrière.

Il lui fallut vingt minutes horribles pour aller chez le médecin, et près de l'arrivée, Daisy commença à pleurer. Les nerfs d'Adrienne étaient plus que tendus. Elle envisageait elle-même de pleurer, mais elle se retint, puisque quelqu'un devait bien être fort dans cette situation. Elle rassembla leurs affaires et porta Daisy jusque dans le cabinet, ravie que la réceptionniste se lève immédiatement.

— Daisy Knight ?

Adrienne avait presque oublié que la petite portait le nom de famille de Mace. C'était la seule chose que Jeaniene lui avait cédée à ce moment-là. Elle espérait vraiment que sa présence ici, avec Daisy, n'était pas dérangeante pour l'assurance maladie ou pour tous les processus légaux qui devaient être suivis, mais elle n'avait pas vraiment le choix.

— Oui, je suis la petite amie de son père.

C'était un mensonge, mais elle pensait qu'il valait mieux ça plutôt que de dire qu'ils étaient simplement *amis*.

— Nous le savons, madame Montgomery. Madame Knight vient juste d'appeler pour nous prévenir que vous l'ameniez. En fait, monsieur Knight vous avait déjà inscrite sur la liste des membres de la famille, donc vous pouvez venir avec nous.

Ébahie, elle suivit tout de même la femme vers le cabinet et recula pendant que tout le monde s'affairait. Son cœur tambourina et elle sortit son téléphone, avant de se rappeler qu'elle ne devrait probablement pas l'utiliser ici.

— Il faut que j'essaie de recontacter son père. Je peux utiliser mon téléphone ?

L'infirmière dans la salle acquiesça et montra la porte du doigt.

— Il y a une salle d'attente juste à côté de la porte, vous pouvez l'utiliser.

Adrienne ne voulait vraiment pas laisser Daisy toute seule, mais elle devait également joindre Mace.

Son hésitation dut se lire sur son visage puisque l'infirmière sourit gentiment.

— Nous prendrons bien soin de Daisy. Vous pourrez nous entendre, avec la porte ouverte. D'accord ?

— D'accord. Désolée.

Elle alla dans la salle d'attente et appela Mace. Elle tomba directement sur boîte vocale, quelque chose qui ne lui ressemblait tellement pas qu'elle commençait à s'inquiéter. Mais avant qu'elle ne puisse comprendre ce qu'elle allait faire ensuite, une voix profonde emplit l'atmosphère et ses épaules se détendirent alors même que son estomac se contractait.

— Daisy étourdie, marmonna Mace depuis la pièce d'à côté.

Des larmes picotèrent les yeux d'Adrienne. Était-ce parce qu'il était un père si attentionné, ou parce qu'entendre sa voix lui rappelait qu'il l'avait repoussée ?

Cependant, ça n'aurait pas d'importance. Pas maintenant. Elle s'était assurée que Daisy allait bien et maintenant que Mace était là, elle était convaincue que ce serait le cas. Elle demanderait à Violet ce qu'il se passerait ensuite ou même à Mace quand elle le verrait le lendemain au travail. Inutile de rester là quand son esprit et son cœur n'étaient pas prêts à le voir, n'étaient pas prêts à croiser son regard ou à ce qu'il s'adresse à elle. Elle devrait être plus forte que cela, mais elle savait que ce n'était pas le cas. Pas encore. Elle avait besoin d'encore un peu de temps pour reconstruire son armure afin de devenir la femme forte qu'elle avait toujours cru être.

Elle franchit la porte, prenant soin de ne pas regarder sur la droite, quand la voix de Mace la frappa à nouveau.

— Addi.

Elle se figea, mais ne regarda pas derrière elle.

— Addi.

Il marqua une pause.

— Merci. Juste… merci. J'ai laissé tomber mon portable en allant chez l'avocat aujourd'hui et il s'est cassé. Donc personne n'a pu me contacter et c'est devenu fou. Quand je suis rentré à la maison et que j'ai trouvé Violet dans cet état, elle m'a expliqué ce qu'il se passait. Je suis tellement désolé que tu aies dû traverser tout ça. Mais merci d'avoir aidé. Simplement… merci.

Elle déglutit difficilement sans se retourner. Elle n'était pas certaine de le pouvoir.

— Pas de problème, Mace. C'était pour Daisy. Évidemment que j'ai aidé.

Elle n'avait pas voulu paraître si passive-agressive et elle ne s'aimait pas quand elle était ainsi. En fait, elle put pratiquement *sentir* Mace grimacer à cause de ces mots.

Sachant qu'elle devrait lui faire face maintenant, sinon elle ne le ferait jamais, elle se retourna. Il était plus sexy que jamais, tout ébouriffé et taciturne, mais il avait rasé sa barbe et cela la fit reculer.

— Je suis désolée, je ne voulais pas parler sur ce ton, déclara-t-elle rapidement. Tu t'es rasé.

La bouche de Mace se tordit vers le haut, dans un semblant de sourire.

— Je me suis rasé.

Pas d'explication, mais elle n'était pas certaine d'avoir le droit d'en obtenir une. Comment les choses avaient-elles pu devenir si étranges, si rapidement ?

— Et tu n'as pas à t'excuser. Pour quoi que ce soit.

Il souffla.

— Le médecin pense que c'est une otite et il dit que Daisy devrait bientôt aller mieux. Ils vont la garder un moment pour faire baisser la fièvre. Mais, Addi ? Je ne pourrais jamais te rendre la pareille après ce que tu as fait. Je t'en dois une.

Elle lui lança un petit sourire, sachant que cela ne se reflétait pas dans ses yeux, mais elle n'arrivait pas à se forcer.

— Je suis ravie de savoir que tout ira bien pour elle. Et tu ne me dois rien. C'est pour ça que les amis existent.

C'est ce qu'on fait pour ceux qu'on aime. Néanmoins, elle ne le dit pas. Au lieu de ça, elle vacilla maladroitement, tourna les talons et le laissa, avec sa mâchoire fraîchement rasée, dans le couloir. Il tenait son cœur dans ses mains comme s'il ne savait pas quoi en faire. Ce n'était pas grave, elle non plus ne savait pas quoi en faire.

Et elle avait peur qu'après cette journée, elle ne le découvre jamais.

Seize

DANS SA VIE, un homme se rendait compte à de nombreuses reprises qu'il était un idiot. Mace avait été obligé de se rendre compte que cela arrivait bien plus souvent qu'il ne l'avait imaginé à la base, étant donné la façon dont il avait agi ces trois derniers jours.

Trois jours plus tôt, il avait brisé le cœur de sa meilleure amie.

Trois jours plus tôt, il avait fait du très bon boulot pour briser son propre cœur également.

Mace glissa une nouvelle fois le rasoir sur son visage au travers de la mousse à raser et soupira en le rinçant dans le lavabo. Il détestait se raser, et en hiver, il préférait garder sa barbe plus longue, mais il ne pouvait se regarder dans le miroir et voir sa barbe sans penser à elle.

Il était vraiment un mauvais meilleur ami, un homme

encore pire et il n'était pas sûr de ce qu'il allait faire pour arranger ça. Sachant qu'il ne pouvait *pas agir* avec de la mousse à raser sur la moitié du visage et dans sa salle de bain avec rien d'autre qu'une serviette autour des hanches, il prit son temps pour se raser en essayant de remettre ses pensées en ordre.

Daisy dormait, comme souvent ces derniers jours depuis qu'elle avait reçu le diagnostic de l'otite. Heureusement, sa fièvre avait rapidement baissé, donc elle dormait maintenant pour surmonter le pire de la maladie. Elle devrait se remettre le lendemain et retourner à l'école. Ses amis et ses professeurs lui manquaient déjà et lorsqu'elle serait prête à retourner en classe, ce serait le moment des vacances de Thanksgiving. Ils avaient déjà été invités chez ses parents pour le grand repas et il était ravi de ne pas avoir à cuisiner tout un festin. Ses sœurs viendraient de Denver et amèneraient probablement deux de leurs amis qui faisaient partie de leur cercle d'amis proches. Au moins, une chose était déjà planifiée.

Il avait pris deux jours de congé, à cause de l'insistance de Shep et d'Adrienne. Ryan et eux deux avaient dit qu'ils le couvriraient, s'assureraient que tout allait bien à la boutique pour qu'il puisse s'occuper de Daisy. Il devait retourner au travail et gagner de l'argent, bien sûr, mais il était ravi d'avoir un peu de temps, non seulement pour être avec Daisy, mais aussi pour remettre ses idées en ordre en ce qui concernait Addi.

Il avait su qu'il commettait une erreur à l'instant où

elle avait quitté sa maison. Il l'avait *su*. Pourtant, il ne lui avait pas couru après parce qu'il n'était pas sûr de mériter son pardon à cause de ce qu'il avait fait. Et franchement, parce qu'il était aussi un véritable lâche.

Elle lui avait dit qu'elle l'aimait et il n'avait absolument rien répondu. Il n'avait même pas su ce qu'il devait penser jusqu'à ce qu'elle franchisse la porte et que ses synapses se remettent en marche. Il n'arrivait pas à croire qu'elle s'était ainsi dévoilée devant lui alors qu'il la repoussait et croyait protéger sa famille. Seulement, il ne protégeait pas Daisy. Pas vraiment. Addi n'avait rien fait pour mériter ce manque de confiance qu'il avait en ce qui concernait leur relation en général. Ce n'était pas qu'il manquait de confiance en elle. Dieu seul savait qu'il avait foi en elle. Plus que tout. Simplement, il voulait qu'elle assume le rôle de femme dans la vie de Daisy et soudain, il n'avait plus compris ce qu'il devait faire. Mais ce n'était pas sa faute à elle. C'était la sienne et celle de la mère de Daisy qui avait abandonné.

Puisqu'il avait eu tellement peur de refaire du mal à sa fille, il avait blessé la seule personne qu'il était censé aimer plus que tout au monde. Tous les deux, ils avaient traversé tant de choses dans leurs vies et il avait passé une grande partie de son existence d'adulte avec elle à ses côtés, sachant qu'il pouvait se reposer sur elle. Ils n'étaient pas simplement amis. Ils étaient meilleurs amis. Et il ne s'agissait pas simplement de mots ou d'un titre.

Et dès qu'il l'avait embrassée, dès qu'il lui avait fait

l'amour sur le lavabo, il n'avait plus simplement été son ami. S'il lui avait fait cette promesse de ne jamais la blesser en tant qu'ami, alors il aurait dû réitérer cette promesse quand ils étaient devenus plus.

Il avait besoin d'aller la voir. Il devait ramper à ses pieds et la supplier de le reprendre. Parce que même si elle avait dit qu'elle l'attendrait, il ne savait pas si cela serait vraiment le cas. Non pas parce qu'il ne croyait pas en ses mots. Mais plutôt, parce qu'il ne lui en voudrait pas si elle s'éloignait de quelqu'un en qui elle ne pouvait avoir foi.

Ses parents viendraient plus tard pour passer du temps avec Daisy pendant qu'il sortait faire quelques courses, mais il avait le sentiment qu'il n'irait pas simplement au supermarché. Il savait qu'Adrienne était en repos ce matin, avant d'aller au salon pour un rendez-vous plus tardif qu'habituellement. Il était censé travailler, mais Ryan avait assumé sa garde pour qu'il puisse passer un peu plus de temps avec sa fille. Il serait toujours reconnaissant envers ses amis, mais pour le moment, il devait découvrir ce qu'il allait dire à la femme à laquelle il tenait plus que tout. Peut-être que c'était ainsi qu'il devait commencer. Parce qu'elle avait dit qu'elle l'aimait et il n'avait rien répondu.

L'aimait-il ?

Il l'avait aimée comme une amie pendant une éternité, mais il savait que ce n'était pas la même chose et que cela ne ressemblerait en rien à ce qu'elle lui avait révélé quand ils se tenaient dans le salon.

Le truc, c'était qu'il pouvait l'imaginer dans sa vie pendant plus longtemps qu'un moment futile. Il l'imaginait aussi de façon permanente dans la vie de sa fille.

Pourquoi ne pouvait-il pas prononcer ces mots ? Il ne les avait jamais dits à une quelconque personne qui n'appartenait pas à sa famille, mais personne n'avait autant compté. Addi avait toujours eu une signification plus grande. Elle avait toujours été présente dans sa vie. Elle avait toujours tout été pour lui. D'autres s'étaient demandé s'ils pouvaient supporter de rester simplement amis, sans alchimie sexuelle et apparemment, ils avaient mis du temps à s'enflammer.

Quand ils avaient fréquenté d'autres personnes, il n'y avait pas la même connexion entre eux qu'actuellement, il en était persuadé. Il n'avait pas eu l'impression de la désirer et il avait conscience de ne pas avoir ressenti la même chose pour elle quand il était avec son ex. Donc peut-être que le temps pouvait changer les sentiments.

Et alors qu'il fermait les yeux et tentait de penser à ce que sa vie serait sans elle, il fut incapable de l'envisager. Parce qu'elle était impliquée dans chaque aspect de sa vie et de son cœur.

— Merde. Je l'aime.

Il était plus qu'idiot. Il était un bon à rien qui méritait plus que l'autoflagellation qu'il pourrait s'infliger en la revoyant. Parce qu'il l'aimait et il l'avait laissée partir parce qu'il avait peur. Peu importait que quelqu'un d'autre l'ait bouleversé. Addi ne l'avait pas fait et il aurait dû faire confiance à son instinct en ce qui concernait la jeune femme, pour que rien d'autre ne brouille ses pensées.

Et il ne devrait pas rester planté au milieu de sa chambre, à ne porter qu'un boxer et à penser à tout cela dans sa tête plutôt que d'aller le lui dire en face. Peu importait ce qu'il pensait de lui-même, à moins d'avoir le courage de le lui avouer en face, ça n'aurait pas d'importance. C'était elle, qui le lui avait dit en premier. Elle avait une audace incroyable, plus grande que ce qu'il pourrait espérer avoir un jour.

Il avait besoin de la voir.

Il avait besoin d'elle.

C'était aussi simple que ça.

Même si rien n'était si simple.

Il s'habilla à la hâte et vit que ses parents étaient arrivés pour prendre soin de Daisy. Il savait qu'il avait besoin de leur parler, à eux et à sa fille, de ce qui pourrait se passer, mais pour l'instant, il devait se focaliser sur Addi. Daisy passerait toujours en premier pour lui, mais Addi n'était battue que d'une courte tête.

Ses parents lui lancèrent des coups d'œil curieux alors qu'il courait presque hors de la maison pour rejoindre son pick-up. Il ignorait si sa meilleure amie était chez elle, mais il se rappela qu'elle avait tendance à faire le ménage quand elle n'avait qu'une envie : réfléchir.

Sa voiture n'était pas dans l'allée quand il se gara, mais bien sûr, elle pouvait être dans son garage, comme d'habitude. Il éteignit le moteur et prit une profonde inspiration, son esprit se vidant quand il songeait à ce qu'il allait lui dire. Il n'avait jamais été doué avec les mots. Il n'avait jamais eu besoin de l'être. Il avait toujours mis ce qu'il ressentait dans son art et dans sa façon de prendre soin des autres autour de lui. Il n'avait certainement pas pris soin d'Addi quand il l'aurait dû, et désormais, il devait ramper à ses pieds.

Si la jeune femme voulait lui botter le cul, il la laisserait faire. Il n'avait toujours pas eu de rencard avec elle en public, bon sang, parce qu'elle avait été compréhensive quant au temps qu'il avait besoin de passer avec Daisy. Ils avaient eu plus d'un mois de nuits torrides, de frasques rapides et secrètes, ainsi que de moments où ils n'étaient que tous les deux, comme si cela avait été la chose la plus normale du monde.

Il était un salaud et si Adrienne le reprenait, il ferait tout ce qui était en son pouvoir pour s'assurer qu'il méritait l'amour qu'elle lui avait offert si gratuitement. Et une fois encore, il devait arrêter de *se le* dire, pour *le lui* dire. Elle méritait des rendez-vous, des fleurs et de grands actes d'amour.

Et c'était ce qu'elle obtiendrait ce jour-là.

Il sortit de son pick-up et ferma la portière derrière lui. Il sonna et pria pour qu'elle soit chez elle. Il se mit ensuite à genoux. S'il devait ramper, il prévoyait de le faire comme il le fallait.

Elle ouvrit la porte et fronça les sourcils en regardant vers le bas.

— Qu'est-ce que tu fais, Mace ?

— Je n'avais pas de bris de verre à portée de main. Mais si tu veux que je m'agenouille sur du verre devant toi, je le ferais. Ce sera douloureux, mais je mérite bien plus que la simple agonie de m'agenouiller sous ton porche.

— Mace.

— Je suis terriblement désolé, Addi. Je t'ai répété encore et encore que tu étais ma meilleure amie et que, peu importait ce qu'il se passait, je ne te ferais pas de mal. Et c'est pourtant ce que j'ai fait... pensant que je pouvais protéger ce que j'avais, je t'ai fait souffrir. Tu ne méritais pas ça. Tu ne méritais pas les mots que j'ai prononcés et qui t'ont blessée comme je l'imagine. Je suis tellement désolé de t'avoir fait du mal. Tu as dit que tu m'aimais et je t'ai laissée quitter ma maison. Je te fais confiance. Je te fais confiance de tout mon être et avec tout ce que j'ai. Je te fais confiance pour la vie de ma fille, je te confierai *ma* propre vie. Je n'aurais pas dû faire peser mes incertitudes sur tes épaules. Je n'aurais pas dû laisser ce qui est arrivé avec Jeaniene se refléter sur toi. Tu ne méritais pas ça. Tu méritais que je te dise exactement ce que je ressentais plutôt que ce dont j'avais peur. Et je n'aurais pas dû attendre aussi longtemps pour venir à ta porte et te demander de me reprendre.

Les larmes coulaient sur les joues de la jeune femme et

il ne put s'empêcher de se lever pour tendre la main vers elle et les essuyer.

— Mace.

— Je suis désolé. Je me serais agenouillé et je t'aurais supplié de me pardonner à la boutique, ou partout ailleurs si tu voulais me retrouver en public, mais je ne pouvais pas attendre qu'on soit au travail. Il fallait que je te voie. J'aurais dû venir plus tôt, mais je savais que tu avais besoin d'espace. Tu avais besoin de temps pour préparer des cookies, nettoyer ta maison et remettre de l'ordre dans tes idées. Tout comme j'avais besoin de temps pour me sortir les doigts du cul et me rendre compte que j'étais si terriblement tombé amoureux de toi, Adrienne Montgomery, que j'ignore comment je pourrais vivre ma vie sans toi. Tu as été ma meilleure amie pendant toute ma vie d'adulte et j'aurais aimé te connaître quand on était enfant pour pouvoir dire que tu as été mon roc depuis bien plus longtemps que ça. Mais je t'aime. J'aime ta façon de sourire. J'aime que tu t'impliques à fond dans tout ce que tu fais. J'aime que tu fasses passer ta famille en premier. J'aime que tu n'aies pas peur de ce que les gens pensent de ton travail, de tes tatouages, de tes cheveux ou d'autres trucs stupides dans ce genre. J'aime que tu aies pris le risque d'ouvrir un salon, que tu m'aies fait suffisamment confiance pour m'emporter avec toi dans cette aventure. J'aime que tu aies pris un risque avec moi. Et j'aime le fait que même quand tu souffrais, tu as aidé ma petite fille. Parce que c'est la femme que tu es. J'aurais dû savoir que peu importait ce qu'il se passait entre nous, tu ferais toujours passer Daisy au-delà de toute souffrance. Parce que c'est le genre de femme que tu es. Tu auras fait ça pour Livvy ou n'importe lequel de tes frères et sœurs. Parce que c'est la force qui coule dans tes veines. Et je suis honoré de te qualifier d'amie. Je suis honoré de te qualifier d'amante. Je suis honoré, par-dessus tout, que tu m'aimes et j'espère simplement que tu me laisseras t'aimer en retour.

Elle demeura silencieuse si longtemps qu'il eut peur d'en avoir trop dit ou pas assez. Il lui avait avoué exactement ce qu'il ressentait, pourtant, il n'arrivait pas vraiment à formuler la profondeur de son besoin d'elle.

Néanmoins, avant qu'il ne puisse poursuivre, elle posa ses doigts sur les lèvres de Mace et sourit.

— C'est la chose la plus magnifique que tu m'aies jamais dite, Mace Knight. Et je te connais depuis assez longtemps pour savoir que tu as déjà fait des discours assez incroyables. Parce que c'est le genre d'homme que *tu* es. Et même si j'aime le fait que tu te sois mis à genoux pour ramper à mes pieds, je n'ai pas besoin que tu recommences en public. Je n'ai pas besoin que tu te prosternes et que tu te dénigres devant qui que ce soit à cause de ce qu'il se passe entre nous. Je t'aime bien plus que ça. Et si tu m'aimes ? Eh bien, ça, ton air désolé et le cœur que tu as mis dans ta déclaration rattrapent tout ce que tu as dit — ou ce que tu n'as pas dit — ce soir-là. Tu rampes bien, Knight. Vraiment bien.

Lorsqu'elle tira sur son bras, il la suivit à l'intérieur et ferma la porte derrière lui. Il l'embrassa alors, ne pouvant se retenir et nier son besoin d'elle, son désir de sentir ses lèvres, son goût, rien qu'elle. Quand elle prit son visage, elle recula et fronça les sourcils.

— Quoi ? s'enquit-il d'une voix chuchotée.

— Pourquoi tu t'es rasé ?

Il l'embrassa à nouveau, mordant sa lèvre inférieure.

— Parce que chaque fois que je me regardais dans le miroir et que je voyais ma barbe, je pensais à toi. Comme tu aimais la caresser, comme tu disais vouloir chevaucher mon visage. Je me rappelais ta manière de jouir sur la langue quand ma barbe éraflait l'intérieur de tes cuisses, et je savais que je ne pouvais plus voir ma barbe sans penser à toi.

Elle s'éventa.

— Eh bien, alors. J'imagine qu'on va voir comment tu t'en sors, en bas, sans barbe.

Il rit et l'embrassa davantage.

— On verra. Si je ne suis pas aussi doué que pendant mon existence de barbu, je peux toujours la faire repousser.

— Parce que tu es généreux.

— Oh que oui, je le suis.

Elle le guida vers la chambre et il l'embrassa, tant son goût lui manquait. Ils restèrent doux, au début, se déshabillant l'un l'autre alors qu'ils faisaient une nouvelle fois connaissance avec leurs corps. Ce n'était pas comme si une éternité s'était écoulée depuis qu'ils s'étaient envoyés en l'air, mais cela faisait suffisamment longtemps pour que Mace ait envie de mémoriser chaque centimètre d'elle à nouveau. Elle lui avait manqué, bon sang, et il ne se pardonnerait jamais de ce qu'il avait fait.

Addi embrassa sa tempe avant de le repousser.

— Arrête.

Il se figea.

— Quoi ? Je t'ai fait mal ?

Elle leva les yeux au ciel. Ils étaient plantés là, nus, dans sa chambre, et elle levait les yeux au ciel devant lui. C'était l'Addi qu'il connaissait et qui lui manquait.

— Non, bien sûr que non. Mais tu penses à ce que tu as fait et à comme tu te sens mal. Tu casses l'ambiance. Alors pourquoi tu n'irais pas t'allonger sur le lit pour penser à des choses positives ? Pas à l'Angleterre, mais peut-être au fait que je sois sexy, s'il te plaît. Ensuite, je m'occuperai de toi.

Il l'embrassa ardemment avant de se mettre en marche pour aller s'allonger sur le lit.

— Eh bien, puisque tu le demandes si gentiment. Mais viens ici et laisse-moi t'embrasser. Tu m'as manqué.

Son regard se réchauffa et elle lui obéit rapidement.

— Toi aussi, tu m'as manqué.

Ils s'embrassèrent, se léchèrent, leurs mains parcourant le corps de l'autre. Il saisit sa poitrine avant de glisser une main entre ses jambes où il la trouva chaude et ouverte. Elle mit une main sur son membre, serra et le caressa paresseusement alors qu'ils apprenaient une nouvelle fois à se connaître. Et ce qui avait commencé comme un ébat doux et lent devint ensuite bouillant et précipité.

Il était en elle, se glissant dans sa chaleur mouillée alors que leurs regards se croisaient. Elle entrouvrit les lèvres et il décrivit des va-et-vient, le sexe de la jeune femme se serrant autour de lui tandis qu'il se retirait, comme si chaque partie d'elle avait besoin qu'il reste proche. Puisqu'il ressentait la même chose, cela ne faisait que l'exciter encore plus.

Elle releva les hanches, venant à sa rencontre alors qu'ils commençaient à jouir ensemble. Elle soupira.

— Il faut que tu ailles plus vite, chuchota-t-elle. J'ai besoin de *toi*.

Il bougea alors, augmentant le rythme jusqu'à ce qu'ils halètent tous les deux, les bruits dans la chambre trahissaient leurs ébats, leur besoin et tout ce qui composait la relation entre Addi et Mace. Elle se cambra contre lui, jouissant violemment sur son membre et il la suivit, l'emplissant jusqu'à ce que son corps tremble. Il savait qu'il aurait besoin de temps pour s'en remettre avant de la prendre à nouveau.

Parce qu'il la prendrait encore. Encore et encore, tant qu'elle l'accepterait. Parce qu'elle était sienne et qu'il était sien. Il ne l'oublierait jamais. Plus maintenant.

— Je t'aime, chuchota-t-il. Tellement.

Les larmes brillèrent dans les yeux de la jeune femme et elle prit son visage entre ses mains.

— Je t'aime aussi, mon vieux.

Il l'embrassa à nouveau et découvrit que son temps de repos nécessaire était bien plus court qu'il ne l'avait imaginé. Son Addi semblait avoir cet effet-là, sur lui.

Et il ne l'oublierait jamais.

Dix-Sept

ADRIENNE REJETA la tête en arrière et se cambra contre Mace alors qu'il bougeait en elle. Elle était à quatre pattes, ses mains s'agrippant aux draps alors qu'il donnait des coups de reins en elle. Il l'avait déjà fait jouir deux fois au bord du lit avec sa bouche, puis une fois encore quand il s'était retrouvé sur elle, et il s'était ensuite décalé pour pouvoir jouer avec ses fesses et la caresser pour la débarrasser de toute douleur lorsqu'il la massait tout en continuant de la prendre.

Ses cheveux glissèrent dans son dos et Mace s'y agrippa, les enroulant autour de son poing. Il était si épais, si fort qu'il l'étirait à chaque va-et-vient. Elle ne put s'empêcher de bouger en même temps que lui parce qu'elle savait qu'elle donnait tout ce qu'elle avait.

Lorsqu'il la tira en arrière par les cheveux, elle le laissa faire pour que son dos soit collé au torse de Mace et qu'il la prenne pendant qu'ils s'agenouillaient ensemble, sur le lit. Il avait une main dans ses cheveux et l'autre jouait avec sa poitrine alors qu'elle tendait le bras derrière elle pour le serrer encore davantage contre elle.

— Jouis, Addi. Je vais exploser et il faut que tu te crispes autour de moi. Tu es tellement douée pour ça.

Elle rit, mais tourna la tête afin de pouvoir l'embrasser.

— Ah oui ? Tu es vraiment proche de l'orgasme ?

— Touche ton putain de clito, Addi. Sinon, je le fais pour toi. Et je sais que tu es déjà sensible à ce niveau-là. Tu veux te provoquer un orgasme sur ma queue ? Ou tu veux me torturer avec et continuer plus longtemps pour que ton petit bourgeon déjà bandé soit encore plus douloureux ?

Honnêtement, elle n'était pas certaine de sa réponse, puisque les deux options paraissaient vraiment torrides, mais parce qu'elle aimait la façon dont il réagissait quand il la regardait se masturber, elle glissa une main sur son ventre et effleura à peine son clitoris. Il avait eu raison, elle était si sensible après tant d'orgasmes en quinze heures que c'en était presque douloureux, mais elle jouit immédiatement, comme si elle avait appuyé sur un bouton magique et mythique qui la faisait tomber dans l'extase.

Elle cria son nom et il fit de même lorsqu'il l'emplit, son sexe vacillant en elle alors qu'il se vidait. Elle ne l'avait jamais trouvé plus sexy.

— C'est une façon comme une autre de dire bonjour, la taquina Mace.

Ils s'allongèrent, face à face, après s'être laissés tomber.

— C'est la meilleure façon. On va transformer ça en routine, déclara-t-elle.

Son corps était lourd et satisfait. Il se pencha en avant et captura ses lèvres.

— On peut le faire, Addi, tu es à moi. On peut le faire.

Et parce qu'il était son Mace, son meilleur ami, elle le crut.

— Alors, Mace et toi ? s'enquit son père en baissant les yeux vers son café.

— Mace et moi.

Adrienne s'enfonça sur sa chaise, scrutant ses parents alors qu'ils la regardaient ou fixaient leurs tasses maintenant qu'elle leur avait avoué que, à partir de maintenant, Mace et elle étaient en couple. Ils se fréquentaient, se qualifiaient de petit ami et petite amie, et discutaient de l'avenir. Il n'y avait aucune mention de mariage ou de choses de ce genre, puisqu'ils en étaient encore aux balbutiements de leur relation et de leur amour. Ils auraient le temps de parler d'avenir plus tard, parce qu'elle savait qu'ils en auraient un. Elle avait déjà annoncé à ses sœurs que Mace et elle étaient officiellement ensemble. Celles-ci ne débordaient pas vraiment de joie en sachant qu'il l'avait blessée, mais quand elle avait mentionné qu'il avait rampé à ses pieds, elles s'étaient calmées.

D'un autre côté, ses parents... elle n'était pas vraiment

sûre de savoir comment ils réagiraient. Mais elle ne voulait plus se cacher. Elle devait être ouverte et franche. Peut-être qu'elle n'avouerait pas exactement ce qu'il se passait derrière les portes fermées, mais elle voulait au moins leur donner une idée de leur implication et de tout le reste. Elle s'obligea à ne pas rougir en songeant à ce que son petit ami et elle faisaient derrière ces portes fermées, justement. Elle tenta aussi de ne pas gigoter sur sa chaise, puisqu'elle était toujours un peu courbaturée, mais visiblement, elle n'arrivait pas bien à le cacher puisque sa mère lui lança un regard entendu et sinistre.

Elle en savait assez.

— Évidemment que vous êtes ensemble, chérie. Je le sais depuis un moment, maintenant.

Sa mère se contenta de sourire et son père commença à rire.

— Quoi ? s'enquit Adrienne en reposant sa tasse. Vous le saviez déjà ? Et moi qui étais prête à passer devant l'Inquisition alors que vous le saviez déjà.

— Bien sûr qu'on le savait, ma puce, répondit son père en souriant.

— Nous sommes tes parents. Nous savons tout. Tu n'as pas appris ça quand tu étais petite ?

Il lui fit un clin d'œil et Adrienne prit sa tête entre ses mains avant de grogner. Heureusement, ses parents n'étaient pas vraiment l'Inquisition, et elle put profiter du reste de son café avant de leur dire au revoir et de partir à la boutique. Elle commençait plus tôt puisqu'elle voulait se charger d'un peu de paperasse, mais les autres arriveraient plus tard.

Bien sûr, sa journée ne pouvait pas continuer aussi bien. Dès qu'elle se gara, elle vit les nouveaux tags sur la devanture. Quelqu'un avait ajouté d'autres graffitis, cette fois-ci en utilisant des formes quelconques et des lettres qui ne formaient pas de véritables mots. Elle n'était pas vaincue ni triste cette fois-ci. Pas de larmes ni d'estomac crispé.

Non, cette fois-ci, elle était simplement en rogne.

La personne qui pensait pouvoir la chasser du bâtiment se trompait grandement. AMI allait simplement nettoyer et continuer. Leur affaire n'allait pas échouer à cause d'un trouduc. Ses collègues étaient plus que talentueux et tous ceux qui n'étaient pas d'accord pouvaient aller se faire foutre. Elle appela la police, et une nouvelle fois, le conseiller de sa compagnie d'assurance, en restant dans sa voiture puisqu'elle ne voulait pas prendre la peine de rester plantée dans le froid pendant ce temps-là. Elle envoya ensuite un message à Mace pour lui dire qu'il devrait probablement venir afin de l'aider à nettoyer. Ryan n'était pas en ville, et aujourd'hui, Shep passait la matinée avec Livvy puisque Shea allait entamer la saison des impôts et avait besoin de temps pour se préparer.

Elle prit une profonde inspiration et roula ses épaules en arrière. Shep et Mace avaient dit que quand il y avait de l'action, elle enfilait son armure afin de botter des fesses, et à ce moment-là, ils avaient raison. Que le mec qui était venu dans leur boutique la première fois pour minimiser leur succès aille se faire foutre, comme tous ceux qui pensaient pouvoir les achever.

Ils ne connaissaient évidemment pas les Montgomery.

Elle sortit de sa voiture et avança vers sa devanture quand Thea et un homme qu'elle ne reconnaissait pas franchirent les portes de Glaçage Colorado, la boulangerie de sa sœur. Thea avait encore de la farine dans ses cheveux, ce qui lui donnait un air adorable, même si elle détestait avoir mauvaise allure au travail. Elle aussi était renfrognée.

— Encore ? s'enquit-elle en secouant la tête. Tu as appelé les flics ou on devrait le faire ? Bon sang. Je suis tellement énervée pour toi.

— Je suis assez énervée moi-même.

Elle scruta l'homme.

— Salut, je suis Adrienne, la sœur de Thea et propriétaire de cette boutique.

Elle montra la devanture d'un signe de pouce par-dessus son épaule, essayant de ne pas laisser la vue de la peinture et du bazar lui briser encore plus le cœur. Elle n'allait *pas* abandonner.

— Oh, Adrienne, je te présente Dimitri, déclara Thea en agitant les mains. Je croyais que vous vous étiez déjà rencontrés. Désolée.

Dimitri était le nouvel ex-mari de l'amie de Thea, Molly, et il était également son propre ami. Addi l'avait déjà rencontré, mais seulement quelques fois et apparemment, elle ne se rappelait pas qu'il était si canon. Il avait une barbe, un côté mystérieux et désormais, elle se souvenait de lui, puisqu'il avait des tatouages qu'elle admirait.

— Oh, oui, je suis vraiment désolée. Salut, Dimitri. Apparemment, je n'ai pas toute ma tête, aujourd'hui.

Il sourit, inclinant la tête.

— Salut. Et oui, je me souviens aussi de toi, même si ça doit faire deux ans. Thea était en train de me mettre au courant de tout ce qu'il s'était passé avec ton salon. Je sais que je ne peux probablement rien faire pour toi, mais tu veux que j'entre avec toi et vérifie s'il n'y a pas d'autres dégâts ?

Elle secoua la tête après sa question.

— La porte n'a pas l'air abîmé, donc je pense que c'est comme la dernière fois. Il n'y a que de la peinture sur la vitrine. Je vais entrer et vérifier, mais tout ira bien.

Elle leva les clés entre ses doigts.

— J'ai appris à gérer ça il y a un moment.

— Eh bien, dis-nous si tu as besoin de quoi que ce soit, affirma Dimitri.

Thea s'approcha pour l'étreindre fermement.

— Sérieusement. Si tu veux un donut, un beignet ou n'importe quoi d'autre, viens me voir. Je veux que quiconque a fait ça soit attrapé.

— Je sais bien. Moi aussi. J'espère que ça ne cause pas préjudice à ta boutique.

Adrienne avait appris à connaître tous les propriétaires de la zone depuis qu'ils avaient lancé la construction, plus d'un an auparavant, mais sa priorité était toujours Thea.

Abby et son salon de thé n'étaient pas loin derrière, dans l'ordre de ses préoccupations.

— Les affaires vont bien, déclara Thea.

Elle glissa une main dans la farine qui recouvrait ses cheveux.

— Fais attention à toi et viens me voir tout à l'heure pour un chocolat chaud. Ça me manque de ne plus te voir autant.

Elle l'enlaça une nouvelle fois avant de chuchoter :

— Et je veux plus de détails sur Mace, s'il te plaît.

Adrienne rit et fit un signe de la main à Dimitri alors que tous les deux, ils repartaient vers la boulangerie. Elle ne put s'empêcher de les voir déambuler si près l'un de l'autre, discutant comme s'ils avaient déjà fait ce trajet matinal à d'innombrables reprises auparavant. Elle se demanda ce qu'il se passait entre eux, mais elle savait que non seulement cela ne la regardait pas, mais qu'elle devait également rejoindre sa propre boutique avant de geler. Elle attendrait la police là-bas. Les autres commerces n'ouvriraient pas avant une heure, au moins, donc la zone était assez vide, mais ça ne la dérangeait pas. Moins de personnes se mêleraient de ça et verraient la devanture de sa partie du bâtiment.

Alors même qu'elle entrait, en faisant attention à ne pas toucher la peinture ou le bazar, elle ne put s'empêcher de se demander si elle avait ressenti une étincelle entre sa sœur et Dimitri. C'était probablement parce qu'ils étaient tous les deux incroyablement beaux et qu'ils avaient une alchimie semblable à de très bons amis, mais Adrienne pouvait toujours se poser la question. Bien sûr, s'il se passait quelque chose entre eux, ce serait une catastrophe de proportions épiques, étant donné qu'ils étaient proches l'un de l'autre.

Elle s'apprêtait à allumer la lumière pour jeter un coup d'œil autour d'elle quand une main se posa sur sa bouche. Elle se figea un très bref instant, sachant qu'elle venait de commettre une foutue erreur.

— Je vous ai dit de *partir*, cria l'homme derrière elle. Vous *amochez* notre communauté. Pourquoi ne le comprenez-vous pas ? Si détruire votre affaire ne vous fait pas partir, alors je vais devoir *vous* détruire.

Il tira sur ses cheveux, la traînant sur le côté et la poussant contre le mur. Elle cria et se retourna, donnant un coup de poing dans le vide. Elle le toucha au niveau de la mâchoire, sa clé s'enfonça dans la chair de l'homme. Il hurla, le sang coulant sur son visage puis son costume immaculé. C'était l'homme qui s'était pointé à AMI le premier jour. L'homme qui les avait menacés avant de disparaître. Mais s'il était là, maintenant, peut-être qu'il n'était pas parti si loin que ça, après tout.

— Pétasse !

Adrienne fut rapide, mais l'homme l'était encore plus. Il lui attrapa le bras, lui déboîtant presque l'épaule et elle prit une brusque inspiration quand la douleur traversa son système, poussant la bile à remonter dans sa gorge et à recouvrir sa langue.

— Allez. Vous. Faire. Foutre.

Elle se dégagea, une vive douleur faisant ricochet dans son bras, mais elle l'ignora. Elle ne savait pas du tout quel était le problème de ce mec, mais elle était consciente que si elle ne sortait pas bientôt, elle ne franchirait plus jamais les portes d'AMI.

— Vous étiez censée partir, hurla-t-il. Vous étiez censée avoir peur, après les graffitis. Les autres étaient censés vous repousser, ne pas vouloir vous approcher. Ils n'étaient pas supposés se rallier à vous. Ensuite, les flics devaient vous faire fermer. Tout comme l'Agence de santé. Mais vous avez continué de coucher pour vous en sortir, n'est-ce pas ? Parce que vous n'aviez aucune façon de franchir toutes les barrières. Vous vous êtes fait baiser pour obtenir ce que vous vouliez. Vous avez utilisé vos hanches, vos seins et votre cul, et maintenant vous *gâchez* notre nom dans cette partie de la ville.

Adrienne n'arrivait honnêtement pas à comprendre ce qu'elle entendait. Cet homme voulait qu'AMI disparaisse puisque la boutique donnait apparemment un mauvais exemple ? Et pourtant, il avait l'audace de l'insulter ainsi ? De l'accuser d'utiliser son propre corps ?

Il était non seulement dérangé, mais il était également dangereux et avait apparemment assez de pouvoir pour qu'au moins certaines personnes l'écoutent. Du moins, c'était ce qu'il pensait.

L'homme se lança une nouvelle fois sur elle et elle esquiva, utilisant son épaule pour tenter de lui donner un coup dans le ventre. Seulement, elle utilisa l'épaule qu'il lui avait blessée et elle eut un haut-le-cœur tant la douleur était forte. Merci mon Dieu, ce n'était pas son épaule dominante, mais elle savait qu'elle aurait des ennuis si elle ne se sortait pas de là.

Il plongea sur elle, mais elle lui mit un coup de pied entre les jambes, utilisant le bout pointu de sa botte. L'homme mit un genou à terre, tout en tendant les mains vers elle. Il l'avait acculée, mais si elle donnait un nouveau coup de pied, elle pourrait peut-être sortir du bâtiment et appeler à l'aide. Elle avait laissé tomber son téléphone et ses clés après le premier coup de poing et elle aurait pu se maudire à cause de cela.

Il s'avança vers elle, mais la porte s'ouvrit derrière eux à cet instant. Mace était là, furieux, alors qu'il faisait une clé de bras à l'inconnu. Adrienne donna un nouveau coup de pied dans les bourses de l'homme, pour faire bonne mesure. Au travers de la colère dans le regard de Mace, elle vit sa fierté sur son visage.

L'homme boitilla entre les bras du petit ami d'Addi, devenant blafard à cause de sa douleur visiblement immense. Elle ne serait pas surprise s'il s'était explosé un testicule. Ce crétin le méritait.

Dimitri et Thea franchirent les portes juste après et le jeune homme poussa la sœur d'Adrienne derrière lui. Celle-ci lui en fut reconnaissante, même si Thea n'avait pas l'air ravi.

L'adrénaline d'Adrienne sembla diminuer totalement à

ce moment-là, donc elle recula vers le mur et glissa, regardant Mace.

— Salut. Merci.

— Nom de Dieu.

Il tenait toujours l'homme qui avait essayé de détruire ses rêves et qui lui avait fait du mal, mais tout ce qu'elle arrivait à se dire, c'était qu'elle avait eu beaucoup de chance de ne pas être seule.

— Je me suis battue.

Mace sourit alors, légèrement, mais suffisamment pour qu'elle se détende légèrement.

— Oui, tu l'as fait.

— Mais merci quand même de m'avoir sauvée, déclara-t-elle.

Il ne rit pas, mais elle l'en croyait incapable pour le moment.

— J'ai appelé la police, déclara Thea en s'approchant d'elle. Ils étaient déjà en chemin pour s'occuper du vandalisme, mais ils vont probablement se dépêcher, maintenant. Et ils auront sûrement besoin d'une ambulance.

Elle ne toucha pas Adrienne, mais elle était assez proche pour que ce soit réconfortant. Adrienne n'était pas sûre de pouvoir supporter d'être touchée à cet instant, de toute façon. Son épaule et sa tête, où il lui avait tiré les cheveux, étaient bien trop douloureux.

Dimitri alla aider Mace, puis Abby entra rapidement dans la boutique après cela, partant s'asseoir près d'Adrienne. Elle sentait le thé, tandis que Thea sentait le sucre et le chocolat. Adrienne ne pouvait imaginer un meilleur endroit qu'entre elles deux — à part les bras de Mace.

Lorsque les flics arrivèrent, ils observèrent la scène et Adrienne sut que les choses redeviendraient finalement normales. Enfin, tout aussi normales qu'elles pouvaient l'être chez les Montgomery.

Elle s'était battue en retour, se souvint-elle. Elle avait gagné. Et la présence de Mace n'était que la cerise sur le gâteau.

— Je vais bien, maman, arrête de t'occuper de moi.

Adrienne s'appuya contre Mace, sa bonne épaule collée à sa peau ferme. Daisy était assise sur ses cuisses et elle bougeait de temps en temps pour embrasser les bobos d'Adrienne. La jeune femme était tombée sous le charme de cette enfant et elle ne l'avait pas encore encaissé, mais ils auraient le temps de tout comprendre plus tard.

— Tu vas avoir le bras en écharpe pour maintenir ton épaule, et tu auras des ecchymoses là où ton dos a heurté le mur quand ce salaud t'a poussé.

La grand-mère grimaça et baissa les yeux vers Daisy, puis vers sa petite-fille, Livvy, qui se cachait derrière les jambes de Shea parce qu'elle était timide, aujourd'hui.

— Désolée. Il m'a énervé. Ne m'écoute pas quand je dis de mauvaises choses, chérie.

Daisy sourit timidement avant de se blottir contre

Mace et de tendre la main pour jouer avec les cheveux d'Adrienne.

— Mon épaule ira mieux dans quelques semaines. Je peux toujours travailler, pas autant que je le voudrais, mais il y a pas mal de boulot administratif dont je peux me charger pendant que les mecs prennent la relève. Je ne me suis pas déchiré de muscle ni cassé d'os, ce n'est qu'une petite entorse.

Elle voulait en dire plus, mais Daisy était dans la pièce et elle avait peur que certaines choses puissent effrayer la petite.

— Salut, Daisy, tu peux me montrer ton nouveau coffre à jouets ? s'enquit Roxie. Je n'ai pas pu le voir avant qu'on te le donne. Tu veux venir aussi, Livvy ?

Daisy acquiesça et se dégagea des genoux de son père avant de prendre la main de Roxie pour quitter la pièce. Livvy avait saisi l'autre main et désormais, il n'y avait plus que des adultes dans le salon qui pouvaient parler librement de ce qu'il se passait.

— Je n'arrive toujours pas à croire que ce soit arrivé, déclara Thea. Dimitri et moi, on se sent horriblement mal quand on pense qu'on était *juste là* et qu'on ne s'en est même pas rendu compte jusqu'à ce qu'on voie Mace courir. Je suis tellement désolée qu'on ne soit pas arrivé plus tôt.

— Tu aurais pu être blessée aussi. Je vais bien. La boutique va bien. Et Isaac Crawford est derrière les barreaux. Ou du moins, il le sera une fois qu'ils auront réparé son testicule rompu.

Son frère, son père et Mace grimacèrent en cœur, tandis que Shea, Thea et sa mère se tapèrent dans la main. Elles étaient tout aussi assoiffées de sang qu'Adrienne et elle aimait ça.

— Alors, cet homme était un trouduc, commença Shea. Un trouduc plein aux as qui n'aimait pas l'idée qu'un salon de tatouage miteux s'installe dans sa précieuse rue toute propre.

Elle cracha ces mots et Shep passa un bras autour de son épaule avant de l'embrasser sur le sommet du crâne.

— C'est bien ça, intervint Mace. Apparemment, pendant qu'il criait que ses boules saignaient — aïe, soit dit en passant — il a tout raconté aux flics.

Adrienne grogna.

— Il a engagé des gars pour abîmer le bâtiment et s'est servi de ses relations pour appeler l'Agence de santé afin de nous faire fermer. Il n'aurait jamais imaginé qu'un salon de tatouage et de piercing raisonnable soit plus propre que la plupart des boutiques de la ville. Nous *devons* l'être. Et le nôtre est super propre, merci bien.

— Et il a appelé les flics pour faire un faux rapport sur un trafic de drogues ? Ou est-ce qu'il a délégué ça à quelqu'un ? s'enquit Thea en passant ses bras autour d'elle.

— Il l'a fait lui-même. Il a dit à la police qu'il déléguait certaines choses, mais il ne pensait pas que c'était illégal de s'assurer qu'il n'y ait pas de drogues dans une communauté agréable et familiale.

Adrienne leva les yeux au ciel.

— Oh, l'idiot. Les fausses déclarations ne sont pas une chose qu'on a envie de gérer, franchement.

— Et il a fait ça parce que son programme pour devenir le chef de la communauté était sûr, peaufiné et aussi banal que possible, intervient Mace. On ne savait pas qui il était, parce qu'il n'est pas le chef de *notre* communauté, mais apparemment, c'est un gros bonnet ou quelque chose de ce genre.

— Je me fiche que ce soit un gros bonnet. Il s'est fait attraper et il va peut-être perdre un testicule. Qu'il aille se faire foutre.

Adrienne acquiesça brièvement et une fois encore, les hommes présents dans la pièce grimacèrent. Ils allaient devoir s'y habituer, puisqu'elle était sacrément fière de ce qu'elle avait fait, même si elle n'avait jamais eu aussi peur de toute sa vie.

D'accord, elle avait peut-être été plus effrayée quand Daisy avait été malade, mais c'était un autre sujet.

Ils discutèrent ensuite de ce qu'ils allaient faire et de l'organisation d'une autre inauguration pour célébrer le fait qu'ils avaient survécu aux coups bas de Crawford. Ils tenteraient également de se débarrasser des souillures que cet homme et ses idées du *propre* et du *sûr* avaient causées au bâtiment en général.

Elle écouta d'une oreille les gens qu'elle aimait parler

de ses rêves et du salon. Elle se pencha davantage vers Mace, sachant qu'elle était en sécurité. Elle avait l'homme qu'elle aimait, un avenir sur lequel elle pouvait compter, une famille qui tenait à elle et une boutique qui lui appartenait.

Finalement, Adrienne Montgomery était une chanceuse, avec son bras en écharpe et tout le reste.

— Je t'aime, chuchota Mace. Tellement.

Elle leva les yeux et sourit.

— Moi aussi, je t'aime.

Les *ohhh* résonnant dans la pièce l'obligèrent à lever les yeux au ciel et elle baissa la tête quand sa famille éclata de rire. Certaines choses ne changeaient jamais, comme le fait que sa famille l'embarrassait parce qu'elle l'aimait.

Et elle ne changerait ça pour rien au monde.

Dix-Huit

— C'EST ÇA, reviens sur moi et laisse-moi voir comme tu me chevauches. Prends tout.

Mace grogna doucement ces mots pendant qu'Adrienne, à quatre pattes devant lui, s'empalait sur son membre. Elle était tellement sexy quand elle le faisait et il savait qu'ils allaient devoir se réveiller dans une position de ce genre pendant encore longtemps.

— Dépêche-toi et fais-moi jouir, on va être en retard et je tremble déjà.

Il sourit à cause de son ton, puisqu'elle était si excitée qu'un seul effleurement de son clitoris lui provoquerait un orgasme. Il s'exécuta donc et la vit se briser sur son sexe. Elle plongea immédiatement son visage contre le matelas, son corps épuisé et il décrivit des va-et-vient dans son anus avec ses doigts, se faisait rapidement jouir puisqu'il aimait tellement la sentir se serrer autour de lui.

Quand il s'effondra à côté d'elle, elle lui tapota mollement la hanche.

— Bon match, Knight. Bon match.

Il rit et embrassa son épaule nue.

— On verra les temps forts plus tard. Pour l'instant, il faut qu'on se douche.

— Séparément, sinon on sera vraiment en retard.

— Et il faut s'assurer que Daisy est levée et prête à y aller également.

Ils étaient chez lui, comme très souvent dernièrement. Adrienne avait quasiment emménagé. Il s'était dit qu'après les vacances, il le lui demanderait officiellement. Mais pour l'instant, la petite s'habituait à la présence quasi constante d'Addi et il adorait ça.

Jeaniene appelait encore tous les jours pour parler à Daisy, mais elle affirmait que l'arrangement concernant la garde était ce qu'il y avait de mieux pour tout le monde. Il n'était pas certain de savoir comment sa fille allait réagir en grandissant, mais puisqu'il ne pouvait rien y changer, il allait s'assurer que Daisy soit en bonne santé et aussi comblée que possible. Addi prenait déjà la relève quand il savait qu'il était incapable de gérer. Ils formaient une équipe et il avait vraiment eu de la chance de s'en rendre compte avant qu'il ne soit trop tard.

— On dirait qu'on a un plan, Knight.

Elle se retourna et l'embrassa avant de partir vers la salle de bain. Il se contenta de secouer la tête et de sourire. Elle avait toujours tellement d'énergie après des ébats matinaux, alors qu'elle devenait toute molle et endormie après des ébats nocturnes. Il n'avait jamais compris comment il pouvait y avoir une telle différence entre les deux, mais il s'était dit qu'il apprendrait, puisqu'il voulait avoir une vie entière avec elle pour le découvrir.

Il n'était pas prêt à faire sa demande en mariage. Il n'était pas encore prêt pour ce genre de changement dans la vie de Daisy. Mais Addi et lui savaient que c'était une certitude. Ils en avaient même discuté puisque tous les deux, ils ne voulaient plus de quiproquos ou de sentiments blessés au cas où ils auraient peur de s'exprimer.

Un jour, elle serait sa femme et l'aiderait à élever Daisy. Pour le moment, elle était simplement à lui et il était à elle. Daisy s'habituait à l'idée d'avoir une nouvelle femme dans sa vie. Ils avançaient lentement, mais sûrement.

Lorsque tous les trois, ils furent enfin prêts à partir, ils étaient effectivement en retard, mais ça n'avait pas dérangé les parents de Mace. Puisqu'aujourd'hui, c'était Thanksgiving, Addi, Daisy et lui assisteraient à deux repas : celui avec sa famille à lui et celui avec sa famille à elle. Il avait le sentiment que puisque les Knight et les Montgomery étaient déjà si proches, un jour prochain, ils finiraient par organiser un seul grand dîner. Il leur en serait probablement reconnaissant. Peut-être qu'avoir ses sœurs dans la même pièce qu'Addi pendant un long moment ne serait pas la meilleure idée du monde, puisqu'elles allaient probablement planifier leur domination du monde, mais il était ravi que tout le monde s'entende si bien.

Daisy piaillait avec ses grands-parents tout en mangeant de la dinde. Mace sourit, attirant Addi contre lui.

— Oui ? s'enquit-elle doucement.

— Je suis juste heureux.

Elle sourit.

— Moi aussi.

— Vous êtes tellement mignons que c'en est écœurant, mais j'adore ça.

Violet sourit de l'autre côté de la table avant de pouffer. Sienna et elle étaient venues de Denver puisqu'elles avaient un jour de congé. Elles avaient amené deux amis qu'elles connaissaient depuis une éternité. Tous les quatre étaient comme cul et chemise depuis l'université et Mace étaient heureux qu'ils soient tous ensemble, puisque ses sœurs ne pouvaient pas venir à Colorado Springs tous les jours ou tous les week-ends comme il ou elles l'auraient aimé.

— On essaie, déclara Addi avec un regard étincelant. Ça demande de l'entraînement, mais notre but est d'être si mignon qu'on dépasse la limite de l'adorable pour tomber directement dans le cucul la praline.

Ils s'esclaffèrent tous et entamèrent leur repas, parlant de tout et de rien. Addi n'avait plus le bras en écharpe depuis quelques jours et demain, elle serait de retour à son poste de travail, tatouant comme la femme follement douée qu'elle était. Il savait que cela lui manquait depuis plus d'une semaine, mais elle guérissait et l'ecchymose sur son visage avait presque disparu. Elle l'avait complètement couverte avec du maquillage aujourd'hui pour que ses parents ne s'inquiètent pas, mais il était ravi qu'elle s'efface totalement, bientôt.

Ils terminèrent leur premier repas puis enfilèrent leurs manteaux épais avant de se rendre chez les Montgomery pour le deuxième round. Il savait qu'ils rouleraient sur leur ventre pour franchir la porte quand ils en auraient fini, mais ça ne dérangeait pas Mace. C'était de la bonne nourriture et de la bonne compagnie, voilà tout ce qui comptait.

— Tu es là ! cria Livvy en courant vers Daisy.

Elles s'étreignirent et sautèrent comme si elles ne s'étaient pas vues depuis des semaines alors que cela ne faisait qu'un jour. Elles coururent main dans la main dans le salon et Mace secoua la tête, souriant.

— Tu sais, elle faisait ça avec moi, avant. Désormais, elle ne remarque même plus que je suis là avec Daisy.

Addi feignit de renifler et il l'embrassa sur le bout du nez.

— Ce n'est rien. Je suis ravi que tu sois là.

— Crétin.

— Oui, vous êtes tous les deux des crétins, mais c'est pour ça qu'on vous aime, déclara Thea en prenant leurs manteaux. Je ne sais pas comment vous faites pour manger deux repas de Thanksgiving, mais vous êtes géniaux.

— Je vais devoir y aller doucement sur les pommes de terre et les petits pains, je crois, répondit Addi avant de se mordre la lèvre. D'accord, peu importe, je les adore et je serai toute gonflée après. Je m'en moque.

Il lui tapota les fesses.

— Ça me fera plus de surface à aimer.

Elle rit et Thea émit des bruits de haut-le-cœur avant de rire également.

— Tu as amené Molly ? s'enquit Adrienne quand ils avançaient vers le salon.

Roxie et Carter discutaient avec les parents d'Addi, avec une petite distance entre eux que Mace ne comprenait pas, mais après tout, il ne les connaissait pas aussi bien qu'il le devrait. Ils leur firent un signe de la main alors que Thea répondait.

— Non, elle voulait rester chez elle et ne rien faire, déclara Thea en haussant les épaules. J'imagine que je comprends. Mais j'ai failli inviter Dimitri puisqu'il est seul aussi, et bon sang, c'est mon ami autant que Molly, mais je ne voulais pas prendre parti. Donc maintenant, ils sont tous les deux, seuls, à ne rien faire, et je suis ici avec vous.

Mace l'étreignit et elle lui sourit.

— Désolé que tu passes une sale journée.

Thea lui tapota le torse et Addi haussa les sourcils avant de lui faire un clin d'œil.

— Ce n'est rien. Je serais bientôt rassasiée et je m'en fous. Je suis juste un peu grincheuse.

— Plus de vin ? demanda Addi. Le vin, ça aide.

— Oui, confirma Thea.

Mace la relâcha pour qu'elle puisse aller remplir son verre.

Le père d'Addi lui tendit une bière et bientôt, tout le monde buvait, en discutant de sa vie ou du dernier match des Broncos. Sa meilleure amie, amante et future femme s'appuya contre lui et il soupira. Il savait que ce moment serait celui dont il se souviendrait toujours.

Il avait fui ce qu'il pouvait avoir et ce qu'il pouvait être parce qu'il avait eu peur de blesser ceux qu'il aimait, mais finalement, il avait obtenu tout ce dont il avait toujours rêvé.

Il avait son art, son travail, sa fille, sa famille et sa meilleure amie.

Il était tombé amoureux d'elle longtemps avant de savoir ce que cela signifiait.

Et quand Adrienne Montgomery leva les yeux vers lui avec une promesse dans le regard qui signifiait qu'il découvrirait encore des parties de ce secret pendant des années, il sut qu'il était tombé sur la bonne personne.

Sa meilleure amie, sa partenaire et la femme qui porterait un jour son alliance et arborerait d'autres de ses tatouages.

Prochainement... Thea et Dimitri tenteront leur chance dans *À grands traits*.

Note de Carrie Ann

Je vous remercie d'avoir lu Point à la ligne! Si vous avez aimé cette histoire, j'espère que vous envisagerez de laisser un avis ! Les avis sont utiles pour les auteurs *et* les lecteurs.

Je suis honorée que vous ayez lu ce livre et que vous aimiez les Montgomery autant que moi !

La série se poursuit avec *À grands traits*!

Montgomery Ink

Tome 0.5: À l'encre de ton cœur

Tome 0.6: À l'encre du destin

Tome 1 : À l'encre déliée

Tome 1.5: À l'encre de ton âme

Tome 2 : À dessein prémédité

Tome 3 : D'encre et de chair

Tome 4 : Attrait pour trait

Tome 4.5: À l'encre des secrets

Tome 5: Entre les lignes

Tome 6: En pointillé

Tome 6.5: À l'encre de nos rêves

Tome 6.7: À l'encre de nos vies

Tome 7: Nos desseins ravivés

Tome 7.3 À l'encre de nos vies

Tome 7.5: À l'encre de nos choix

Tome 8: Motifs troubles

Tome 8.5: À l'encre de ton corps

Tome 8.7: À l'encre de l'espoir

Tome 9: Point à la ligne

Tome 10: À grands traits

Et d'autres encore !

Pour vous assurer d'être informé de toutes mes nouvelles parutions, inscrivez-vous à ma newsletter sur www.CarrieAnnRyan.com ; suivez-moi sur Twitter @CarrieAnnRyan, ou sur ma page Facebook. J'ai également un Fan Club Facebook où nous discutons de sujets divers, avec annonces et autres goodies. C'est grâce à vous que je fais ce que je fais, et je vous en remercie.

N'oubliez pas de vous inscrire à ma LISTE DE DIFFUSION pour savoir quand les prochaines publications seront disponibles, participer à des concours et obtenir des *lectures gratuites*.

Bonne lecture !

De la même autrice

Montgomery Ink:

Tome 0.5: À l'encre de ton cœur
Tome 0.6: À l'encre du destin
Tome 1 : À l'encre déliée
Tome 1.5: À l'encre de ton âme
Tome 2 : À dessein prémédité
Tome 3 : D'encre et de chair
Tome 4 : Attrait pour trait
Tome 4.5: À l'encre des secrets
Tome 5: Entre les lignes
Tome 6: En pointillé
Tome 6.5: À l'encre de nos rêves
Tome 7: Nos desseins ravivés
Tome 8: Motifs troubles
Tome 9: Point à la ligne
Tome 10: À grands traits

Les Frères Gallagher:

Tome 1: Un amour nouveau

Tome 2: Une passion nouvelle

Tome 3: Un nouvel espoir

Sorcellerie à Ravenwood

Tome 1 : Mystères de l'aube

Tome 2 : Révélations au crépuscule

Tome 3 : Clarté nocturne

Redwood:

1. Jasper

2. Reed

3. Adam

4. Maddox

5. North

6. Logan

7. Quinn

Griffes

1. Gideon

2. Finn

3. Ryder

4. Bram

Pour plus d'informations, abonnez-vous à la LISTE DE DIFFUSION de Carrie Ann Ryan.

Carrie Ann Ryan n'avait jamais pensé devenir écrivaine. C'est seulement quand elle est tombée sur un roman sentimental alors qu'elle était adolescente qu'elle s'est intéressée à cette activité. Lorsqu'un autre romancier lui a suggéré d'utiliser la petite voix dans sa tête à bon escient, la saga *Redwood* ainsi que ses autres histoires ont vu le jour. Carrie Ann a publié plus d'une vingtaine de romans et son esprit foisonne d'idées, alors elle n'a guère l'intention de renoncer à son rêve de sitôt.

www.ingramcontent.com/pod-product-compliance
Lightning Source LLC
Chambersburg PA
CBHW010733130726
47899CB00015B/3238